Susanne Hanika
In Ewigkeit, Amen

PIPER

Zu diesem Buch

Eigentlich kann sich Lisa Wild, Mitte Zwanzig und Lokaljournalistin, über mangelnden Stoff für ihre Zeitungsartikel nicht beschweren – insbesondere nicht, als sie zusammen mit ihrer etwas verwirrten Großmutter in der Dorfkirche auf die Leiche des Organisten Wanninger stößt. Dummerweise ist das nicht der erste Kirchenmusiker, der in dem Ort ein gewaltsames Ende findet, und da Lisas Oma schon letztes Mal irgendwie an der Sache beteiligt war, geraten sie und ihre Enkelin schon bald ins Zentrum der polizeilichen Ermittlungen. Da nützt es Lisa leider gar nichts, dass ihr Freund Max Kommissar ist und alle Ermittlungsergebnisse kennt. Schließlich sieht Lisa keinen anderen Weg, als sich auf die Suche nach dem wahren Mörder zu machen. Dass das in dem kleinen erzkatholischen Dorf, in dem jeder jeden kennt, alles andere als einfach werden würde, hatte sie ja geahnt, aber nicht, dass sie dabei selbst in tödliche Gefahr gerät …

Susanne Hanika, geboren 1969 in Regensburg, lebt noch heute mit ihrem Mann und ihren vier Kindern in ihrer Heimatstadt. Nach dem Studium von Biologie und Chemie promovierte sie in der Verhaltensphysiologie und arbeitete als Wissenschaftlerin im Zoologischen Institut der Universität Regensburg. Nach »In Ewigkeit, Amen« ist »Und bitte für uns Sünder« ihr zweiter Kriminalroman mit der Ermittlerin Lisa Wild.

Susanne Hanika

In Ewigkeit, Amen

Kriminalroman

Piper München Zürich

Mehr über unsere Autoren und Bücher:
www.piper.de

Von Susanne Hanika liegen bei Piper vor:
In Ewigkeit, Amen
Und bitte für uns Sünder

MIX
Papier aus verantwortungsvollen Quellen
FSC® C083411
www.fsc.org

Ungekürzte Taschenbuchausgabe
1. Auflage Juni 2011
3. Auflage März 2012

erschienen im Verlagsprogramm Pendo
Umschlaggestaltung: semper smile, München
Umschlagmotiv: glangegger.com, Büro für Buch und Grafik, München,
Ulf Hennig unter Verwendung einer Fotografie von Heinz Wohner/LOOK
Satz: Satz für Satz. Barbara Reischmann, Leutkirch
Papier: Munken Print von Arctic Paper Munkedals AB, Schweden
Druck und Bindung: CPI – Clausen & Bosse, Leck
Printed in Germany ISBN 978-3-492-27218-6

Für Ute

1

Mit einem Mal war es richtig Herbst geworden. Ich saß mit geschlossenen Augen auf unserem Bänkchen vor dem Haus und fragte mich, wie es möglich war, dass ich von den Jahreszeiten jedes Mal so derart überrumpelt wurde. Plötzlich schlug man die Augen auf, und es war nicht mehr Sommer. Oder es war am frühen Abend schon stockfinster, wo es doch immer hell gewesen war. Passte ich nicht richtig auf? War ich zu langsam im Denken?

Ich ließ die Augen zu und versuchte herauszufinden, wie ich jederzeit hätte bemerken können, dass Herbst war. Natürlich, die Luft. Sie war klar und rein und hatte nichts von dem wilden Potpourri der Düfte des Frühlings. Und auch nicht das aromatische Gemisch des Sommers. Es roch bereits etwas nach dem nassen Laub, das sich schmierig übereinanderlegte. So, wie wenn Leben stirbt und zu Erde wird und der Kreislauf wieder von vorne beginnt. Dann natürlich die Sonne. Das hatte meine Großmutter schon immer gesagt.

»Die Herbstsonne, die wärmt ned richtig«, pflegte sie zu sagen. »Das Gesicht macht's heiß, aber der Buckl ist kalt. Mädl, zieh dir a dicke Strumpfhosn an.« Dicke Strumpfhosen rangierten bei mir auf der Beliebtheitsskala gleich hinter Hosenträgern und montäglichen Suppen mit großen Zwiebelstücken.

Und natürlich die Geräusche. Die Vögel schwiegen bereits. Der knisternde Flügelschlag der Libellen war Erinnerung.

Selbst den Heuschrecken hatte es schon die Sprache verschlagen. Das Einzige, was ich hörte, war das Quietschen unserer Schaukel, die Großmutter bedächtig anschubste, obwohl kein Kind darauf saß. Heute schwieg sie. Manchmal sagte sie in so einer Situation: »Halt dich gut fest, Kind, dass d' ned runterrutscht.« Ich öffnete die Augen und beobachtete meine Großmutter ein Weilchen. Sie hatte die Stirn gerunzelt, beobachtete angestrengt die Schaukel, als würde ein Kind darauf herumzappeln und sie sich gerade überlegen, ob sie mit dem Anschubsen lieber aufhören sollte. Wie vor 20 Jahren, als ich es war, die auf der Schaukel herumzappelte, wenn ich herunterwollte. Schließlich begann Großmutter zu summen. Hin und wieder schnappte ich Sätze auf wie: »Mein Los, mein Schicksal ist der Tod. Er ist mir zugedacht, ich kann ihm nicht ausweichen ... Liebster Gott, wann werde ich sterben.«

Vielleicht hätte mich das misstrauisch werden lassen sollen. Aber die sonnige Herbststimmung hatte mich so schläfrig gemacht, dass ich an gar nichts dachte, sondern nur froh darüber war, dass Großmutters Beschäftigung heute darin bestand, die Schaukel anzuschubsen und Lieder zu singen. Ich ließ mich, beziehungweise meine Vorderseite, um genau zu sein, von der Sonne durchwärmen und betrachtete das wilde farbenfrohe Durcheinander. Von Grün in allen Schattierungen zu Gelb in diversen Abstufungen, und dazwischen rote Farbkleckse. Das Gras war noch nass und saftig, voller Leben. Und der Wind, der durch die Äste pustete, machte aus dem Bild eine bewegte Landschaft.

Schließlich hörten das Quietschen der Schaukel und das Singen meiner Großmutter auf. Sie stellte sich mir in die Sonne, dass mir auf einen Schlag kalt wurde, und fragte: »Sag, Mädl. Was machen wir mit der Leich?«

Ich schloss wieder die Augen. Das soll jetzt nicht hartherzig klingen. Aber im Sommer hatte ich eine Leiche gefunden und jede Menge Ärger gehabt. So viel Ärger, dass ich beschlossen hatte, nie wieder Leichen zu finden. Und wenn doch, mich zumindest schleunigst zu verdrücken und den Leichenfund schnell wieder zu vergessen. Nie wieder meinen ehemaligen Schulfreund Schorsch anrufen und ihm melden zu müssen, was ich gesehen hatte. Der Schorsch ist nämlich Polizist geworden und dadurch der erste Ansprechpartner bei Leichenfunden.

Außerdem war Großmutter in ihren Aussagen nicht immer hundertprozentig verlässlich. Erst gestern hatte sie behauptet, die Kathl hätte sich ein Gehwagerl kaufen lassen. Großmutter war rechtschaffen empört gewesen: »Die alte Kathl und ein Gehwagerl. Als wenn s' ned noch allein gehen könnt. Und wer zahlt's wieder? Wir. Die Krankenkassen sind pleite, nur weil die alte Kathl sich ein Gehwagerl kaufen lässt, auf unsere Kosten. Und dann machen's bestimmt alle nach.«

Das mit den Gehwagerln war ins Gespräch gekommen, seit sich die Langsdorferin eines angeschafft hatte und wie Queen Mum durch den Ort schob. Das schwarze Handtäschchen fuhr sie ganz wichtig im Körbchen vor sich her und hielt bei jedem Gartenzaun Audienz. Sonst hatte sie schon nach dem ersten Gartenzaun aufgeben müssen, aber inzwischen stand sie sogar richtige Audienzmarathons durch. Die Schwierigkeit bei den Gehwagerln war der Metzger, der sich noch nicht auf die veränderte Wagerlsache eingestellt hatte und noch drei Stufen als Hindernis zu seiner Wursttheke hatte, was Anlass für ständiges böses Getuschel bot: »Alles haben wir ihm abgekauft. Sogar die Wiener, wie sie noch ganz fad g'schmeckt haben. Und dann macht er die Stufen nicht weg«, motterte die Gehwagerl-Fraktion.

Ich hatte schon Legionen von Mitbürgern mit Gehwagerl vor mir gesehen. Aber denkste. Die Kathl hatte weder ein Gehwagerl noch sonstige krankenkassenschädigende Artikel gekauft. Soviel zum Thema Großmutter und ihre Aussagen.

Ich antwortete also vorsorglich gar nichts, sondern beobachtete eine Amsel, wie sie über den Rasen hüpfte. Immer wieder erstarrend, die Schwanzfedern steil aufgerichtet, als würde sie damit rechnen, dass Großmutter ganz unvermutet etwas Seltsames tat. Ihr Kopf schoss immer wieder schnell nach vorne, dann pickte sie hektisch auf den Boden.

»Was mach ma jetzt?«, hakte Großmutter mehr neugierig als ängstlich nach. Das plötzliche Frösteln, das mir über die Arme lief, schob ich darauf, dass ich in Großmutters Schatten saß.

»Lass sie liegen«, schlug ich pragmatisch vor, in der Hoffnung, sie würde mir endlich aus der Sonne gehen.

»Ach geh, Mädl«, erwiderte sie ärgerlich und setzte sich neben mich auf die Bank. »Wo denkst denn hin.«

Wir schwiegen wieder ein Weilchen. Die Amsel flog in einen Busch, verschwand raschelnd im Unterholz. Ein Schwarm Stare flatterte vorbei, gemeinsam ohne Flügelschlag dahinsegelnd, bis auf einmal alle gleichzeitig wieder heftig mit den Flügeln zu schlagen begannen. Sie konnten sich nicht einigen, wo sie landen sollten, bis sie plötzlich mit rasender Geschwindigkeit in einem Baum einfielen, der bedrohlich zu schaukeln begann.

»Was is?«, fragte Großmutter misstrauisch.

»Die Stare«, erklärte ich ihr. »Wie die das schaffen. Die rauschen mit Vollgas in den Baum. Und man hört nicht, dass die zamrumsen. Oder bewusstlos von den Ästen fallen. Wie machen die das nur?«

So etwas lenkte Großmutter meist ab. Da machte sie sich

dann eine ganze Zeit lang Gedanken und vergaß ihr jeweiliges Lieblingsthema. Das absolute Top-Lieblingsthema ist und bleibt unser Luiciano – das war der Papst vor Johannes Paul dem Zweiten. Der war so unglaublich nett und ist so bald gestorben, dass es gar nicht wahr sein kann. Denkt jedenfalls Großmutter. Als Kind hatte ich immer gedacht, dass er bei uns im Kohlenkeller wohnt. Aber inzwischen glaube ich das nicht mehr.

»Das ist doch alles ein Komplott«, sagte sie gerne dazu. Früher hatte ich dann immer an saftig eingelegte Birnen gedacht. Was auch für einen Papst wahrscheinlich nicht das Schlechteste war. Das zweite Lieblingsthema ist, je nachdem, wie es ihr gesundheitlich geht, die Sache mit dem Strahlenapparat. Das ist ein grauer Kasten, der aussieht, als wäre er eine mobile Abhöranlage aus der DDR. In Wirklichkeit hat er die Aufgabe, die ganze schädliche Elektronik, die uns umgibt, unschädlich zu machen. Beispielsweise dieser Zigarettenautomat vor dem Schmalzl-Wirt. Der strahlt manchmal so schlimm, dass es Großmutter sogar bei uns in der Küche merkt. Jedenfalls wenn der Strahlenapparat nicht angeschaltet ist. Wie er das macht und ob er das macht, interessiert mich inzwischen nicht mehr. Denn mittlerweile habe ich mich an den Kasten gewöhnt, der entweder auf dem Küchentisch oder auf der Kommode seine Funktion erfüllt oder auch nicht.

Das dritte Lieblingsthema ist seit Neuestem der außereheliche Geschlechtsverkehr. Seitdem ich einen Freund habe, redet sie unglaublich gerne über die Sünde, als Kurtisane zu leben. Natürlich nicht auf mich bezogen, sondern allgemein gesprochen. Weil Max und ich – also mehr ich, weil Max eine sehr schlechte Erziehung genossen hat und nicht den nötigen Respekt vor göttlichen Strafblitzen und der Rache von

Erzengeln hat – es nie wagen würden, etwas Verdächtiges hinsichtlich Kurtisanen zu unternehmen. Jedenfalls, wenn Großmutter zusieht. Aber immerhin weiß ich jetzt bestens Bescheid, wie das ist, so als Kurtisane.

Großmutter hatte aber keine Lust, sich ablenken zu lassen. Sie machte ein Geräusch, das wie tststs klang. »Ruf doch die Polizei an. Wegen der Leich«, schlug sie vor.

Na klar. Wegen der Leiche. Wegen der Stare wohl kaum.

»Ach geh«, wiegelte ich ab. »Das wäre ja mit Kanonen auf Spatzen schießen.« Ich stand auf, stellte mich neben die Schaukel und schubste an.

Großmutter runzelte die Stirn, sie schien sich ernsthaft Gedanken über das Problem zu machen. »Du hast recht. Spätestens beim nächsten Gottesdienst finden die ihn eh.« Mein Blick schnellte zu ihr hinüber. Beim nächsten Gottesdienst?

»Wo ist denn die Leiche?«

Großmutter antwortete nicht, sondern sah gedankenverloren in die Ferne. Na ja. Das war auch eine sehr dumme Frage. Wenn sie beim nächsten Gottesdienst gefunden werden würde, dann war sie wahrscheinlich in der Kirche. Und in der Kirche war es kühl. So schnell verdarben da Leichen nicht. Falls es wirklich eine Leiche geben sollte. Andererseits war es bestimmt Blasphemie, einen Toten in der Kirche rumliegen zu lassen.

»Wer ist es denn?«, fragte ich misstrauisch.

»Der Pudschek«, kam es wie aus der Pistole geschossen.

Der Pudschek also. Es war ja nicht so, dass der Pudschek Pudschek heißen würde. Also nicht mal der Original-Pudschek hatte Pudschek geheißen. Der erste Pudschek war der Paul Andratschek gewesen, und kein Mensch hatte sich den Namen gemerkt. Er war gleich nach dem Krieg aus der

Tschechei nach Bayern gekommen und hatte bei unserem Bäcker Asyl bekommen. Bei uns hatte er keine Arbeit gefunden. Er war nämlich Förster in der Tschechei gewesen. Aber wir hatten schon einen Förster, und zwei konnten wir nicht brauchen. Also hatte er das Amt des Organisten übernommen.

Der Pudschek, den meine Großmutter vermutlich meinte, hieß Karl Wanninger. Die einzige Gemeinsamkeit zwischen Andratschek und Wanninger war, dass sie beide Orgel in unserer Kirche gespielt hatten. Aber unsere Dorfbevölkerung war bei der Namensgebung nicht so flexibel. Einmal Pudschek, immer Pudschek.

»Der Pudschek also«, wiederholte ich. Die Frage war nur, welchen Pudschek meinte Großmutter jetzt. Der erste Pudschek, muss man wissen, war nämlich schon seit Jahren tot. Ich war mir nicht ganz sicher, wie ich ihr das beibringen sollte. Vielleicht war sie mental gerade in einer ganz anderen Lebensphase.

»Aber er ist doch auch ein Christenmensch«, sagte sie schließlich. »Den kann man nicht einfach liegen lassen.«

»Das ist auch wieder wahr«, antwortete ich undeutlich und gab der Schaukel einen so heftigen Schubs, dass sie an den Stricken auf- und abtanzte, statt gleichmäßig zu schwingen. »Vielleicht derrappelt er sich aber wieder. Und dann haben wir der Polizei nur unnötig Arbeit gemacht. Nicht wahr?«

Meine Großmutter sah mich an, als wäre ich verrückt.

»Der wird nimmer«, sagte sie nur. »Und pass' mit der Schaukel auf. Wennst die ans Hirn kriegst, ham wir glei zwei Leichn.«

Ich bemühte mich darum, ordentlich anzuschubsen. »Ach wo. Der wird schon wieder. Der ist noch immer geworden.«

Meine Großmutter sah mich kopfschüttelnd an. Ich kam

mir nach dieser Aussage auch etwas blöd vor. Denn in Wirklichkeit konnte ich mich an den Pudschek nicht mehr richtig erinnern. Und mir fiel auch kein Beispiel ein, wo der Wanninger wieder geworden wäre. Aber, wie gesagt, manchmal half es, wenn man meine Großmutter ablenkte. Ich überlegte mir krampfhaft, welches neue Thema ich anschneiden sollte.

»Warst heute schon beim Weihwasserholen?«

Sie nickte seufzend. »Ja. Aber ich hab's stehen lassen.«

»Hm.«

»Direkt neben dem Pudschek. Und jetzt trau ich mich nicht richtig, die Flasche zu holen. Gehst mit?«

»Der Pudschek tut keinem was«, schlug ich vor, aber tief in meinem Inneren spürte ich eine gewisse Unruhe.

Eine Weile lang sagte sie nichts mehr und schien sich ernsthaft zu überlegen, ob sie sich vor dem Pudschek fürchten sollte oder nicht.

»Hast recht. A Leich hat no nermd was dan.«

Hm. Das hatten Leichen so an sich, dass sie nicht mehr viel machten.

Ich gab keine Antwort. Wenn sie sich einbildete, dass der Pudschek tot war, dann war das wohl so. Ich gab der Schaukel noch einen letzten Schubs und wollte ins Haus gehen. Die Ahornblätter segelten freundlich herunter. An so einem Tag konnten unmöglich tote Pudscheks gefunden werden.

»Wen rufst jetzt an? Den Max?«, fragte sie meinen Rücken.

Max anrufen. Was für eine Idee! Max war bei der Polizei. Hauptkommissar, um genau zu sein. Und zufällig mein Freund. Und ich würde auf gar keinen Fall meinen Freund anrufen und ihm erzählen, dass der Pudschek, der vielleicht schon zwölf Jahre tot war, heute von meiner Großmutter tot gefunden worden war.

»Dann gib mir dein Händi«, befahl sie meinem Rücken, bevor ich im Haus verschwand. »Dann mach ich's. Das kann man nicht machen. Den einfach liegen lassen«, beschloss sie ernst. »Stell dir das vor. Beim nächsten Rosenkranz. Die Kathl kriegt einen Infarkt. Und der Langsdorferin haut's die nächste Bandscheibe raus. Was is? Krieg ich jetzt dein Händi oder nicht?«

Ich drehte mich abrupt zu ihr um. Zum Thema Händi muss man zwei Dinge wissen. Großmutter telefonierte grundsätzlich nicht. Selbst beim Arzt musste ich ihr die Termine ausmachen, oder sie ging einfach so hin. Und mit dem Handy telefonierte sie gleich dreimal nicht. Weil ihr da das Gehirn von all der schädlichen Elektronik ganz damisch wurde. Wenn sie also bereit war, ein Handy zur Hand zu nehmen, dann musste es wirklich dringend sein.

Wanninger tot? Zum ersten Mal zog ich in Erwägung, dass ihre Aussage stimmte. Ich sah ihr tief in die Augen. Das hatte auch seine Gründe. Es gab nämlich Tage, da war es schlimmer mit Großmutter, und es gab Tage, da war sie ziemlich normal. Und die Tage, an denen sie ziemlich normal war, hingen davon ab, ob sie ihre Medikamente regelmäßig genommen hatte. Ich sah es ihr immer an den Augen an. Wenn ihre Pupillen so tot und spitz waren, dann war das kein gutes Zeichen. Wenn es aussah, als hätte sie die Augen einer Porzellanpuppe. Kalt. Klar. Winzig. Zu keinem lebenden Wesen gehörend. Da widersprach man ihr besser nicht.

Aber hier draußen war es viel zu hell, um sehen zu können, aus welchem Grund die Pupillen spitz waren.

Was, wenn der Wanninger wirklich tot war? Und was, wenn die Polizei ausgerechnet unsere Weihwasserflasche neben der Leiche fand? Jeder im Dorf wusste, wem die alte abgeschabte Limonadenflasche voll Wasser gehörte. Dann

Fingerabdrücke, DNS-Vergleich und so, und schon hatten wir den Salat. Wahrscheinlich war er aber gar nicht tot, und Großmutter hatte die Weihwasserflasche nur in der Kirche vergessen. Oder beim Metzger. Aber sicher war sicher.

»Komm«, sagte ich nur und nahm Großmutter an der Hand.

Es war im Herbst vor zwölf Jahren gewesen. Die Linden reckten ihre kahler werdenden Zweige in den blassblauen Herbsthimmel. Die Blätter waren so irrsinnig gelb, als wären sie kleine Lampen, fröhliche, vergängliche Lichter an dunklen Ästen. Die Bäume hatten Kreise von Laub um sich gebreitet, die sich viel zu gelb über die grüne Wiese ergossen, und winkten mit den restlichen Blättern hektisch in der schräg stehenden Sonne.

Großmutter hatte unseren alten Holzrechen aus dem Schuppen geholt und begonnen, das Laub zu Haufen zusammenzurechen. Ich durfte mich dann, wie jedes Jahr, in diese Haufen werfen. Ich machte immer Schwimmbewegungen und wühlte mich in diesen Berg hinein, bis ich braune Hände, Haare und so viele krümelige Blätter im Haar hatte, dass ich aussah wie eine verrückte Einsiedlerin. Überdeutlich sah ich das herabgefallene Laub um mich herum. Jedes Blatt ein Unikat, etwas Besonderes, das immer mehr verfiel.

Und um mich herum schien es zu tuscheln und zu wispern – der Pudschek. Der Pudschek.

Die flüsternden Stimmen in meinem Kopf verdarben mir plötzlich den Spaß. Es war ein Gefühl, als versuchte ich etwas zu vergessen, was mir durch die leisen Stimmen jedoch nicht richtig gelang. Kaum war eine kleine Lage Sand über diese Erinnerung gestreut, blies jemand sie wieder weg, indem er den Namen Pudschek flüsterte.

Dabei wusste ich noch genau, wie viel Mühe ich mir damals gegeben hatte, die Pudschek-Sache zu vergessen. Ich hatte es sogar geschafft. Aber das Gefühl, das hatte sich eingebrannt. Und statt der Erinnerung an die Pudschek-Sache kam nur das Pudschek-Gefühl hoch, was genauso schlimm war. Dieses unangenehme Gefühl, dass ich etwas vergessen wollte, aber nicht konnte. Ich hatte mich schuldig gemacht, das wusste ich. Es durfte keiner erfahren, das wusste ich auch. Und es hätte nicht passieren dürfen, nicht mir. Und auch sonst niemandem. Aber mir schon dreimal nicht. Und je mehr ich versuchte, nicht daran zu denken, desto mehr nahm dieses Gefühl überhand. Engte mir die Brust ein und nahm mir den Atem.

Während ich damals so im Laubhaufen schwamm, merkte ich, dass es keinen Spaß mehr machte. Ich war zu alt, wie verrückt durch Blätter zu schwimmen.

Vielleicht wisperten auch die Stimmen zu laut.

Mir war sofort klar, dass Großmutter dieses eine Mal keine Halluzinationen hatte. Die Kirche dröhnte geradezu in einem schrägen Schlussakkord, der jeden Ton des Manuals zu einem dissonanten Posaunenklang vereinigte.

Mein Gott, dachte ich mir. Der Pudschek.

Der Klang war so gewaltig, dass er meinen gesamten Körper ausfüllte. Selbst mein Blinddarm schien zu vibrieren. Der tiefste Ton, dort, wo Wanningers Fuß unbeirrt auf dem Pedal stand, hatte in meinem Körper eine Resonanzfrequenz erwischt, die tief in meinem Bauch ein Wummern auslöste und eine Gänsehaut nach der anderen über meinen ganzen Körper jagte. Als wäre ich ein Klangstab, dem man einen zu heftigen Stoß gegeben hatte.

Vielleicht war er ja gar nicht tot, versuchte ich mich zu beruhigen. Das machten Organisten ja gerne. Die letzten donnernden Akkorde, die immer langsamer und intensiver wurden. Und dann der allerletzte Akkord. Das Finale, wo man als richtiger Orgelspieler über dem Manual zusammenbrechen musste, um für einige Minuten die monumentalen Klänge auszukosten.

Das machte auch der Wanninger sehr gerne. Außer es war Fußballweltmeisterschaft und er wollte dringend nach Hause vor den Fernseher. Da hüpften seine Füße behände über die Pedale und hielten sich nicht weiter mit einem furiosen Schlussakkord auf.

Aber dieser Klang dauerte selbst für einen guten Organisten zu lange.

»Geh nur zu«, sagte Großmutter hinter mir, »und mach vor dem Altar ein Kreuzzeichen.«

Natürlich machte ich ein Kreuzzeichen. Obwohl ich mich am liebsten umgedreht hätte und aus der Kirche geflohen wäre. Mein Körper fühlte sich plötzlich an, als hätte er nur noch einen ganz kleinen warmen Kern und alles andere wäre eiskalt, mit einer riesigen Gänsehaut überzogen, die wellenartig durch alle Gliedmaßen wogte.

Die Tür zur Orgel hoch stand sperrangelweit offen, als wäre jemand gerade erst durchgegangen. Staubiger, muffiger Geruch kam uns entgegen.

Im Aufgang zur Orgel schien die Zeit stehen geblieben zu sein. Genauso hatte es vor zwölf Jahren gerochen, als ich noch jeden Sonntag diese Treppe nach oben gestiegen war. Aber nicht nur der Geruch war identisch. Noch immer standen gleich neben der Tür die Vorratspackungen an weißen Kerzen. Und dahinter der Putzkübel mit einem alten, grauen Putzlumpen (der alte Hadern, den schon meine Großmutter dem früheren Mesner vor die Füße gepfeffert hatte, weil er sich über ihre Art zu putzen mokiert hatte). Ganz an die Wand geschoben waren zwei alte Holzleitern und davor die Erntekrone. Überdimensional aus verstaubten Ähren und gebleichten Blumen. Großmutter schob mich daran vorbei, weil ich immer langsamer wurde. Und dieser Geruch. Dieser Geruch, wie er sich nur im Aufgang zur Orgel findet. Diese Mischung aus staubigem Getreide, Kerzenwachs und schlecht trocknenden, nicht allzu sauberen Putzlumpen. Es dröhnte so laut im Orgelaufgang, dass ich schon wusste, dass die Tür oben weit offen stehen musste. Fast wäre ich umgekehrt, aber Großmutter drückte mich sozusagen nach oben. Meine Gänsehaut sammelte sich an den Oberschenkeln und an den Unterarmen, als ich die Orgel ins Blickfeld bekam.

Da saß er, der Pudschek. Also der Wanninger-Pudschek. Vornübergebeugt drückte er mit seinem Kopf und dem Oberkörper fast die gesamte Tastatur von zwei Manualen nieder. Und wie es schien, hatte er noch Zeit gehabt, sämtliche Register zu ziehen, um seinem Tod eine wirklich voluminöse Begleitmusik zu verleihen.

»Vielleicht war es ja ein Herzinfarkt«, schlug ich vor und schielte vorsichtig zu der gekrümmten Gestalt auf der Orgel. Die Orgel pfiff und arbeitete wie verrückt. Ich überlegte mir kurz, ob ich nicht wenigstens ein paar Register wieder hineinschieben sollte, damit es nicht ganz so laut war.

»Da hätte ich auch einen Herzinfarkt«, trompetete Großmutter, um die Orgel zu übertönen. »Bei dem Trumm Messer.« Sie machte neben mir ein Geräusch, das wie tststs klang. Es war wegen der Orgel schlecht zu hören, aber sie sah nicht so aus, als fände sie es daneben, einen Organisten beim Orgelüben niederzustrecken. Sie sah eher aus wie jemand, dem man die ganze Nachmittagsplanung durcheinandergebracht hat.

Bei dem Trumm Messer? Ich schielte etwas genauer auf den breiten Rücken und entdeckte tatsächlich einen Messergriff, der in dem karierten Hemd steckte. Ich atmete noch einmal tief ein, um nicht sofort umzukippen.

»Weil er auch seinen Janker auszogen hat«, sagte Großmutter und schüttelte schon wieder den Kopf. »So eine Jacke ist doch immer ein guter Schutz. Mich würd's nicht wundern, wenn er eine Nierenbeckenentzündung kriegen würd, so leicht bekleidet wie der in der zugigen Kirch rumläuft.«

Nierenbeckenentzündung war sozusagen das potenzierte »Wasserschneiden«. Die wurde mir immer angedroht, wenn das mit dem Wasserschneiden nichts mehr half. Mädchen bekamen das, wenn sie sich auf ein kaltes Mäuerchen setzten oder in der Früh keine dicken Socken anzogen. Dann konnte man das Wasser nicht mehr halten, und beim Pieseln tat's ganz ordentlich weh. Meine beste Freundin Anneliese konnte davon ein Lied singen, die hatte ständig das Wasserschneiden. Ich tastete nach meinem Handy und hielt es eine Weile fest in der Hand. Ich muss zugeben, dass mich solche Situationen prinzipiell sehr schnell überfordern.

Normalerweise würde Großmutter jetzt sagen, ein Händi, das hat kein Taug ned. Nix als schädliche Elektronik. Vielleicht hatte sie ja recht. Vielleicht sollten wir nach Hause gehen und das gute alte Festnetz nutzen. Vorsichtshalber.

»Da ist auch mein Weihwasser«, schrie Großmutter neben mir zufrieden, als wäre alles in Ordnung, weil sie unsere alte Limoflasche gefunden hatte.

Tatsächlich stand direkt neben der Leiche auf der Orgelbank unsere Zitronenlimonadenflasche mit dem aufgeweichten Etikett. Großer Gott. Reichte es nicht, dass meine

Großmutter schizophren war? Musste sie auch noch unsere Flaschen neben Leichen deponieren?

»Ja. Das ist dein Weihwasser«, sagte ich mit der Betonung auf »dein«, in der Hoffnung, Großmutter würde die Initiative ergreifen und sich dem toten Wanninger nähern. Großmutter reagierte darauf überhaupt nicht, sondern sah sich interessiert um. So ein Saustall, würde sie mir bestimmt gleich sagen. Da gehört sich mal g'scheit geputzt.

Du musst jetzt stark sein, ermahnte ich mich. Nichts war schlimmer, als mit einer Mordermittlung zu tun zu haben. Denn wie sollte man das nun wieder der Polizei erklären. Ausgerechnet unsere Weihwasserflasche, direkt neben der Leiche. Das war doch verdächtig ohne Ende. Schritt für Schritt tastete ich mich näher an die Leiche heran und starrte an ihr vorbei zu den Füßen, die unbeirrt auf den Pedalen standen.

Großmutter würde sagen, das nächste Mal nehm ich den Staubsauger mit. Schau dir doch den Dreck unter den Pedalen an. Als wenn er sich nicht die Füß sauber machen könnt, bevor er zum Orgelspielen geht.

Ich hatte die Luft schon so lange angehalten, dass ich fast ohnmächtig wurde, als ich die Limonadenflasche in Griffweite hatte. Mit einem beherzten Griff raffte ich die Flasche an mich und sprang mit einem Quietschen nach hinten.

Die Orgel gab noch eine Weile ein vielstimmiges Ächzen von sich, bis die letzte Luft durch die Pfeifen entwichen war. Der Pfarrer starrte mich vollkommen entsetzt an, nachdem er die Orgel ausgeschaltet hatte. Sein Blick schweifte von dem Messer zu mir und dann zur Limonadenflasche. Und mir schien es, als hinge mein erschrockenes Quietschen noch als dissonanter Klang in der Luft.

Oh. Nein.

Das Geräusch hörte aber nicht auf. Es war mehr so eine Art Heulen, von jemandem, der nicht in der Kirche war.

Unser Hund. Den hatte ich vor der Kirchentür angehängt, weil es blasphemisch war, mit einem Hund durch das Haus Gottes zu gehen.

Na prima. Ich sah jetzt schon die Rosenkranztanten vor mir, wie sie alle tuschelten. Den Pudschek umbringen und den Hund vor der Kirche anbinden. Stellt euch das einmal vor. Die Wilds wieder. Keine Ahnung vom perfekten Mord.

»Der Wanninger, der ist tot«, sagte Großmutter und nahm mir die Weihwasserflasche aus der Hand.

»Großer Gott«, stieß der Pfarrer entsetzt hervor. »Wieso nur?«

»Bei dem Trumm Messer«, antwortete die Großmutter. »Ist doch kein Wunder.« Damit drehte sie sich um und ging durch die Tür.

2

Der wilde Herbstwind fegte die heruntergefallenen Blätter durch das Dorf. Ich war extra mit dem Auto in den Nachbarort zum Einkaufen gefahren, um niemanden zu treffen, der mich kannte. Ich gab Gas, als ich den Schorsch am Straßenrand stehen sah. Er kehrte gerade mit einer derartig verzweifelten Inbrunst Blätter zusammen, dass ich an ihm vorbeifahren konnte, ohne bemerkt zu werden. An einem anderen Tag wäre ich gerne stehen geblieben und hätte mir die Laubaktion angesehen. Dieser Kampf gegen die Naturgewalten war jedes Jahr ein Schauspiel für sich.

Heute war ich aber ganz froh um die Leidenschaft, mit der er den davonwirbelnden Blättern nachjagte. Denn Schorsch war unser Polizist. Und irgendeine realitätsferne Lisa wünschte sich, den toten Wanninger so sehr zu verdrängen, dass auch die Polizei vergaß, uns zu befragen. Wenn der Schorsch noch Zeit hatte, Laub nachzulaufen, dann war er immerhin nicht bei uns zu Hause und befragte Großmutter. Natürlich wusste ich, dass der Pfarrer nichts Besseres zu tun gehabt hatte, als sofort die Polizei anzurufen, nachdem wir die enge Holztreppe in der Kirche nach unten gepoltert waren. Und dass er natürlich erzählt hatte, dass die Wilds neben der Leiche gestanden hatten und der Hund der Wilds vor dem Kircheneingang einen rekordverdächtigen Hundehaufen hinterlassen hatte. Den die Wilds in ihrer Eile, wieder nach Hause zu kommen, dort belassen hatten. Ich wollte gar nicht wissen, was er darüber dachte. Denn ihn störte inzwischen schon, wenn über ein Brautpaar drei Packungen Basmati-Reis geschüttet wurden. Und dann erst ein Hundehaufen.

Und dass unser Hund dabei geheult hatte, als wäre er auf einer Autobahnraststätte ausgesetzt worden, würden bestimmt sämtliche Anwohner bestätigen, die die Polizei sicher befragen würde. Natürlich hatte die Kathl neugierig hinter den Gardinen hervorgespitzt. Und die Bet hatte sich ein paar spitze Kommentare über Lärm- und Geruchsbelästigung nicht verkneifen können. Großmutter hatte sich würdevoll bei mir eingehakt und war nach Hause geschritten. Das konnten wir Wilds nämlich schon immer. In geschichtsträchtigen Situationen würdevoll und überlegen schreiten. Auch wenn es dazu gar keinen Grund gab.

Das mit der Autobahnraststätte und dem Aussetzen von Hunden nahm ich mir auch ganz fest vor, als mein Hund erleichtert aus dem Auto sprang und als Erstes bei der Reisingerin an das Gartentürl pinkelte. Dieser dumme Köter.

Ich blieb vor einem dunklen BMW stehen, der direkt neben unserem Briefkasten parkte.

Oh. Oh.

Schorsch war es nicht, das war klar. Und Max war es auch nicht.

Es konnte nur noch schlimmer werden.

Durch das Küchenfenster sah ich, dass an unserem Küchentisch zwei Männer saßen, die ich nicht kannte.

Das hätte es bei uns früher nie gegeben. Männer im Haus, meine ich.

Vermutlich war es ein Kindheitstrauma, dass ich die Vorstellung von zwei unbekannten Männern alleine mit meiner

Großmutter als höchst gruselig empfand. Vielleicht lag es auch daran, dass man nie wusste, was Großmutter alles vor sich hinmurmelte.

Klempner waren sie jedenfalls nicht, die zwei Männer am Küchentisch. Und ihren Blicken entnahm ich, dass sie komplett am Ende waren. Das machte mich ein klein wenig glücklich. Denn das bedeutete, dass Großmutter sich so verhalten hatte, wie sie sich in letzter Zeit auch mir gegenüber verhielt.

Großmutter sah nicht auf. Sie polierte die Edelstahlspüle und ignorierte die zwei. Na ja. Und mich auch. Die Sache mit dem Wanninger hatte sie dazu gebracht, gar keine Medikamente mehr einzunehmen.

»Geh, Mädl«, hatte sie gesagt, als wir wieder in unserer Küche waren. »Das ist doch klar. Da steckt die Russenmafia dahinter.«

»Ah. Geh. Oma«, hatte ich verzweifelt erwidert, nach Argumenten ringend. »Die Russenmafia hat doch was Besseres zu tun, als Organisten zu derstechen.«

Darauf hatte sie nur genickt und ihre Tabletten hinter den Strahlenapparat geschoben. Das tat sie immer, wenn sie Angst hatte, dass sich die Russenmafia bei uns breitmachte. Dann bekam sie ihren Porzellanpuppenblick und reagierte nicht mehr.

»Frau Wild«, sagte der eine zu mir, sein Blick war resigniert. »Herr …«, erwiderte ich im gleichen Tonfall und wartete darauf, dass er seinen Namen sagte.

»Blomberg«, seufzte er, und der andere murmelte einen Namen, den ich nicht verstand. Blomberg sah zu Großmutter, die noch immer mit einem Mikrofasertuch die staubtrockene Spüle bearbeitete. »Wir haben mit Ihrer Großmutter telefoniert. Sie hat sich geweigert, aufs Revier zu kommen. Jetzt weigert sie sich zu sprechen.«

Er sollte mal froh sein, dass sie überhaupt ans Telefon gegangen war. Normalerweise ließ sie es so lange klingeln, bis es aufhörte. Oder bis ich dranging. Außerdem konnte er froh sein, dass sie nicht mit ihm redete. Das brachte einen noch mehr zur Verzweiflung.

Ich stellte mich neben Großmutter und sah eine Weile auf das stürmische Herbstwetter draußen. Die Blätter wirbelten so wild über die Dächer, dass man den Eindruck hatte, es würde schneien. Wenn Großmutter nichts redete, dann konnte ich reden, was ich wollte, und sie würde darauf nicht reagieren. Aber die Polizisten sollten wenigstens den Eindruck haben, dass ich willens war zu kooperieren. Schließlich sah es für mich auch nicht besser aus. Wenn man quietschend neben einer Leiche stand, kam man schnell in den Verdacht, damit mehr zu tun zu haben, als einem lieb sein konnte.

Großmutter murmelte leise vor sich hin. »Denn wer gestorben ist, der ist frei geworden von der Sünde.« Dann schüttete sie das Wasser, das ich ihr am Morgen zum Trinken hingestellt hatte, in unsere Grünlilie.

Hm.

Ich kannte diese Phase. Das wollte ich diesem Blomberg nicht unbedingt auf die Nase binden. Aber jede Unterbrechung war eher kontraproduktiv. »Sind wir aber mit Christus gestorben, so glauben wir, dass wir auch mit ihm leben werden, und wissen, dass Christus, von den Toten erweckt, hinfort nicht stirbt; der Tod kann hinfort über ihn nicht herrschen. Denn was er gestorben ist, das ist er der Sünde gestorben ein für alle Mal; was er aber lebt, das lebt er Gott. So auch ihr, haltet dafür, dass ihr der Sünde gestorben seid, und lebt Gott in Christus Jesus.«

Sie warf mir einen kurzen bösen Blick zu. Eigentlich war es nicht gerecht, dass ich mir den Zorn von Großmutter zuziehen musste, nur weil dieser Blomberg eine Befragung durchführen wollte.

»Die wollen dich befragen. Wegen der Leich«, sagte ich leise, aber so laut, dass Herr Blomberg und sein Kompagnon es mitbekamen.

»Das bringt nix Gutes«, wisperte Großmutter und wischte über die saubere und trockene Edelstahlspüle.

»Die gehen erst wieder weg, wenn du ihnen etwas erzählst«, erklärte ich in einem konspirativen Tonfall.

»Sag ihnen, wir wissen von nix«, flüsterte Großmutter, den Blick starr auf ihren Lappen gerichtet. »Des bringt uns in Teufels Küche. Der greißliche Wanninger der. Muss der sich derstechn lassen, wenn ich grad in der Kirch bin.«

»Sag einfach, wie's war«, flüsterte ich zurück und hoffte, dass Herr Blomberg die Passage mit dem »greißlichen Wanninger« nicht gehört hatte. Am liebsten hätte ich ihr zugestimmt. Der greißliche Wanninger, der greißliche, hätte sich doch nicht ausgerechnet umbringen lassen müssen, wenn Großmutter mit ihrer Limoflasche unterwegs war.

»Ich weiß des nimmer so genau«, flüsterte sie zurück.

»Die kriegen Geld von uns, dass sie das machen«, köderte ich sie. Verschwendung von Steuergeldern war ihr schon immer ein Dorn im Auge. Sie drehte sich um und warf den beiden einen bösen Blick zu. Immerhin. Das hatte gewirkt.

»Es geht um den Pudschek«, sagte der Blomberg. Sein Blick war immer noch resigniert. Den Pudschek. Ich verdrehte vorsichtshalber nicht die Augen. Der blöde Schorsch, der blöde. Er hatte bestimmt dem Blomberg eingeschärft, vom Pudschek zu sprechen und nicht vom Wanninger.

Großmutter wisperte wieder etwas vor sich hin. Es klang so wie: »Lasst die Vergangenheit ruhen. Der tote Staub wird euch den Atem nehmen und ins Verderbnis stürzen.« Vielleicht hatte sie aber auch gesagt, dass sie mal lieber Staub gewischt hätte, bevor die zwei Typen gekommen waren, und bestimmt das Fleisch verderben würde, wenn sie nicht gleich zu kochen anfing.

»Natürlich. Der Pudschek«, sagte Großmutter. Ihre Pupillen verhießen nichts Gutes. »Der Walkjanker war kaputt. Den haben sie ihm gleich ausgezogen.« Sie sprach hochdeutsch, das war ein gutes Zeichen.

Aber ihre Worte waren ein schlechtes Zeichen. Walkjanker? Was erzählte sie da von Jankern? Wir hatten doch beide gesehen, dass er keine Jacke angehabt hatte. Und vermutlich eine Nierenbeckenentzündung bekommen hätte, wenn er nicht vorher aus dem Leben geschieden wäre.

»Alles eingesaut. Der Janker. Das Hemd. Die Hose.«

Die Hose? Eingesaut? Nun gut, ich hatte nicht ganz so genau hingesehen. Und man wusste ja, dass Leute die starben, na ja. Aber hatte Großmutter so genau hingesehen?

»Und dann hat es noch ang'fangen zu regnen. Richtig nass war er dann. Der Janker. Und der Pudschek.« Sie legte eine dramatische Pause ein. »Wie ein Ratz, der ins Wasser gefallen ist«, beschrieb sie es anschaulich.

Die zwei Polizisten sahen sich an, als wäre Großmutter verrückt. Natürlich war sie verrückt. Aber wieso erzählte sie ausgerechnet Dinge über Walkjanker? Wie kam sie auf die Idee, dass er nass gewesen war? Wenn sie angefangen hätte, über unseren Papst im Kohlenkeller zu erzählen, den seeligen Luiciano, o.k. Aber der Janker vom »Pudschek« war definitiv nicht nass gewesen.

Ein seltsames Gefühl tief drinnen in mir sagte aber etwas anderes. Das mit dem nassen Janker erinnerte mich nämlich an rauschenden Wind und Tod. Und ein ganz eigenartiges Bohren im Magen. Als wäre ich an etwas schuld und würde mich gerne vor allen verstecken. Als dürfte es niemand wissen. Es?

Der Blomberg sah mich an, als könnte er die Wahrheit, die nicht einmal ich mehr kannte, von meinem Gesicht ablesen. Ich hatte das ungute Gefühl, etwas gestehen zu müssen. Aber es gab nichts zu gestehen, schärfte ich mir ein. Ich hatte nur unsere Limoflasche geholt. Das war mein gutes Recht.

Das Telefon begann zu klingeln. Auch das noch. Ich blieb eine Weile sitzen. Das war garantiert jemand, der wissen wollte, ob wir eine Leiche gefunden hatten. Da es nicht aufhörte zu klingeln und alle betreten schwiegen, stand ich doch auf.

»Stimmt des?«, fragte Annelieses Stimme statt einer Begrüßung.

Max hätte die Frage bestimmt nicht verstanden, weil man mit Männern in ganzen Sätzen sprechen muss. Aber Anneliese war meine beste Freundin seit meiner Kindheit, da verstand man den anderen auch, wenn der nur ein Grunzen von sich gab. Wir hatten zwar einige Jahre keinen Kontakt miteinander gehabt, aber seit ich den toten Mesner gefunden hatte, waren wir wieder ein Herz und eine Seele. So eine Leiche hin und wieder konnte eine Freundschaft richtig beleben.

»Ja«, antwortete ich wortkarg und schielte zu Blomberg, der noch immer nichts sagte.

»A geh«, sagte Anneliese. »Wie machst du des bloß.«

»Das war gar nicht ich«, stellte ich richtig. »Sondern Großmutter.«

»A geh«, sagte Anneliese, als wäre das total unwichtig. »Und, ist der Schorsch schon da?«

»Nein.« Aber der damische Blomberg, der damische. »Ich muss jetzt aufhören«, sagte ich knapp und legte auf, ohne auf einen Kommentar zu warten. Freundinnen verstanden das, wenn man den Hörer auflegte.

Im nächsten Moment klingelte schon wieder das Telefon, und ich zog unauffällig den Stecker aus der Buchse. Für eine Weile schwiegen alle weiter. Ich setzte mich wieder an den Tisch. Die Edelstahlspüle war schon so trocken gerieben, dass ich mir einbildete, Großmutters Putzen würde ein grässliches Geräusch erzeugen.

Der Blomberg sah so extrem frustriert aus, dass ich Mitleid mit ihm bekam und ihm am liebsten geholfen hätte. Anscheinend hatte er das bemerkt, denn er beugte sich in meine Richtung und fragte sehr freundlich: »Können Sie sich ein Motiv für diesen Mord vorstellen?«

Dann runzelte er die Stirn, vielleicht weil ich die Stirn gerunzelt hatte, vor lauter angestrengtem Nachdenken.

»Ein Motiv«, wiederholte ich genauso freundlich und sah in seine braunen Augen. Wanninger. Umbringen. Ein Motiv.

Blomberg sah zwar noch immer freundlich aus, aber plötzlich schien mir das nur noch äußerlich zu sein. Er dachte über etwas nach. Über mich. Über mein Motiv. Und ob ich etwas zu verbergen hatte.

Mein Puls begann zu rasen.

Das war eines meiner Hauptprobleme. Sobald ich mich einem Polizisten ausgesetzt sah, war mein Körper in einem Ausnahmezustand. Das fühlte sich immer richtig grässlich an, als hätte man tatsächlich etwas falsch gemacht.

Meine Ohren begannen zu surren. Ich sah die braunen Augen vom Wanninger vor mir, wie sie mich angesehen hatten, damals im Herbst. Als der Pudschek gestorben war. Der Sturm hatte an uns gerissen. Die Blätter waren über die Straße gejagt, und ein geöffnetes Fenster hatte penetrant gegen den Rahmen geschlagen. Vielleicht war es auch die Tür gewesen. Und ich hatte dem Wanninger ins Gesicht gesehen, er war so unglaublich entsetzt gewesen, seine Augen starr und unbeweglich auf mich gerichtet, als hätte er für immer vergessen zu blinzeln und zu atmen. Ich wusste damals genau, was er dachte. Du bist schuld, Lisa. Jetzt ist der Pudschek tot.

Und ich wusste, dass er recht hatte.

Und dass mich Großmutter schimpfen würde. Nicht wegen des Pudscheks, sondern wegen des kaputten Marienbildchens.

Marienbildchen? Welches Marienbildchen?

Plötzlich sah ich wieder den Blomberg vor mir und nicht den Wanninger.

Der Blomberg wirkte sehr interessiert und sah mich so intensiv an, dass ich rot wurde. Und sein Kompagnon schrieb etwas auf, obwohl ich noch gar nichts gesagt hatte.

»Motiv?«, krächzte ich noch einmal und wirkte bestimmt wie jemand, der in den letzten vierundzwanzig Stunden einen Organisten erstochen hatte.

»Ach, gehn S' weiter«, sagte Großmutter, die jetzt direkt hinter mir stand. »Wer sollt denn ein Motiv haben, den Wanninger zu derstechen!« Sie schnalzte unwillig mit der Zunge. »Wo doch jeder weiß, dass dann keiner mehr Orgel spielt. Wenn's der Wanninger ned macht.«

Früher hätte es das bei uns nie gegeben, dass dieser Blomberg samt Kompagnon über unsere Schwelle gekommen wäre. Männer in unserem Haus waren schlichtweg undenkbar. Es gab also auch Vorteile, wenn man der männlichen Bevölkerung schon von vornherein das Besuchsrecht verweigerte.

Ich hörte das Klacken der Haustür und die Schritte eines resignierten Herrn Blomberg samt seines schreibwütigen Kompagnons auf unserem Gartenweg. Mein Herz hämmerte noch immer wie von jemandem, der gerade gejagt worden war, aber entkommen konnte. Zur Beruhigung sah ich eine Weile Großmutter zu, die wieder ihrer Lieblingsbeschäftigung nachging, dem Polieren ihrer Edelstahlspüle.

Sie wurde wirklich alt. Dass sie derart in die Knie ging und einen Blomberg hereinließ. Vielleicht hatte sie sich aber auch an Männer gewöhnt, seit Max hin und wieder in unserer Küche saß.

»Wieso erzählst du solche Dinge?«, fragte ich die Kaffeekanne, als könnte die mir Auskunft geben. »Walkjanker. Der Wanninger hatte nur sein kariertes Hemd an.«

»Ja. Der Wanninger.« Großmutter drehte sich erstaunt zu mir um. »Aber es ging doch um den Pudschek.«

Pudschek. Wanninger. Ich verzog den Mund, dass ich in der Kanne wie ein grässliches Monster aussah.

»Natürlich ging's um den Wanninger«, klärte ich sie auf. »Wieso sollten sie dich nach dem Pudschek fragen, wenn du den toten Wanninger gefunden hast?«

»Ja. Das hab ich mich auch gefragt. Wieso fragen die nach dem Pudschek?« Großmutter setzte sich mir gegenüber und sah mich über die Kaffeekanne hinweg scharf an. »Der ist doch schon Jahre tot.«

»Die haben den Wanninger gemeint«, antwortete ich mürrisch zur Kaffeekanne. Herrgottsakrament, würde der Schmalzl-Wirt jetzt sagen. Mir war das leider verboten.

»Wieso sagen sie dann Pudschek, wenn sie über den Wanninger reden wollen?«, bohrte Großmutter nach. »Macht man des?«

»Weil alle Pudschek sagen«, sagte ich genervt zur Kaffeekanne, sah mein breitgezogenes Gesicht böse an und schnitt einen noch breiteren Mund. »Sie dachten, du verstehst sie nicht, wenn sie Wanninger sagen.«

Ich sah auf, begegnete Großmutters Blick. Ihre Pupillen waren wieder klar und weit, und sie schüttelte leicht den Kopf, als sie meine Monstergrimasse sah. Geh, Mädl, macht man des, in deinem Alter, sollte das wohl heißen.

»Unsinn. Wieso sollten sie meinen, dass ich sie nicht verstehen würde, wenn sie Wanninger sagen? Die Polizisten können doch unmöglich wissen, dass wir zum Wanninger Pudschek sagen. Wo doch nicht einmal der alte Pudschek Pudschek geheißen hat.« Sie machte ein Geräusch wie tststs und schob die Kaffeekanne weg, um meinem Grimassenschneiden einen Riegel vorzuschieben.

»Woher soll ich wissen, dass fremde Polizisten zum Wanninger Pudschek sagen, frag ich dich. Der Schorsch, gut, der weiß das ja. Aber wildfremde Polizisten. Wer weiß, wo die herkommen. Kein Fremder sagte zum Wanninger Pudschek.«

Ja. Das war logisch. Noch dazu, wo auch der Pudschek nicht Pudschek geheißen hatte.

»Und der Pudschek hatte seinen grünen Walkjanker an. Des weiß ich noch, als wär's gestern g'wesen«, wiederholte sie beharrlich. Sie stand auf und schüttete den Rest ihres Tees in unsere Grünlilie. »An den Ellbogen waren Flicken draufgenäht. Das muss er selber g'macht haben. Des war ned schön g'macht.«

»Vom Pudschek.« Ich beobachtete, wie langsam der Untersetzer unserer Grünlilie überlief und ein kleines Rinnsal die Wand nass machte. Trotzdem blieb ich sitzen und sah einfach zu.

»Natürlich.« Sie drehte sich um und blitzte mich böse an. »Von wem red ich denn die ganze Zeit?«

Stimmt. Wir hatten die ganze Zeit von dem vermaledeiten Pudschek gesprochen. Und wer war dran schuld? Bestimmt der blöde Schorsch. Ich konnte mir richtig vorstellen, was er gesagt hatte: Passt s' auf, die Wild, die alte, die ist total verrückt. Und wenn ihr anfangts mit Wanninger, hin und her. Des versteht die nie.

»Aber der Wanninger. Es ging um den blöden Wanninger.«

»Der Wanninger hatte keinen Walkjanker an«, belehrte mich Großmutter, als hätte ich das nicht selbst gesehen. »Aber eine Frau hatte er. Heimlich. Die hat ihm das Hemd geflickt.«

Der Wanninger hatte keine Frau. Weder heimlich noch sonst was. Das war so sicher wie das Amen in der Kirche.

»Das war gut geflickt. Das Hemd.«

»Der Wanninger hatte keine Frau.«

»Doch«, beharrte sie. »So flicken nur Frauen.«

»Und wieso weiß das keiner?«

»Na ja. Mit dem Wanninger.« Großmutter runzelte die Stirn. »Einem von der SPD. Des ist doch nix.« Sie warf mir einen prüfenden Blick zu, als wäre ich mit einem von der SPD verbandelt. »Du hast mir noch immer ned g'sagt, was der Max wählt.«

Ich räusperte mich beleidigt. Schließlich waren die Wahlen eigentlich geheim. Vielleicht nicht in unserem Dorf, aber im Prinzip. Ich tat so, als hätte ich die letzte Frage nicht gehört. Ich hatte Großmutter auch noch nicht gestanden, dass Max evangelisch war. Das war noch schlimmer, als SPD zu wählen. Das war der religiöse Super-GAU. Ihre Enkelin mit einem Lutherischen. Denn von Ökumene hielt meine Großmutter überhaupt nichts. Ich hingegen hielt sehr viel davon. Spätestens seit ich mich in Max verliebt hatte, war gelebte Ökumene mein erklärtes Ziel.

»Die kommen wieder«, prophezeite ich ihr, um die Frage, ob Max gläubig war, gleich im Keim zu ersticken. »Und dann musst du ihnen was über den Wanninger erzählen.«

»Denen erzähl ich gar nichts.« Großmutter setzte sich wieder vor ihren Strahlenapparat. Ihr Brillenetui zerfiel in zwei Teile, als sie die Brille herausnahm.

»Ach geh, Oma.« Ich nahm das Brillenetui in die Hand und versuchte es zu reparieren, was von Mal zu Mal schwieriger wurde. Großmutter hatte die Theorie, dass das die ersten Angriffe einer feindlichen Macht waren, um uns zu zermürben. Ich hatte die Theorie, dass es der Zahn der Zeit war, der uns zermürben wollte.

»Die sind doch gar nicht von der Polizei. Mädl. Überleg doch mal.« Sie legte ihren Finger auf eine Stelle in der Bedienungsanleitung, sah mich wieder an. »Die sind vielleicht vom CIA. Wie die schon g'sprochn ham. Wie welche vom CIA.«

Der Blomberg war des Bayerischen nicht mächtig, das war richtig. Außerdem hatte er bestimmt zu viel *CSI Miami* gesehen. Und der andere war vielleicht in Wirklichkeit taubstumm, so wenig wie der gesagt hatte. Die Polizei hatte eben dazugelernt, seit letztem Sommer. Man konnte nicht den Schorsch mit der Zeugenbefragung beauftragen. Schließlich war er durch und durch befangen. In der vierten Klasse hatte er sich in mich verliebt. Um auf sich aufmerksam zu machen, hatte er mein Fenster mit spuckegetränkten Papierkugeln beschossen, die allesamt hängen geblieben waren. Und wer musste den Saustall wegmachen? Ich. Lisa Wild. Die mit der Sache überhaupt nichts zu tun hatte. Nur weil Großmutter gemeint hatte, dass es ihr vollkommen egal sei, ob das ich, der Schorsch oder Außerirdische fabriziert hatten.

Andererseits verstand Schorsch natürlich Bayerisch. Das

war in diesem Falle bestimmt nicht das Schlechteste. Außerdem hatte er von den wesentlichen Dingen Ahnung. Zum Beispiel, wen man wählte, in welche Kirche man wie oft ging und wann man Bratwürstln braten durfte.

Und Kommissar Sander war auch befangen, hatte anscheinend die Obrigkeit beschlossen. Jedenfalls wenn es um die Familie Wild ging. Denn Kommissar Sander war Max und hatte zu meiner Freude entschieden mehr mit uns zu tun, als es der Polizei recht war. Wobei er genauso wie Blomberg keine Ahnung von Glauben, der richtigen Partei und bratwürstlfreien Tagen hatte.

»Dann erzählst halt denen vom CIA vom Wanninger«, schlug ich vor. »Kann doch uns wurscht sein, ob das die vom CIA sind oder von der Polizei.«

»Die drehn mir doch bestimmt einen Strick draus.« Sie schob die Lesebrille so nach vorne, dass sie mich besser sah. »Du hast halt keine Ahnung, was denen alles einfällt. Die sind ja ned von da. Die sind ja von drüben.«

Drüben war wahlweise Amerika oder Russland. Momentan war Großmutter aber eher in einer anti-amerikanischen Phase. Und die Bösen waren vom CIA. Das konnte aber schnell kippen, da brauchte bloß im Winter der Troidl seine Pelzmütze aufsetzen und zu lange beim Metzger vor der Tür stehen, dann meinte Großmutter garantiert, ein KGB-Spion würde das Dorf auskundschaften, um Informationen über sie einzuholen. Jeden Winter hoffte ich, dass der Troidl endlich seine bescheuerte Pelzmütze wegschmeißen würde.

»Die is warm«, hatte er mir mal erklärt. »Hören tust nix, wennst die aufhast, aber warme Ohren hast.« Dass seine warmen Ohren teuer erkauft waren, war ihm wahrscheinlich nicht klar. Denn Großmutter konnte dann wochenlang darüber spekulieren, was die vom KGB gegen sie in der Hand hatten. Und vor allen Dingen, was sie vorhatten. Denn von der Vergiftung des Leitungswassers mit vollkommen unbekannten Chemikalien bis zur radioaktiven Verseuchung des Duschbads konnte man solchen Leuten alles zutrauen. Der Troidl wusste bestimmt weder, was radioaktiv, noch was ein Duschbad war. Aber das war Großmutter egal.

»Und wer hat den Pudschek umgebracht?«, wollte ich wissen.

Großmutter sah mich eine Weile verständnislos an. Dann sagte sie. »Wollt ihr noch gesunden Leibes von dieser Stelle kommen, da schweiget, so ihr uns denn schon kennet, allenthalben von uns, und ziehet nun eiligst von dannen; denn auch ich kenne euch und schwöre euch bei allen Göttern die fürchterlichste Rache, so ich es irgend in Erfahrung bringe, dass ihr uns verraten habt!«

Großmutter tat es gar nicht gut, wenn sie Leichen fand. Seit dem letzten Sommer hatte ich gehofft, dass ich das nie wieder miterleben musste. Sie las dann so viel in der Bibel, dass ihre Unterhaltungen hauptsächlich aus Zitaten bestanden. Ich nahm die Limonadenflasche mit dem Weihwasser, versteckte sie hinter dem Strahlenapparat und schob die Tabletten, die dahinter lagen, nach vorne. Vielleicht nahm Großmutter sie ja doch.

»Ich muss noch mal weg«, sagte ich in den Raum hinein, obwohl meine Großmutter nicht zuhörte. Schließlich wollte ich nicht, dass der Schorsch persönlich vorbeikam und mich auf die Wache schleppte.

Der Pudschek.

In meinem Magen rumorte es, ich hatte das Gefühl, als hätte ich viel zu viel Saures gegessen.

Ich konnte mich an den Pudschek nicht mehr erinnern, so sehr ich mich auch bemühte. Aber das hatte ich schon damals gelernt, vor zwölf Jahren, dass die Erinnerungen schnell verblassten, Gesichter verschwanden, als hätte es sie nie gegeben, und man Stimmen nicht mehr hören konnte. Nur ganz vereinzelt blieben Erinnerungen erhalten. Von meiner Mutter war nur noch der Klang ihrer Stöckelschuhe da.

Taktaraktaktak.

Da steckte alles von meiner Mutter drin. Die Energie. Der Tatendrang. Der Mut. Bei Mutter gab es nur Vorwärts, kein Zurücksehen, und immer nur mit höchster Geschwindigkeit. Taktaraktaktak. So war das mit Mutter. Kein Seitwärtsblicken, ob irgendjemand gut fand, was sie tat. Und wenn ich lange genug an dieses energische und trotzdem elegante Geräusch dachte, kamen auch wieder ein paar Erinnerungen. Ein stummes Lachen, das Zurückwerfen ihrer seidigen Haare. Ihre Stimme hörte ich nie. Aber auch wenn ich das Lachen nicht hören konnte, wusste ich, dass es fröhlich, positiv und voller Lebenslust gewesen war.

Doch vom Pudschek gab es nur noch das Gefühl, als wäre ich an etwas schuld.

Ich stand abrupt auf, Großmutter sah nicht einmal auf. Es war ein Gefühl, als würde man im feuchten Schlamm stehen und seine Füße nicht mehr sehen, dachte ich, während ich mich an die blank polierte Edelstahlspüle lehnte und den wirbelnden Blättern in unserem Vorgarten zusah. Und wenn man seine Zehen bewegt, fängt die Oberfläche an sich zu bewegen. Den Grund dafür sieht man nicht. Man weiß ihn zwar, aber man sieht nur die graue, klebrige Oberfläche wabbeln. Jetzt sah ich lediglich diese bewegte Oberfläche, wusste aber nicht, wer hier mit den Zehen wackelte. Ich wusste nur, dass ich es gar nicht wissen wollte.

Der greißliche Wanninger, der greißliche, musste ich denken und schob den verrutschten Strahlenstein wieder in die richtige Position.

Als ich gerade gehen wollte, sah ich Max am Küchenfenster vorbeigehen. Schon sein Klingeln klang ziemlich genervt, fand ich, und sein Hallo war im selben Tonfall. Er ließ sich auf unseren alten Küchenstuhl fallen und streckte die Beine von sich. Er sah jetzt schon müde und abgearbeitet aus, obwohl die Mordermittlungen erst begannen. Gleichzeitig sah er aber auch unglaublich gut aus. Er hatte einen dunklen Strickpullover an und eine Jeans. Und man sah, dass er jede Menge Fitnesstraining machte. Und wenn er den Pullover ablegen würde, käme da wahrscheinlich seine umgeschnallte Waffe zum Vorschein, und das war vielleicht erst attraktiv. Er sah dann noch männlicher aus als ohne Waffe.

Na ja, gut. Wahrscheinlich hatte er keine Waffe dabei, wenn er zu uns kam. Aber es reichte ja, wenn ich mir das vorstellen konnte. Ich hätte mich ihm jedenfalls am liebsten um den Hals geworfen. Aber Großmutter stand an der Edelstahlspüle und polierte sie auf Teufel komm heraus. Wenn ich mich Max jetzt an den Hals werfen würde, wäre das ein weiterer Rückschlag für Großmutter. Ich, die einzige Enkeltochter, Kurtisane. Das konnte ich nicht machen.

Außerdem sah Max mich nicht besonders freundlich an.

»Hallo, Holde«, seufzte er. »Kannst du mir verraten, wie du das machst?«

Ich warf Großmutter einen vorsichtigen Blick zu. »Hm.«

»Ich dachte, bis zum nächsten ungeklärten Todesfall verstreichen 50 Jahre. Aber nein. Kaum ein paar Monate später ist der Organist tot.« Er sah mich mit einem ironischen Lächeln an. »Und wer steht neben der Leiche?«

»Ich habe mich nicht übergeben«, erwiderte ich stolz. »Das ist doch schon mal eine Verbesserung.«

»Der Wanninger war auch nicht nackt«, mutmaßte er und schien mit einem echten Grinsen zu kämpfen. Dann wurde er wieder ernst. »Und nach der dritten oder vierten Leiche wirst du vielleicht auch gelernt haben, dass man sofort die Polizei ruft. Im Fall des Falles.«

Hm. Das war eigentlich gerade das, was ich mir abgewöhnen wollte. Denn wenn uns nicht der Pfarrer bei der Leiche erwischt hätte, dann würden keine Blombergs bei uns in der Küche sitzen. Großmutter müsste sich keine Gedanken über Pudscheks machen. Wir würden still und leise unsere Weihwasserkessel auffüllen, unseren Strahlenapparat bedienen und uns um unseren untoten Papst Luiciano kümmern. Außerdem hätten Max und ich keine Diskussionen darüber, was man macht, wenn man eine Leiche findet. Ich behielt diese Überlegung für mich.

»Bist du im Dienst?«, fragte ich misstrauisch.

»Noch nicht«, erwiderte er mürrisch. »Aber ich soll die Zeugenbefragung durchführen. Anscheinend war Großmutter nicht besonders kooperativ.«

Nicht kooperativ. Wenn die uns auch zwei Typen schickten, die wie frisch aus Amerika aussahen. Da hätte sich doch der Schorsch gleich denken können, dass das nicht funktioniert.

»Ja. Und weißt du, wieso? Weil die dummen Seppeln sie nach dem Pudschek gefragt haben«, fauchte ich ihn an. »Und dann sagt jeder, Großmutter ist verrückt. Sie hat ihnen ganz korrekt geantwortet. Pudschek hatte einen Walkjanker an. Als sie ihn tot gefunden haben.«

Tief in mir drinnen brummte schon wieder das schlechte Gewissen. Wieso hatte eigentlich Großmutter den toten Pudschek gefunden? Irgendwie war das schon etwas zu viel des Zufalls. Da sterben zwei Organisten im selben Dorf, und jedes Mal findet ihn Großmutter. Max sah mich etwas zu durchdringend an, vielleicht weil ich schuldbewusst guckte oder weil er sich denken konnte, dass ich beim nächsten Leichenfund garantiert still und leise davonschleichen würde.

Er verdrehte die Augen. »Weißt du, wie das für mich ist? Schließlich ist Großmutter die Großmutter meiner Freundin.«

Ich strahlte ihn an. Ja. So war das. War das nicht wunderbar? Ich war seine Freundin. Und jeder wusste es. Inzwischen sogar die vom CIA. Andererseits hatte ich keine Lust, dass sich Großmutter einbildete, dass Max auch vom CIA war. Bis jetzt war sie ihm gegenüber unglaublich aufgeschlossen gewesen. Bis auf die Sache mit der Kurtisane, da mussten wir uns zurückhalten. Kein Händchenhalten, Küssen oder sonstige Schweinereien.

»Sie war's nicht«, flüsterte ich.

»Lisa«, flüsterte er zurück, »ich muss wissen, was sie gesehen hat.«

Hm. Das war schwierig. Denn das, was sie sah, und das, was sie meinte zu sehen, waren zwei grundverschiedene Dinge.

»Und danach befragst du mich?«, bohrte ich misstrauisch nach.

»Ja. Hochnotpeinlich«, grinste er und schüttelte dann den Kopf. »Natürlich nicht. Du gehst mal schön auf die Wache.«

»Der Schorsch ist ein Depp«, murrte ich beleidigt. Eine hochnotpeinliche Befragung von Max war bestimmt angenehmer, als Schorsch dabei zuzusehen, wie er mit der Schreibmaschine Buchstaben in ein Papier stanzte.

»Sag das nicht. Er hat einen Lehrgang gemacht.«

Der Schorsch und ein Lehrgang. Er hat schon in der

Grundschule immer während des Unterrichts geschlafen. Da konnte ich mir bestens vorstellen, was bei so einem Lehrgang herauskam. Es wusste doch jeder, dass man Lehrgänge nur machte, um sich nicht im Büro den Hintern platt zu sitzen. Außerdem glaube ich nicht, dass sie bei Lehrgängen wirklich wichtige Dinge lernen. Eine wichtige Sache wäre zum Beispiel der Umgang mit der Sirene. Dass man die nicht unbedingt einschalten muss, wenn man zu einem Einbruch gerufen wird. Außer natürlich, man will die Einbrecher vorwarnen. Der Schorsch dagegen hat schon immer gesagt, die Sirene sei ein wichtiges Mittel, um mit keinen zwielichtigen Gestalten in Kontakt zu kommen. Sehr vernünftig für einen Polizisten, finde ich. Zwielichtige Gestalten zu meiden, wo es nur geht.

Wie man also mit dem Schorsch irgendeinen Fall aufklären konnte, war mir ein Rätsel.

»Außerdem macht das der Blomberg«, setzte er hinzu, als er meinen skeptischen Blick sah.

»Der vom CIA?«, fragte ich nach und grinste dann, als er schon wieder diesen speziellen verzweifelten Blick bekam, den er immer hatte, wenn es in unserer Familie um den CIA und den KGB ging.

»Oma«, sagte ich laut. »Setz dich doch. Wir reden grade über den Wanninger.«

»Der alte Teifel«, grummelte Großmutter, und ich zuckte zusammen. O.k. Das blieb in der Familie. Aber trotz allem war Max ein Polizist. Und bei einer Mordermittlung sollte man nicht allzu verdächtige Sachen von sich geben.

»Der Max hat g'fragt, ob's recht gruselig war«, versuchte ich sie abzulenken.

Max verdrehte die Augen. Ich verdrehte auch die Augen. Er wollte damit sagen, dass kein normaler Polizist so eine dämliche Frage stellen würde. Ich wollte damit sagen, dass er von einem einfühlsamen Verhör keine Ahnung hatte.

»Ah geh«, antwortete Großmutter und setzte sich zu uns. Ihre Hände huschten über den Tisch, suchten nach Krümeln, die nicht da waren. Ihr Blick huschte auch, von mir zu Max, wieder zurück. »Was du wieder meinst, Lisa. Ich hab halt des Weihwasser g'holt. Weißt schon, hint' im Eck. Und der Wanninger hat g'spielt.«

Ich sah erschrocken zu Max. Der musterte aber Großmutter. Dann hatte der Wanninger also noch gelebt, als Großmutter in die Kirche gekommen war. Das bedeutete außerdem, dass Großmutter zusammen mit dem Mörder in der Kirche gewesen war. Und außerdem, mir wurde wieder furchtbar schlecht, bedeutete es, dass wir jede Menge Ärger bekommen würden. Der Blomberg würde nämlich eins und eins zusammenzählen. Er würde sich sagen, die Wild, die ist gekommen, und der Pudschek hat gelebt. Und die Wild, die ist gegangen, und dann war er tot.

»Und dann?«, bohrte ich weiter. Mein Mund war trocken geworden.

»Des war gruselig. Viel gruseliger, als a Leich sei kennt«, antwortete Großmutter. Ihre Hände wanderten über die Holzplatte und hielten nie an. »Der neumodische Krampf, der neumodische. Und da hab ich mir dacht, des sag ich ihm etzt amal. Dass des a Krampf is.« Sie sah mich an. Ihre Pupillen waren spitz und bohrend, sie lächelte nicht.

»Des kannst ja ned anhörn. Richtig falsch hat des klungen. Also wirklich. Und bei der nächsten Mess müssen s' alle anhören. Und keiner sagt was. Die Mistmatzn, die greißlichen. Da schimpfen s' und tun s', aber sagn tun s' nix.«

»Sie« waren vermutlich ihre Rosenkranztanten, mit denen sie sich in den letzten Wochen wieder besser verstand.

»Da hab i ma denkt, etzt, etzt sag i's eam amal.«

Max sah mich verständnislos an.

»Jetzt sagt sie es ihm einmal«, übersetzte ich. »Dass er beschissen Orgel spielt.«

Großmutter warf mir einen vernichtenden Blick zu. »Geh, sagt ma des, Mädl. Was soll der Max von uns denken?«

Das wollte ich lieber nicht wissen, was der sich gerade dachte.

»Und, was hat er gesagt?«, bohrte ich weiter. Mir wurde gerade übel. Sterbenselend und speiübel. Vielleicht würde ich mich jetzt übergeben müssen.

»Dann bin ich rauf«, sagte sie. »Und da hab i mir denkt, die Bet, die könnt besser putzen. Da im Abstellraum. Nie putzt s' da. Und s' letzte Mal hat s' sogar nach der Hochzeit die Blätter ned wegg'räumt. So a faules Drutscherl.«

Max warf mir wieder einen Blick zu, aber ich verzichtete auf eine kommentierte Übersetzung. Was ging den Max die Bet an. Die hat noch nie so geputzt, wie's meine Großmutter gut gefunden hätte. Nämlich immer nur dort, wo der Pfarrer tanzt, wie Großmutter zu sagen pflegt. Also dort, wo es alle sehen, und nicht in irgendwelchen Abstellräumen, wo sowieso nur der Wanninger reinrumpelt.

»Und dann? Was hast du ihm denn gesagt?«

»Ja nix.« Großmutter sah mich böse an. »Lass mi halt ausredn. I geh grad hoch. Und dann hat er sich auf'd Orgel g'legt. Und i hab mir denkt, wart nur, Birscherl.«

Max sah mich verständnissuchend an. »Warte nur, Bürschchen«, übersetzte ich. »Hat Großmutter gesagt, als sich der Wanninger auf die Orgel gelegt hatte.«

Max sah nicht so aus, als könnte er nachvollziehen, wie man den ausgewachsenen Wanninger als Bürschchen bezeichnen konnte.

»Das ist doch keine Musik«, sagte sie auf Hochdeutsch, als hätte sie gemerkt, dass der Max nichts verstand. »Alle Töne, die er erwischt, runterzudrücken. Und dann ist's laut geworden. Das hat ja in den Ohren wehgetan.«

»Hm«, nickte ich beipflichtend. Da konnte ich wirklich nur zustimmen.

»Böse war ich, richtig böse. Kann der nicht normal Orgel spielen?« Sie sah Max zornig an, als wäre er der Organist und würde sich über die Tasten legen. »Einfach in die Tasten reinhauen, als wären wir alle stocknarrisch g'worden. Das lassen wir uns nicht mehr gefallen. Der braucht mir nix erzählen von Zäsar Frank. Dann muss er halt ein bisserl üben, wenn er's nicht g'scheit kann. Oder was anderes spielen. Hätt er ned *Maria, breit den Mantel aus* spielen können? So ein schönes Liedl.«

Sie hielt inne und sah Max nachdenklich an. Max und ich starrten gebannt auf Großmutter.

»Und? Was hat er geantwortet?«, fragte ich schließlich.

»Und dann bin i rein.«

Ich bekam plötzlich nicht mehr richtig Luft. Meine Kehle war viel zu eng für die viele Spucke, die ich im Mund hatte und nicht mehr runterschlucken konnte. Großmutter machte eine Pause, sah uns alle bedeutungsvoll an.

»Und?«, fragte ich atemlos.

»Was und?«, wiederholte sie mürrisch. »Was soll scho g'wesen sei? Da is er halt g'legn.« Sie runzelte die Stirn.

Ich spürte eine Panikattacke anrollen. Diese Angst vor dem Nichts. Diese Angst davor, im Weltraum ausgesetzt zu werden und klein und hilflos im schwarzen All herumzutrudeln.

»Und sagn hab ich ihm aa nix mehr kenna.«

»Sie konnte ihm nichts mehr sagen«, übersetzte ich vorsichtshalber, damit Max nicht auf die Idee kam, dass Großmutter vor lauter Zorn über die Musik ein paar Mal zugestochen hatte.

»Das habe ich verstanden«, seufzte er nur.

»Akkurat da muss er sterben, der hundsmiserabliche«, empörte sich Großmutter. »Da hätt er auch noch ein bisserl warten können, bis ich ihm des g'sagt hätt. Ich wollt's ihm ja scho länger sagn. Aber, Mädl, das habe ich dir schon immer gesagt ...«

»Ja. Ja. Nur nichts auf die lange Bank schieben«, unterbrach ich sie hastig, damit sie sich nicht noch mehr in verfängliche Aussagen verstrickte. »Und jetzt kann er ja auch gar nicht mehr so grässlich spielen.«

Großmutter bekreuzigte sich. »Jawohl.«

Etwas mürrisch sah sie von Max zu mir und zuckte dann mit den Schultern. »I bin halt hin, hab g'schaut, was is. Aber so hat des auch kein Taug ned.«

Wir sahen sie gebannt an, sie unterbrach sich selbst, sah uns gebannt an. Als wäre ihr gerade erst aufgefallen, dass wir auch mit am Tisch saßen.

»Kein Taug?«, erinnerte ich sie.

»Ja. Weil, wer soll jetzt Orgel spielen?«, fragte sie, musterte dabei Max, als könnte er vielleicht als Organist einspringen. Dann nahm sie ihr Wasserglas und stand auf.

»Aber das heißt ja ...«, wisperte ich aufgeregt, »dann muss der Mörder ja auch dort gewesen sein.«

»Gibt es einen zweiten Abgang?«, fragte Max leise.

»Ach wo. Da ist nur die Orgel. Und wo man sich da verstecken kann – keine Ahnung.«

»Vielleicht hat sie ihn gesehen.«

Als wären wir nicht da, ging Großmutter zu unserer Grünlilie und kippte ihr Glas Wasser hinein. Dann holte sie einen Topf aus unserem Schrank und stellte ihn auf den Herd.

»Hast du den Mörder gesehen?«, fragte ich nach und verkniff mir die Bemerkung, dass ich das Glas Wasser extra vor sie gestellt hatte.

In der Hoffnung, dass Trinken ihren Gesundheitszustand verbessern würde.

Großmutter drehte sich um und sah mich eine Weile gedankenverloren an. »Nein. Ein Mörder war da nicht.«

3

Der Schorsch kam gerade griesgrämig aus der Toilette. Er hatte sich beim Händewaschen anscheinend vollgespritzt, denn rund um den Reißverschluss der Hose war der Stoff nass. Was für ein Anblick! Das wäre James Bond, seinem aktuellen modischen Vorbild, nicht passiert. Er dehnte seine schwarze Daunenweste weiter nach unten und warf mir einen wirklich coolen Blick zu.

»Weil s' halt immer sparen«, sagte er nach einer Pause mit finsterer Miene. »Da kannst drehen und drehen und drehen. Und kommt kein Wasser. Und dann spritzt's los.«

Ich nickte ernsthaft. Das Bedienen von Wasserhähnen konnte eine vertrackte Sache sein. Noch vertrackter war es, wenn man Polizist war und mit ehemaligen Schulfreundinnen zu tun hatte. Nicht, dass wir besonders eng befreundet gewesen wären. Aber man kannte all die peinlichen Momente. Zum Beispiel den, wo der Schorsch ausgefragt worden war und niesen musste. Kein wirklich schöner Anblick. So etwas untergräbt die Autorität bis zum Sankt Nimmerleinstag. Er sah aus, als würde ihm diese Geschichte auch gerade einfallen, denn sein Gesichtsausdruck wurde noch eine Spur griesgrämiger.

»Die müssen sparen. Aber wo sparen s'? An uns. Im Winter werden die Heizkörper erst um zehn Uhr warm.«

Das wäre für mich ein guter Grund, erst so spät zu kommen.

»Bis des warm wird, bist schon am Heimgehen«, fügte er nörgelig hinzu und verschwand durch die Tür in sein Zimmer, ohne mir die Tür aufzuhalten. Die Tür krachte gegen meine Hand, aber ich folgte ihm trotzdem brav. Echt. Der Schorsch. Kein Wunder, dass ich ihn nie erhört habe. Männer ohne Manieren sind das Letzte.

»Der PVC, der strahlt richtig die Kälte aus«, lamentierte er weiter.

Wir hatten Holzböden. Die strahlten keine Kälte aus. Aber man zog sich jeden Tag ein paar Spreißel in die Füße, was auch nicht besonders erhebend war. Es erschien mir aber klüger, ihm in allem zuzustimmen, und so nickte ich nur.

»Ich darf dich ned befragen«, sagte er, und seine Griesgrämigkeit erreichte ihren Höhepunkt. Dann setzte er sich hinter seinen Schreibtisch. Er wurde mit einem Schlag selbstsicherer, was wohl daran lag, dass man die nasse Hose nun nicht mehr sehen konnte. »Aber, was mich schon interessieren würde …« Er sprach plötzlich hochdeutsch, was mich stutzig machte. Schorsch sprach nie hochdeutsch. Nur wenn er gerade hochgradig am Ermitteln war. Vielleicht stellte er sich dann vor, dass ich nicht ich war, sondern jemand, den er nicht kannte und der seinen heimatlichen Dialekt nicht verstand.

»Wieso warst du eigentlich in der Kirche?«

Das war eine gute Frage. Ich ging fast nie in die Kirche. Nur wenn mich Großmutter psychisch unter Druck setzte. Nicht in die Kirche gehen löste nämlich ganz schnell alle möglichen Beschwerden aus, die flugs zu einem schwarzen Arm führen konnten. Die jungen Leute heutzutage waren da viel zu nachlässig, fand Großmutter. Jedenfalls wusste das ganze Dorf, dass meine Kirchenbesuche sich auf ein paar ausgewählte Gottesdienste im Jahr beschränkten. Und zwar wenn meine Großmutter bei Sinnen war und mir ihr ganzes Repertoire an göttlichen Strafmaßnahmen drastisch schilderte. Über einen schwarzen Arm konnte man fast noch froh sein, denn das war durchaus noch steigerungsfähig.

»Das Weihwasser war alle«, sagte ich schließlich, was nicht einmal gelogen war.

Der Schorsch sah sehr zufrieden aus. »Die Flasche neben der Leiche.«

Richtig. Die Flasche neben der Leiche.

»Ihr verdächtigt doch wohl nicht Großmutter?«, fragte ich, mittlerweile ebenfalls griesgrämig.

»Der Täter braucht Motiv und Gelegenheit«, antwortete er sehr vage.

»Und die Gelegenheit hatten wir schon einmal«, erwiderte ich spöttisch. »Jetzt ist nur noch die Frage, wieso.«

Dazu hätte ich ein paar gute Tipps geben können. Weil der greißliche Wanninger, der greißliche, nämlich so einen modernen Krampf gespielt hat. Das war einfach nicht mehr zum Anhören. Was sollte man machen? Da musste man einmal Zeichen setzen, nicht wahr? Und genauso wusste jeder, dass er SPD gewählt hatte. Natürlich nicht unbedingt ein Grund für einen Mord. Aber die Kombination, SPD und scheußliche Orgelmusik. Ich beschloss, dass Schorsch nicht in der Lage war, Ironie zu verstehen, und sagte deswegen: »Also, ein Motiv haben wir jedenfalls nicht.«

Seit er hinter seinem Schreibtisch saß, war seine Miene verdächtig Bruce-Willis-mäßig, kurz bevor der die Welt rettet. Oder wenn er sie schon gerettet hat und noch einmal pathetisch in die Kamera schaut.

»Frau Wild?«, fragte hinter mir Blomberg.

Blomberg und ich standen direkt vor der Orgelbank und sahen uns beide intensiv die Stelle an, an der Großmutter die Limonadenflasche stehen gelassen hatte. Ich war schlechter Laune. Denn der Blomberg hatte mich ziemlich intensiv befragt, und ich wurde den Verdacht nicht los, dass ich bei seinen Überlegungen zum Tathergang eine zentrale Rolle spielte. Erschwerend kam hinzu, dass der Daschner, unser Pfarrer, ausgesagt hatte, dass ich quietschend neben der Leiche gestanden hatte. Und einem Blomberg konnte man nicht klarmachen, dass bei mir allein die Vorstellung, einer Leiche zu nahe zu kommen, schon Quietschen auslöste. Ich quietschte auch, wenn ein Ohrwurm aus einem Salatkopf herausfiel und auf meiner Hand weiterrannte. Oder wenn ich mit einer Tafel Schokolade aus der Speisekammer kam und mit Großmutter zusammenstieß.

Der Blomberg hatte die ganze Zeit geguckt, als würde er niemals quietschen. Der blöde Pfarrer Daschner, der blöde. Musste der auch jedes Detail petzen. Ich war auch nicht gerade stolz darauf, so gequietscht zu haben. Und jetzt wussten das der Blomberg, der Max und der Schorsch. Und demnächst wahrscheinlich unsere ganze Gemeinde.

Wieso ich unbedingt in die Kirche musste, um zu zeigen, wo unsere dämliche Limoflasche gestanden hatte, war mir auch unklar. War doch wohl egal, ob rechts oder links von dem Wanninger.

»Und die Flasche kommt in keine Asservatenkammer«, stellte ich klar, um Missverständnissen vorzubeugen.

Der Blomberg sagte dazu gar nichts. Er sah Max an, als wäre der dafür zuständig, seine quietschende Freundin zur Räson zu bringen. Wütend schaute ich Blomberg hinterher, als er sich an den gestapelten Noten unseres Chors vorbeidrängelte und die Treppe hinunterstieg. Der Schorsch folgte ihm und grinste dabei etwas seltsam. Nur Max blieb neben mir stehen.

Max und ich hörten eine Weile zu, wie der Blomberg und Schorsch die Holztreppe nach unten gingen.

»Das ist unsere Weihwasserflasche. Wir sind extra in die Kirche gegangen, weil Großmutter sie vergessen hatte«, erklärte ich ihm noch einmal. »Ist doch klar, dass sie das Weihwasser stehen lässt. Der Schock. Verstehst du?«, fügte ich hinzu.

Max sagte gar nichts. Großmutter hatte zwar keineswegs geschockt ausgesehen, aber das musste er ja nicht unbedingt wissen.

»Wir haben nur unsere Flasche geholt. Die in der Kirche rumgestanden ist«, fügte ich in beruhigendem Tonfall hinzu.

»Neben der Leiche«, erinnerte er mich bissig. »Du hast den Tatort verändert.«

Ha. Blomberg hatte ausgesehen, als fände er Max parteiisch. Wäre er nur parteiisch, dachte ich böse. Dann hätten wir diesen ganzen Ärger nicht.

»Ich habe unsere Limoflasche genommen«, belehrte ich ihn ruhig und überging seinen Einwand einfach. »Unsere uralte Limoflasche. Leiche hin oder her, die Limoflasche hat damit nichts zu tun. Großmutter ist bestimmt am Boden zerstört, wenn du die ihr wegnimmst.«

»Beweismittel«, antwortete er nur.

»Wahrscheinlich erleidet sie einen Rückfall. Nur weil du Beweismittel sammelst. Jetzt sei doch mal ehrlich, glaubst du wirklich, dass Großmutter Organisten ersticht?«

Hm. Er wusste zwar immer noch nicht die ganze, ungeschminkte Wahrheit von letztem Sommer, aber mein unschuldiger Blick schien nicht ganz zu wirken. Schließlich bekam er Geld dafür bezahlt, dass er sich nicht beeinflussen ließ. Und wahrscheinlich hatte er schon einiges an Erfahrungen gesammelt mit unschuldigen Blicken. Besonders mit meinen unschuldigen Blicken.

»Woher wusstest du, dass es eure Limoflasche ist?«, fragte er mich, wieder im dienstlichen Tonfall.

Ich atmete einmal tief ein. Wir kauften nie Limonade. Es gab bei uns immer Wasser aus der Leitung. Zu irgendeinem Anlass hatte meine Mutter einmal eine Flasche Zitronenlimonade gekauft. Man stelle sich das vor. Meine Mutter hat schon vor über zwölf Jahren das Weite gesucht. Aber ihre Zitronenlimonadenflasche ist bei uns geblieben.

»Großmutter ersticht keine Leute«, sagte ich, ohne auf seine Frage zu antworten.

»Wieso habt ihr die Flasche weggenommen?«

»Unsere ganzen Weihwasserbecken waren leer«, antwortete ich mürrisch. Mürrisch mehr deshalb, weil ich mir einzureden versuchte, dass es nicht gelogen war. Bestimmt waren sie leer gewesen. Sonst hätte Großmutter nicht frisches geholt. Meinen eigentlichen Beweggrund versuchte ich zu vergessen.

»Wieso hat sie die Flasche hingestellt?«

Richtig. Wieso hatte sie die Flasche hingestellt? Sie hat das Weihwasser abgefüllt. Dann, plötzlich, wird der Organist ermordet. Der kippt auf die Tasten, während meine Großmutter Wasser zapft. Großmutter fällt der ungewöhnliche Orgelklang negativ auf und sie geht zur Orgel hinauf. Und dann?

»Das war nicht unser Messer«, stieß ich verzweifelt hervor.

»Wir brauchen die Flasche«, bestimmte er statt einer Antwort.

»Wir auch«, stieß ich noch verzweifelter hervor.

»Ihr habt doch jetzt einen Weihwasservorrat. Alles ist frisch gefüllt«, versuchte er es diplomatisch.

Er hatte keine Ahnung von unserem Weihwasser. Es gab Zeiten, da konnte an einem einzigen Tag das gesamte Weihwasser verdunsten. Und dann hatte man ein Problem, wenn die Limonadenflasche nicht da war. Wie sollte ich das Großmutter erklären? Seit Großmutter den Organisten gefunden hatte, war sie sowieso verändert, zog murmelnd und brummelnd durch die Wohnung und versprühte Weihwasser in rauen Mengen.

»Ich will nicht an diesem Fall arbeiten«, sagte er dumpf und schaute dabei auf seine Hände. »Ich will mir keine Gedanken darüber machen, ob Großmutter Organisten ersticht.«

»Großmutter ersticht keine Organisten«, erklärte ich ihm möglichst ruhig. Ich wollte ihm jetzt auf gar keinen Fall erzählen, wie das mit dem Mesner, seinem Penis und unserem Brotmesser gewesen war. Diese Geschichte war das einzige große Geheimnis zwischen uns. Na gut. Und die Geschichte, wie ich einmal fast Sex gehabt hatte. Aber das ist eine andere Sache. Jedenfalls befürchtete ich, dass dieser Teil meiner Vergangenheit unsere Beziehung etwas belasten würde. Man muss ja Offenheit in der Partnerschaft nicht total ausreizen.

»Sie war am Tatort.«

»Ich war auch am Tatort«, erwiderte ich gereizt.

Er sah jetzt ziemlich außerirdisch drein. »Ich muss los«, seufzte er etwas resigniert.

Ich ging hinter ihm her, da ich mich alleine bei der Orgel furchtbar gruselte. Das einzige Wort, das mir jetzt einfiel, war unflätig und nicht geeignet, es vor meiner Großmutter auszusprechen. Ich wurde auf der Treppe langsamer und schaute zum Fenster hinaus. Da war ich früher oft gestanden. Jetzt sah ich unten Max und Blomberg, wie sie ihre Köpfe zusammensteckten. Der Wind riss an ihren Haaren, während ich die alte staubige Luft einatmete.

Vielleicht sogar die gleiche Luft wie damals vor zwölf Jahren. Wer wusste das schon genau. Damals, als ich noch die ehrenvolle Aufgabe hatte, dem Wanninger die Register der Orgel zu ziehen.

Jedes Mal hoffte ich darauf, dass der Gottesdienst ausfiel oder der Wanninger krank war. Meist wartete ich so lange, bis der Wanninger wirklich oben bei der Orgel war. Denn noch gruseliger, als alleine durch die staubige Stille auf den ausgetretenen Holzstufen nach oben zu steigen, war es, den Wanninger im Nacken zu haben. Dieses leise Keuchen, während er sich hocharbeitete.

Wenn er nicht hinter mir war, konnte ich auch bei dem Kirchenfenster stehen bleiben und von oben auf die Kirchgänger blicken. Der Anton Spreitzer, das war der Vater vom Schorsch, der kam immer ziemlich spät. Und dann konnte ich seine spärlichen Haare von oben sehen. Sie waren exakt parallel über seinen Kopf gelegt. Und wenn starker Wind ging, dann klappte diese Haarmatte ein wenig nach oben. Einmal, als die Windrichtung sehr günstig war, standen die Haare sogar senkrecht, was unglaublich komisch aussah. Der Wanninger fand das nicht. Er hatte ziemlich geschimpft, weil ich ein wenig zu spät dran war.

Wieso ausgerechnet ich die Register ziehen sollte, wusste ich nicht mehr. Ich konnte nämlich nicht richtig Noten lesen. Und das war eine Grundvoraussetzung. Das sagte der Wanninger immer ganz wütend, wenn ich nicht rechtzeitig ein Register herausriss.

»Schau halt hin, Mädl. Wenn ich da bin, dann stehst auf«,

hatte er immer zornig gesagt und mit einem Bleistift einen wütenden Kringel über eine Fermate gemalt.

Aber ich hatte keine Ahnung, wann er wo war, sondern reagierte nur auf seine zornigen Kopfbewegungen. Wenn er nach rechts zuckte, dann zog ich den Vierfuß raus. Und wenn er nach links zuckte, dann riss ich den Sechzehnfuß heraus. Nach links zucken war immer besonders blöd, denn ich durfte nicht auf die Pedale treten. Und meistens stieß ich mich wo an, was dann durch die ganze Kirche hallte.

Ich glaube, es war so, dass sich keines der Kinder, die in dem Jahr Firmung hatten, freiwillig zum Wanninger an die Orgel setzen wollte. Mir jedoch war das lieber als die Sache mit dem Ministrieren, dem Glöckchenläuten und Weihrauchschwenken. Vielleicht hatte ich mir auch ausgerechnet, dass ich dann weniger Zeit in der Kirche wäre. Was aber überhaupt nicht stimmte. Denn in dem Jahr, das ich registerziehend auf der Orgel verbrachte, war ich bei jeder Messe dabei. Und wenn ich Pech hatte, auch bei jedem Requiem und jeder Taufe. Eigentlich war es überhaupt nicht notwendig, das mit dem Registerziehen, weil die Orgel so viele Register gar nicht hatte. Aber der Wanninger kam sich dann besser vor, wenn er huldvoll nicken konnte und ich hastig Knöpfe herausriss.

Ich wurde durch ein ungeduldiges Räuspern aus meinen Gedanken gerissen. Unten an der Treppe hatte nämlich der Schorsch Posten bezogen, wahrscheinlich um zu kontrollieren, was ich machte. Er sagte nichts, als ich an ihm vorbeiging. Aber an seinem Blick merkte ich, dass er mich beobachtet hatte. Bei den Wilds wusste man schließlich nie. Kaum waren sie an einem Tatort, veränderten sie alles, dachte ich gehässig und ging an ihm vorbei. Der Schorsch wieder.

Als ich aus der Kirche trat, stieß ich mit Anneliese zusammen. Sie sah ein klein wenig so aus, als wäre sie stinkig, weil ich einfach aufgelegt und danach das Telefon ausgesteckt hatte.

»Und?«, fragte Anneliese neugierig, und das klang gar nicht beleidigt.

Ich zuckte mit den Schultern.

»Ist der Fall gelöst?«

»Nein«, antwortete ich mürrisch.

»Und, wen verdächtigen sie?«

»Wen wohl«, sagte ich noch mürrischer. »Mich.«

Anneliese grinste plötzlich. »So ein Schmarrn. Da bring ja eher ich einen um als du.«

Meine Rede.

»Aber du hast ja den Max«, meinte Anneliese tröstend.

So als unbedarfter Mensch mag man denken, prima Sache. Da kann ja nix mehr schiefgehen, wenn man im Zentrum einer Mordermittlung steht und der eigene Freund bei der Kripo ist. So ist das aber nicht, da kann jede Menge schiefgehen, wenn ein Kommissar, der aus Norddeutschland kommt, der Landessprache nicht mächtig ist und keine Ahnung von unserem Dorf hat, zu ermitteln beginnt. Ein Wunder is des ned, würde der Schmalzl-Wirt vermutlich sagen, wahrscheinlich wählt der sogar die falsche Partei.

Jedenfalls konnte ich mir nicht vorstellen, dass Max in diesem speziellen Fall so schnell den Durchblick bekommen würde. Außerdem konnte ich mir gut vorstellen, auf welche Art und Weise Max bei meinen Gedanken der letzten paar Stunden die Augen verdrehen würde. Besonders die Stelle, wo es um meine Intuition ging, dass es am besten wäre, den Original-Pudschek-Tod zu untersuchen. Wie soll denn das zusammenhängen, würde er fragen, aber wahrscheinlich würde er nur die Augen so verdrehen, als wollte er sich sein Großhirn anschauen. Was weiß ich, würde ich sagen. Aber irgendwas tief drin in mir wusste, dass es so war. Ich brauche bloß an die entsetzten Augen vom Wanninger denken. Wenn er die gesehen hätte, als Kind, dann wäre ihm jetzt auch alles klar. Aber der Max würde sich denken, die Wilds wissen tief drinnen in sich nur Dinge, die so was von g'spinnert sind.

»So ein Schmarrn«, sagte ich böse. »Der Max darf auch gar nicht richtig ermitteln.«

»Dann musst es halt selber machen«, schlug Anneliese vor. »Im Film machen die des auch so.«

Ja. Aber in Filmen hatten die Leute auch keine schizophrenen Großmütter an der Backe und einen Kripo-Mann als Freund, der einen am Ermitteln hinderte, wo es nur ging.

»Was will man da schon ermitteln«, sagte ich stattdessen düster.

Anneliese sah unglaublich kooperativ aus. Sie schwieg eine Weile, dann schlug sie vor: »Vielleicht, wem des Messer g'hört hat.«

Woher wusste Anneliese denn schon wieder, wie der Wanninger umgekommen war?

»Woher soll ich denn des wissen.«

»Wie hat's denn ausg'schaut?«, fragte Anneliese.

Ich verdrehte die Augen. Die Multitaskingfähigkeit von Frauen wurde echt überschätzt. Ich konnte doch nicht gleichzeitig eine Limoflasche neben einer Leiche wegnehmen, Quietschen und ein Mordmesser anschauen. Und noch weniger wollte ich mich an das Leichenfinden erinnern. Und an Messergriffe, die in … Ich unterdrückte ein Würgen.

»Ein Nicker«, antwortete ich dann doch, weil ich den Messergriff plötzlich glasklar vor mir sah. »Ein Jagdnicker.«

Wie gruselig.

»Dann ist der Mörder ein Jäger«, schlug sie vor.

»So ein Schmarrn«, sagte ich. Sogar wir hatten einen Nicker. Der hatte sogar den gleichen Griff wie das Messer, das im Wanninger gesteckt ist.

»Gruselig«, entfuhr es Anneliese. »Die ham doch locker 25 Zentimeter Klinge.«

»Schmarrn. Wir haben einen mit vielleicht 10 Zentimetern.«

»Mindestens 15«, widersprach Anneliese, »und der von uns ist bestimmt 25 Zentimeter lang ... Wie lang war's denn?«

»Sag mal, hast du sie noch alle?«, fragte ich böse. »Ich zieh doch nicht des Messer aus dem Pudschek raus, um zu sehen, wie lang es ist.«

»Und der Griff?«

»Ganz normal. So Hirschhornzeugs.«

Anneliese schwieg eine Weile. »Aber des hat bei uns ja jeder.«

Meine Rede. Tolles Ermittlungsergebnis.

Ich ging mit Anneliese auf die Straße hinaus. Die Bet, die neugierige Bixn, hing schon wieder überm Gartenzaun und sah wie ein einziges Fragezeichen aus.

»Fehlt dir vielleicht ein Nicker?«, fragte ich einfach mal präventiv. Man konnte ja nie wissen, vielleicht hatte sie beim letzten Rosenkranz so lang gebetet, bis ihr ganz anders geworden war und sie nicht mehr an sich halten konnte.

Die Bet wurde rot vor Empörung. »Ich hab doch keinen Nicker ned!«, keifte sie mich an. »Von dir brauch ich mir keinen solchen Schmarrn anhören! Wer ständig Leichen findet, braucht gar ned so daherreden! Du wirst schon noch sehen, wohin das führt!«

Ja. Und wo kämen wir denn hin, wenn alle so viele

Leichen finden würden wie du, Lisa Wild. Dann hätten wir den Salat.

Die Bet drehte sich zornig von uns weg und ging zu ihrem Haus zurück. Mit einem lauten Knall fiel die Haustür ins Schloss.

»Tolle Ermittlungen«, sagte ich noch einmal laut zu Anneliese. »Jetzt weiß ich immerhin schon einmal, dass die Bet keinen Nicker hat.«

Anneliese grinste nur. »Des musst schon noch a bisserl üben.« Sie winkte mir zu und ging Richtung Metzgerei.

»Was denn? Das mit dem Leichenfinden?«, rief ich ihr hinterher.

»Nein. Des mit dem Ermitteln. Des mit dem Finden kannst scho ganz gut.«

Als ich nach Hause kam, saß Max wieder an unserem Küchentisch. Dass Max Großmutter schon wieder befragte, machte die Sache nicht besser. Auch wenn es natürlich sehr profimäßig wirkte, dass er den Blomberg bei sich hatte. Der musste wahrscheinlich auf Max aufpassen, dass er nicht wesentliche Aussagen von Großmutter unter den Tisch kehrte. Und Max musste die Fragen stellen. Damit Großmutter überhaupt redete.

»Und das Weihwasser?«, fragte Max gerade. »Das hatten Sie mit hinaufgenommen?«

Das Weihwasser. Was für eine blöde Frage. Ich blieb in der Tür stehen und beschoss Max mit bösen Blicken. Inzwischen wusste doch sowieso jeder im Dorf, dass Großmutter und ich unsere Weihwasserflasche geholt hatten. Und dass Großmutter die Flasche auf der Orgelbank neben dem Wanninger abgestellt hatte.

Großmutter runzelte die Stirn. »Des hat die Lisa g'holt.«

Aaaaah. So etwas tat meiner Beziehung zu Max nicht gut. Das hörte sich ja an, als hätte ich die Weihwasserflasche extra geholt, damit keiner auf die Idee kam, Großmutter zu verdächtigen. In Wirklichkeit war nur unser Weihwasser alle. Der Blomberg sah mich an, als würde ich auf einer Top-Terroristen-Fahndungsliste stehen.

»Ja. Später hat Lisa die Flasche geholt.« Max sprach plötzlich ganz langsam. »Aber als Sie zur Orgel hinaufgegangen sind. Da hatten Sie das Weihwasser dabei? Wieso?«

Großmutter seufzte nur und schob ihr Brillenetui am Tisch hin und her. Die zweite blöde Frage! Wo hätte sie es denn unten stehen lassen sollen? Dass irgendein Ministrant dagegenrumpelt und die Flasche kaputt macht?

Großmutter sah ihn verständnislos an und runzelte die Stirn, als das Brillenetui zerbrach. Uuh. Ein ganz schlechtes Zeichen. Max merkte bestimmt gar nicht, wie Großmutters Laune abrupt schlechter wurde.

»Und wieso haben Sie das Weihwasser neben ihm abgestellt?«, fragte er weiter, ohne auf die Antwort zu warten. Ich schoss Max den furchtbarsten Blick zu, den ich auf Lager hatte. Max sah mich ebenfalls böse an. Wieso wird man schon Weihwasserflaschen abstellen, dachte ich ärgerlich. Damit man die Hände frei hat!

Oh. Oh. Ich verstummte innerlich.

Nein, natürlich nicht deswegen. Wahrscheinlich musste sie nur die Hände über dem Kopf zusammenschlagen, oder so. Schließlich fand man nicht alle Tage eine Leiche. Wobei sich bei Großmutter und mir schon eine gewisse Routine beim Leichenfinden eingestellt hatte. Andererseits war es jedes Mal eine andere Leiche, insofern war es natürlich ein ganz individuelles Entsetzen.

»Die Welt ist verstrickt in einem Netz von Sünde und

Schuld. Wir alle knüpfen mit an diesem Netz, das uns gefangen hält«, murmelte Großmutter. Sie stand auf und schüttete das nächste Glas Wasser in die Grünlilie.

Blomberg hob ruckartig den Kopf und sah Großmutter an. Dann machte er sich eine Notiz.

»Das ist Teil des Bußgottesdienstes«, erklärte ich verzweifelt, um den erweckten Eindruck richtigzustellen. »Man singt darauf ›Die ganze Welt muss sich schuldig bekennen vor Gott‹.«

Heilige Maria Mutter Gottes. Das konnte doch nicht wahr sein, was Großmutter heute für Dinge von sich gab.

Blomberg nickte mir freundlich zu und klappte dann das Notizbuch zu. Meine erläuternden Kommentare schienen nicht wert zu sein, aufgeschrieben zu werden.

»Das Messer«, wechselte Max das Thema. »Haben Sie so eins schon einmal gesehen?«

Max. Um Gottes willen. Manchmal frage ich mich wirklich, ob Norddeutsche am Mars aufwachsen. Ein Nicker mit Hirschhorngriff. Er hätte genauso gut fragen können, ob Großmutter schon einmal eine Breze gesehen hatte.

»Ja, freilich«, sagte Großmutter plötzlich sehr freundlich. »Des gleiche ham wir auch daheim.«

Aaah.

»Jeder in Bayern hat so ein Messer daheim«, erläuterte ich hastig. »Nicht nur wir. Gell, Oma?«

»Einen Nicker?«, fragte der Blomberg interessiert und beugte sich nach vorne. Ich bekam spontan einen Schweißausbruch. Jetzt würde Großmutter bestimmt das Bedürfnis haben, einem Ausländer bayerische Waffen zu erklären.

»Des mit dem Abnicken, des musst scho können«, erklärte sie tatsächlich begeistert. »Einfach reinstechen geht da nicht. Da musst schon genau treffen, da ungefähr …« Sie bohrte mir mit einem spitzen Finger hinten in den Hals, dass ich ziemlich quietschen musste.

»Früher«, quiekte ich. »Das war früher, mit dem Abnicken.«

»Wennst ned g'scheid triffst, beim Jagen, und des Viech ned glei tot is', dann hast halt den Nicker g'nommen. Um's von seinem Leid zu erlösen«, bemühte sie sich, dem Blomberg bayerische Jagdtechniken zu erläutern.

Pfui Teufel. Wenn halt die blöden Jäger nicht gescheit schießen können.

»Das war früher«, beharrte ich eisern. »Heutzutage haben die Jäger ihre Pumpgun dabei und …«

»Geh, Mädl«, rügte mich Großmutter, wandte sich aber gleich wieder an den Blomberg: »Recht lang rummetzgern darfst da freilich ned.«

Lange rumgemetzgert hatte der Mörder vom Wanninger auch nicht. Aber dass er ihn »abgenickt« hätte, konnte man auch nicht sagen, denn dazu musste man anscheinend in den Hals stechen und nicht in den Rücken.

»Ein Nicker is ja auch klein. Da gibt's ja noch ganz andere Messer. So ein Hirschfänger, der ist einen halben Meter lang«, erklärte Großmutter stolz. »Des warn noch Zeiten. Da ham s' sogar die Hirschen so derstochen. Oder die Sau.«

Jetzt ruhig bleiben.

»Ein Nickermesser hat doch jeder mit dabei«, unterbrach ich Großmutter. »Vor allem, wenn man eine Lederhose anhat. Ein Mann in Lederhose ohne Messer. Des wär ja ein Schmarrn. Und das Abnicken, das ist eh total out. Das macht kein Mensch mehr«, erklärte ich verzweifelt.

Blomberg und Max sagten gar nichts, sondern beobachteten Großmutter.

»Gell, Oma, so ist das.«

Großmutter antwortete nicht, sondern stand hilfsbereit auf, um unser Messer zu suchen. Sie riss ein paar Schubladen auf und sagte dann bedauernd: »Ich find's nicht. Aber es hat den gleichen Griff wie des, mit dem der Wanninger erstochen worden ist.«

Aaaaah.

»Wir benutzen das Messer nie«, stellte ich eilig richtig. »Wahrscheinlich liegt es drunten im Keller.«

»Geh, Mädl«, tadelte mich Großmutter. »Was sollten wir denn mit dem Nicker im Keller.«

Aaaaah.

Blomberg sah mich sehr freundlich an und bat mich sehr höflich, das Zimmer zu verlassen. Ich warf noch einen letzten Blick auf Großmutter. Ob sie weitere Fragen psychisch überhaupt durchstehen würde. Vielleicht gestand sie etwas, was sie später dann bereute. Der blöde Nicker, der blöde. Wieso hatten wir eigentlich Messer mit Hirschhorngriffen? Wir benutzten das Teil nie!

Großmutter wirkte allerdings keineswegs wie kurz vor einem Geständnis. Sie sah aus, als würde sie die Stunden zusammenzählen, die sie benötigte, um unsere Küche zu entstrahlen. Ich konnte mir jetzt schon vorstellen, wie sie sich bei mir darüber beschweren würde, mit welchen elektronischen Schikanen die Polizei gegen uns vorging. Denn was sonst als eine Schikane sollte es sein, dass der Blomberg sein Handy einfach auf unseren Küchentisch gelegt hatte?

Als Max und Blomberg gegangen waren, ging ich in die Küche, um Großmutter wieder aufzubauen. Aber das hatte sie gar nicht nötig. Als wäre nichts geschehen, polierte sie ihre Edelstahlspüle und murmelte dabei zufrieden vor sich hin. Sie schimpfte nicht einmal über das Handy.

Auch ich schwieg. Ich versuchte nicht daran zu denken, was sich Max und Blomberg nach der Nicker-Episode zusammenreimen würden. Wütend klaubte ich ein paar verschimmelte Zwetschgen aus der Schale und warf sie in den Abfalleimer. Aber der braune Saft hatte sich schon über den Rest der Früchte verteilt. Ich sah mich um, ob Großmutter mich beobachtete, kippte alle Zwetschgen in den Abfalleimer und stellte die Schale ins Spülbecken. Eingematschte Zwetschgen schmecken scheußlich, finde ich. Zwetschgen schmecken auch scheußlich, wenn sie im Saft von verfaulten Zwetschgenkollegen gelegen haben. Zwetschgen wegzuwerfen ist leider eine der 35 großmütterlichen Todsünden.

Diese blöde Messergeschichte hatte uns wirklich zurückgeworfen.

Großmutter polierte voller Elan weiter und summte dabei Lieder, die man sonst nur während eines Requiems hört. Allerdings nicht ganz so schwungvoll, wie Großmutter sie zum Besten gab. Irgendwie störte mich das. Ich stellte mich neben Großmutter an die Spüle und schaute hinaus in den Garten. Am Baum hingen noch immer unglaubliche Massen von Zwetschgen. Meine Gedanken schweiften von den zu fröhlichen Requiemsliedern meiner Großmutter zum Pudschek. Herbst und Zwetschgen erinnerten an den Pudschek. Auch wenn ich nicht wollte. Auch wenn ich mich weigerte.

Zwetschgen hatte es in dem Jahr von Pudscheks Tod unendlich viele gegeben. Sie hatten am Boden gelegen, zwischen dem hohen, saftigen Gras, und keiner hob sie auf. Ich hatte mich dazugesetzt, auch wenn ich Gefahr lief, das Wasserschneiden zu bekommen. Großmutter war zu abgelenkt, um dies zu beanstanden, denn sie unterhielt sich mit dem alten

Meier. Das war der Bauer, der uns den Hühnerstall mit dem großen Garten dazu verpachtet hatte.

Die Natur ist in ihrer letzten Pracht, hätte Großmutter gesagt, wenn sie sich denn mit mir unterhalten hätte. Kurz vor ihrem Tod bäumt sie sich noch einmal auf und erstrahlt besonders wunderbar, hätte sie mir erklärt. Aber sie sagte gar nichts zu mir, und ich beobachtete stumm die riesigen Hornissen in ihrem gefährlichen Rotton, die auf den hutzeligen Zwetschgen saßen und mich davon abhielten zuzugreifen. Dazwischen saßen prächtige Schmetterlinge und schienen es genau auf den braunen Zwetschgensaft abgesehen zu haben, den ich so hasste.

Immer wieder hatte ich die Augen gerade so weit zusammengekniffen, dass ich nur noch durch einen kleinen Schlitz und viele Wimpern in die Sonne blickte. Dann sammelten sich helle Flecken vor dem bunten Herbst, und man bemerkte den Verfall nicht mehr. Wahrscheinlich sah ich dann ganz besonders blöd aus.

Der alte Meier hatte damals die Schmetterlinge nicht beachtet. Er hatte neben Großmutter gestanden, und sein Atem pfiff, als hätte er gerade einen Marathonlauf hinter sich. Seine Lunge klang aber immer so, egal, ob er sich körperlich angestrengt hatte oder nicht. Wie eine altersschwache Maschine, die nie im Leben durch den TÜV kommen und im nächsten Winter den Geist aufgeben würde. Ich hatte eine ganze Zeit beobachtet, wie er mit seinem »Haglsteckn« eine verfaulte Zwetschge nach der anderen wegschoss.

»Des wär frühers nie passiert«, sagte er in meiner Erinnerung bei jeder zehnten Zwetschge. »Dass die Zwetschgen verfaulen.« Dabei hörte man in seiner Stimme das Gurgeln der Atemzüge, als würde tief in ihm drinnen eine Flüssigkeit brodeln und dampfen. Ich gruselte mich. Aber ich blieb trotzdem sitzen und tat so, als würde ich nicht zuhören, obwohl ich natürlich jedes Wort mitbekam. Dem Gesichtsausdruck nach zu schließen wollte der Meier etwas loswerden und wartete nur auf den richtigen Moment. Und den Moment wollte ich wiederum nicht verpassen. Obwohl ich wusste, dass er um den heißen Brei herumredete, weil ich dabeisaß.

»Des wär frühers nie passiert«, wiederholte er sich. Das war eines seiner Lieblingsthemen. Wenn die Äpfel herunterfielen und sich nicht die ganze Dorfbevölkerung auf das Obst stürzte und es vor dem Verfaulen rettete, sich praktisch ausschließlich von Äpfeln ernährte, kamen bei ihm die Kriegserinnerungen hoch.

»Da ham s' jeden Baum vermietet«, kam dann meist sein Standardsatz. »Und jeder Straßenbaum ist geplündert worden. Und jetzt? Jetzt gehen s' ins Gschäft.« Er röchelte noch ein bisschen schlimmer. »Und kaufen sich den neuseeländischen Krampf. Der schmeckt doch nach nix.«

»Nach nix«, bestätigte Großmutter. »Da kannst genauso gut a Tomaten essen. Schmeckt genauso.«

»Nach nix«, waren sie sich einig. Ich sah mir den schleimigen Inhalt einer Zwetschge an, der aussah, als würde er nur aus Raupenkot und verflüssigtem, braunem Zwetschgenmus bestehen. Kein Wunder, dass alle ins Geschäft gingen.

»Hast es schon g'hört?«, hatte er nach einem rasselnden Atemzug gefragt. »Vom Pudschek.«

Meine Großmutter gab nur ein zustimmendes Brummeln von sich.

»Is wahr?«, fragte er weiter. »Mit dem Pudschek.«

Und dann sahen sie beide zu mir. Mir war bereits damals schon klar, was dieser Blick bedeutete. Dinge, die man vor einem 12-jährigen Mädchen nicht einmal flüstern durfte.

Entweder war der Pudschek zur SPD gewechselt, oder er hatte Sex gehabt. Oder aber er war gestorben. Die ersten zwei Punkte waren total unwahrscheinlich.

Da Großmutter und der Meier jetzt schwiegen, stand ich auf und watete durch das Laub. Ich kannte das. Wenn sie meinten, ich hörte zu, redeten sie sowieso nicht. Wegen des raschelnden Laubs bekam ich zwar nicht alles mit, aber sie sprachen wenigstens. Und dann könnte ich vor Anneliese morgen ganz schön angeben. Stell dir vor, der Pudschek, tot. Stell dir das vor. Und vorher ist er zur SPD gewechselt und hatte Sex. Was das auch immer sein mag.

Tief in mir drinnen hatte ich natürlich gewusst, dass ich damit nicht angeben würde. Allein deswegen nicht, weil ich nichts darüber wissen wollte, weil ich die Gedanken, ob er lebte oder nicht, auslöschen wollte. Ausradieren. Absurderweise fiel mir in dem Moment ein, dass es vielleicht sogar einfacher wäre, wenn er tot war. Dann bräuchte ich mir keine Sorgen zu machen, ob er sterben würde oder nicht. Er könnte auch nie mit dem Finger auf mich zeigen und sagen, nur weil die Lisa Wild … Ich verdrängte schnell den nächsten Satz.

»Hätt'st des gedacht, bei der letzten Leich, dass der Pudschek der Nächste ist«, hatte der Meier gesagt.

Aha. Dann war er also tot. Mein schlechtes Gefühl war noch bohrender geworden. War ich jetzt eine Mörderin? Mit zwölf Jahren?

»Na. Des hätt keiner denkt. Dass der Pudschek der Nächste ist«, hatte Großmutter geantwortet. Das war eine der Lieblingsbeschäftigungen vom Meier und der Großmutter. Nach einer Beerdigung darüber zu reden, wer wohl der Nächste sein würde. Großmutter war schon seit Jahren davon überzeugt, dass sie die Nächste war. Aber gestimmt hatte es noch nie. Die letzte Beerdigung war nämlich die vom alten Jedl gewesen. Und jetzt war der Pudschek dran.

Ich erinnerte mich, wie ich Pudschek bei der letzten Leichenfeier eine ganze Weile beobachtet hatte. Da war er nämlich auch dabei gewesen, denn den Organisten, den muss man ja einladen. Was willst machen, hätt meine Großmutter g'sagt. Wenn er g'orgelt hat, dann kannst ned so sein und ihn ned einladen. Da saßen sie dann alle zusammen und aßen und tranken.

Nur einer aß anders.

Der Pudschek. Hochkonzentriert, immer einen Löffel nach dem anderen. Er sah dabei nicht auf, obwohl sich alle rege unterhielten.

Dann war der Teller leer. Er legte sein Besteck weg, rülpste mit geschlossenem Mund, sah ein paar Sekunden regungslos auf das Glas vor sich und trank es auf einen Zug leer.

Damit war für ihn anscheinend das Thema Essen und Trinken erledigt, denn plötzlich beteiligte er sich auch am Gespräch.

»Kein Wunder«, hörte ich ihn noch sagen, »dass sie nicht noch einmal schwanger werden will. Mit Zwillingen. Sie hat sie fast ein Jahr lang beide gestillt.« Er schüttelte missbilligend den Kopf. »Das laugt doch aus«, fand er.

Die rauchgeschwängerte Luft war auf einen Schlag von einer komischen Stille erfüllt. Als hätte der Rauch aufgehört zu reden. Immerhin wusste ich, was das bedeutete. Als Mann sagte man so etwas nicht. Also das mit dem Stillen und dem Auslaugen. Außerdem setzte man sich sowieso nicht zu den Frauen. Jedenfalls als Mann nicht. Da saß man hübsch getrennt, wie in der Kirche. Auch wenn man Orgel spielte. Und sogar wenn der alte Jedl gestorben war.

Ich wusste nur, dass meine Mutter, wenn sie »auf die

Leich« gegangen wäre, sich zu den Männern gesetzt hätte. Aber meine Mutter war nie auf Leichen gegangen und hatte sowieso ausschließlich das getan, was sie für richtig hielt. Auch wenn Großmutter danach den ganzen Heimweg schimpfte und die Bet am nächsten Tag wieder herumerzählte, was sich die Wild, die g'schnapperte Bixn, wieder geleistet hatte.

Und vielleicht war der Pudschek ja auch so einer. Der nur tat, was er für richtig hielt.

»Kein Wunder«, hatte der Meier schließlich gesagt. »Des hätt a G'sunder aa ned überlebt.«

Das Laub hatte so laut geknistert und geraschelt, dass man wirklich kaum was verstehen konnte. Ich pflügte Wege durch die hohe Laubschicht und versuchte, noch mehr zu rascheln als notwendig. Denn eigentlich wollte ich den Rest gar nicht hören.

»Was sollst machen«, nickte Großmutter.

»Was sollst machen«, nickte der alte Meier. »Des ist halt des Problem mit dem Marcumar. Da is halt dann vorbei.«

»Dann is vorbei«, nickte Großmutter. Gleichzeitig schnellten die Köpfe der zwei in meine Richtung, und sie sahen aus, als wüssten sie, dass Marcumar und Lisa Wild dem Pudschek den Rest gegeben hatten. Ich konzentrierte mich auf das Laubpflügen.

Was das alles damit zu tun hatte, dass der Pudschek nicht gesund war, wusste ich auch nicht. Ich wusste nur, dass den Pudschek keiner so richtig leiden hatte können und dass jetzt bestimmt alle froh waren, dass der Wanninger orgeln durfte.

»Mei. Die ganze Operation. Ganz umsonst«, hatte Großmutter noch gesagt. »Er hat sich doch erst die Hand richten lassen.«

Das war tatsächlich ein Segen gewesen. Denn in der Zeit hatte der Wanninger georgelt. Und auch wenn er SPD wählte, Orgel spielen konnte er besser.

»Und das mit der Prostata. Hat er doch auch erst machen lassen.«

Auch wenn Großmutter jetzt schwieg, sah ich ihr direkt an, dass sie sich dachte, was für eine Verschwendung. Die Krankenkasse zahlt ihm eine neue Prostata, und kaum zwei Wochen später ist er tot. Der Pudschek wieder.

Großmutter war nicht nur seltsam. Sie war schon immer total inkonsequent gewesen. Zum Beispiel die Sache mit der Elektronik. Da gab es die schädliche Strahlung, wie bei meinem Laptop. Das war total schädlich und rief bei ihr vegetative Störungen hervor. Das hielt sie aber nicht davon ab, ewig hinter mir zu stehen und mir zuzusehen, wie ich meine Mails las. Nicht, dass mir jemand eine wichtige Mail geschickt hätte, außer jemand von der Zeitung, ich solle mal etwas schneller arbeiten. Oder der Kare, der Depp, irgendwelche schweinischen Witze, die ich eh nur zur Hälfte verstand. Bei denen mein Rechner mehrere Tage arbeitete, bis er das ganze Bild aus dem Anhang geöffnet hatte.

»Erections like steel«, las meine Großmutter laut hinter mir den Titel einer Spam-Mail vor. Ihre Aussprache klang verdächtig nach einer nordeuropäischen Sprache. Ich lief rot an.

»Was ist denn das?«, fragte sie mich neugierig.

Oh. Oh.

»Das ist … ein Rezept für englische Orangenmarmelade. Schmeckt greißlich«, sagte ich und löschte schnell sämtliche Mails. Der Rest waren nämlich Viagra-Mails, bei denen Viagra wie Viuagra geschrieben war.

Läbdob war also schädlich. Genauso schädlich waren Händis. Die lösten neben Krebs auch noch alle möglichen Störungen des Gehirns aus. Wie alles, was elektrisch war. Die Ausnahme war meine neue Kaffeemaschine. Bis vor Kurzem hatten wir den Kaffee gemacht, indem wir in einer alten Wasserkanne Wasser kochten, bis die röchelnd zu pfeifen anfing und heiße Wassertropfen ausspie. Dann musste man in eine gelbe Melittakanne mit einem gelben Melittafilter aus Porzellan obendrauf das Wasser gießen. Dabei galt die Regel, dass man erst ein bisschen Wasser hineingab, damit das Kaffeepulver zu quellen anfing.

»Geh, Mädl. Sonst schmeckt's doch greißlich«, pflegte Großmutter zu sagen. »Des Wasser muss erst brrrr machen.« Also erst richtig kochen. »Und dann muss des Pulver quellen.« Bevor man dann ordentlich Wasser darüber kippen konnte.

Ja. Und dann wollte ich Espresso haben und kaufte mir eine praktische Maschine, wo man nur so eine Kapsel einsetzt. Und dann einen Hebel betätigt, der die ganze Maschine mit hohem Getöse und Gezische in Betrieb setzt.

»Die Kreiterin, die hat sich auch eine gekauft«, hatte mir die Großmutter vorher erzählt. Und jetzt muss der Kreiter jeden Morgen vier Kapotschino trinken, wo er lieber einen normalen Kaffee hätte. Und er schon nach einem Kaffee Herzrasen kriegt. Aber weil die Maschine so teuer war, musste sie ausgenutzt werden. Da durfte man nicht schwächeln. Und der Kreiter schwächelte nie, wenn's ums Geld ging.

Ich kaufte mir trotzdem eine, auch wenn ich damit rechnen musste, dass die elektrische Strahlung meiner Großmutter ein paar zusätzliche Gotteseingebungen bescherte. Aber so war es nicht. Expresso sagte meine Großmutter, genau wie die Schwiegertochter vom Schmalzl-Wirt, und trank davon auch jede Menge. Leider vergaß sie nach dem Milchschäumen immer, dass die Maschine danach erst abkühlen musste. Vergaß man das, explodierten die Kaffeekapseln in der Maschine. Das jagte das Kaffeepulver bis in die letzten Ritzen.

Mürrisch spritzte ich Wasser in die Öffnung, in der Hoffnung, die Kaffeebrösel würden verschwinden. Denn natürlich machte Großmutter den Schweinkram, den sie fabrizierte, nie sauber. Was konnte sie dafür, wenn diese blöde elektrische Maschine Unsinn machte.

Als ich fast fertig war, kam Großmutter rechtschaffen empört durch die Küchentür und stellte ihre alte Tasche neben einen Küchenstuhl. Die Polizei hätte blutverschmierte Kleidung gesucht. Nach einem Hinweis aus der Bevölkerung.

»Stell dir das einmal vor. Was da alles ans Licht kommt«, erklärte sie empört.

Ans Licht kommt? Das konnte wirklich gruselig werden. Ich versuchte sie vorsichtshalber abzulenken. Manchmal war es besser, nicht zu wissen, was andere Leute in ihren Mülltonnen hatten.

»Hinweis aus der Bevölkerung?« Ich sah nicht auf, sondern schüttete Wasser in die Maschine hinein. Und noch immer kam braunes Wasser mit Bröseln heraus.

»So wird des nix«, sagte Großmutter kopfschüttelnd, als sie mir zusah.

Ich sagte gar nichts. Dass sie schon wieder Kaffee in der Maschine hatte detonieren lassen, würde sie strikt von sich weisen. Geh, Mädl, hätte sie dann gesagt. Ich hab schon wochenlang keinen Kaffee mehr getrunken. Des neumodische Zeug, des neumodische.

»Irgendjemand hat halt angerufen«, Großmutter schien

was anderes auf der Seele zu brennen. »Und weißt, was sie beim Pfarrer in der Mülltonne gefunden haben?«

Pfarrer? Ich drehte mich mit offenem Mund zu ihr um. Das konnte nicht wahr sein. Akkurat der Daschner. Das hätte ich ihm nie zugetraut! Schließlich war er ein katholischer Priester, der voll und ganz in seiner Gemeindearbeit aufging.

»Beim Pfarrer? Blutverschmierte Kleidung?«, stieß ich ungläubig hervor. Untergang des Abendlandes.

»Ah, geh, Mädl«, sagte Großmutter missbilligend. »Doch nicht beim Pfarrer. Wo denkst denn hin.«

»Du hast doch gesagt, beim Daschner in der Mülltonne«, motterte ich leise und schüttete wieder Wasser in die Espressomaschine.

Großmutter schüttelte den Kopf. »Die blutverschmierte Schürze ham s' bei der Bet g'funden.«

»Nein!«, stieß ich noch ungläubiger hervor und kippte eine ganze Ladung Wasser daneben. »Die Bet!«

Großmutter schien mit meiner Reaktion trotzdem nicht hundertprozentig zufrieden zu sein, denn sie schüttelte weiter den Kopf. »Aber die Schürze ist nicht von der Bet, sondern vom Metzger.«

»Ausgerechnet die Bet!« Ich warf ein Geschirrtuch in die Wasserlache. Die Bet war katholischer als der Papst, sozusagen. Wenn das ging.

»Sag mal, hörst du überhaupt zu?«, fragte Großmutter empört. »Die Schürze war nur in Bets Mülltonne. Weil der Metzger wieder Müllkosten sparen wollt, wahrscheinlich. Erst neulich hab ich g'sagt, der schürt doch wieder Joghurtbecher ein. Nur, damit die kleine Mülltonne reicht. Des riecht man doch. Aber des is dem Metzger wurscht.«

»Der Metzger«, wiederholte ich ungläubig. Die Bet als

Mörderin konnte ich mir tatsächlich nicht vorstellen. Aber der Metzger, der war ein anderes Kaliber. »Was hatte der denn gegen den Wanninger?«

»Ach geh. Gar nichts.« Sie schnaubte verächtlich durch die Nase. »Geh, Mädl, wo denkst denn hin. Des Blut ist doch von dene Viecha.«

Ich beschloss, nichts mehr zu sagen. Ob das Blut von »dene Viecha« war, würde ich erst glauben, wenn die Analyse von der Polizei da war. Das hörte sich doch sehr verdächtig an. Und es klang logisch. Der Metzger geht in die Kirche, zieht seine Schürze an, ersticht den Wanninger. Blut spritzt. Er reißt sich die Schürze vom Leib. Und steckt die Schürze bei der Bet in den Mülleimer. Total logisch. Schließlich wohnt die Bet direkt gegenüber von der Kirche, und das war die schnellste Möglichkeit, so eine blutige Schürze zu entsorgen. Und wie raffiniert von dem Metzger. Die geschickteste Tarnung, die man haben konnte. So als Metzger hatte man doch immer eine Ausrede. Und es war ja allgemein bekannt, dass Metzger gerade mit Messern weniger Hemmungen hatten als andere Leute.

Nun ja. Ganz logisch war es nicht. Denn so wie jeder in der Gemeinde unsere Weihwasserflasche kannte, so kannte natürlich auch jeder die Schürzen vom Metzger, egal, in welcher Mülltonne man das Zeug fand. Aber man konnte auch von einem Metzger nicht erwarten, dass er sich nach einem Mord ausgesprochen logisch und vernünftig verhielt.

Ich drehte mich zur Espressomaschine und machte mich wieder an die Arbeit. So doof konnte der Blomberg ja gar nicht sein, dass er diesen offensichtlichen Hinweisen nicht nachging. Ärgerlich knirschte ich mit den Zähnen. Wenn ich wenigstens darüber hätte schreiben dürfen. Aber nicht mal das! Weil mein Chef gesagt hatte, dass ich zum inneren Kreis der Verdächtigen gehöre. »Innerer Kreis der Verdächtigen?«, hatte ich empört gefragt. »Zeugin. Ich bin eine Zeugin!«

Er hatte mir aber nur freundlich zugenickt, als hätte er Angst, ich könnte ein riesiges Messer aus meiner überdimensionalen Handtasche ziehen.

Die blutige Metzgerschürze würde jetzt den Verdacht vollkommen von mir ablenken. Wenn das mal keine gute Nachricht war. Ich schüttete noch ein letztes Glas Wasser in die Maschine. Wieso diese Pingeligkeit? Ich würde eben einen Cappuccino mit Kaffeebröseln trinken.

»Und was war nun beim Pfarrer in der Mülltonne?«, fragte ich ergeben und schaltete die Kaffeemaschine ein. »Doch wohl nicht das Messer, mit dem der ... du weißt schon ...«

»Geh, Mädl«, antwortete Großmutter resigniert. »Des is doch g'steckt.«

Richtig. So war das. Ich schaltete die Kaffeemaschine wieder aus. Kaffee war bestimmt zu sauer für so ein empfindliches Mägelchen wie meins.

»Und weißt, was sie beim Pfarrer g'funden haben?« Sie legte eine dramatische Pause ein, die ankündigte, dass jetzt erst der eigentliche Höhepunkt der Erzählung kam. »So Fertigtütenzeugs.«

»Fertigtüten? Zeugs?«, echote ich. Na klar. Blutige Schürzen in Bets Mülltonne konnte man gut verwinden. Ob der Metzger oder die Bet oder wer auch immer aus unserer Gemeinde ein Mörder war, war im Grunde egal. Aber Fertigtütenzeugs in der Mülltonne, das war der Gipfel.

»Pfannkuchen aus der Tüte!«, stieß Großmutter mit Abscheu in der Stimme hervor. »Aus der Tüte!« Es klang so, als hätte er Plutonium in seinem Abfalleimer entsorgt. »Beim nächsten Gemeindeabend werd ich des ansprechen. Das kann doch wohl nicht wahr sein, dass wir Fertigpfannkuchen bezahlen. Vielleicht mit meiner letzten Spende …«

Also, wenn der Daschner die Spende für somalische Kinder in Fertigpfannkuchen investierte, war das wirklich eine Sauerei.

»Bloß weil die Schnepfn zu faul zum Kochen ist.«

»Geht halt schneller«, sagte ich nur. Die Schnepfn, das war die Pfarrersköchin. Und seit Neuestem machte sie montags und donnerstags immer Tai Chi. Und dann konnte sie am Abend eben nicht kochen.

Großmutter tat so, als hätte sie mich nicht gehört. »Ah geh. Schneller wird des gehen. Eier und Milch tust sowieso selber rein. Was ist dann in der Tüten? Mehl? Mehl und Zucker? Des wird s' doch wohl selber zamkriegen.«

Sie motterte weiter vor sich hin, während ich mir überlegte, ob ich nicht doch einen Kaffee vertragen könnte.

»Und wieso ist des dann so teuer, wenn nur Mehl und Zucker drin ist?«, bohrte Großmutter nach. »Des kann doch ned so teuer sein.«

»Da ist noch mehr drinnen«, beruhigte ich sie. »Aromastoffe zum Beispiel.«

»Zu was braucht man denn Aromastoffe im Pfannkuchen. So ein neumodisches Zeugs, so ein neumodisches.«

Ich zuckte mit den Schultern. »Vielleicht schmeckt's sonst nicht künstlich genug. Ist der Metzger jetzt verdächtig?«, fragte ich nach. Aber Großmutter summte wieder nur vor sich hin.

Vielleicht sollte ich auch losgehen und Mülltonnen durchwühlen. So wie ich den Schorsch kannte, hatte er schon längst die Lust verloren und saß wieder im Warmen. Und die ganzen wertvollen Indizien, die man noch beim Metzger in der Tonne hätte finden können, landeten in der Müllverbrennungsanlage. Gut, dass wenigstens ich daran denke, lobte ich mich ein bisschen. Gleich morgen würde ich nachschauen.

Ausgerechnet der Metzger. Das wäre ein schwerer Schlag für unsere Gemeinde. Der Metzger ist nämlich eine lokale Berühmtheit bei uns im Dorf. Zumindest die Rosenkranztanten und Großmutter behaupten, dass nach ihm eine Straße benannt ist. Inzwischen glaube ich zwar, dass es mehr Johann Meiers gibt, als wir zählen können, und die Straße nach einem großen Dichter, Maler und sonst was benannt ist. Aber trotzdem. War schon ein tolles Gefühl. Man konnte immer sagen, also der Metzger, bei dem ich einkaufe, nach dem ist sogar eine Straße benannt. Johann-Meier-Straße. Die Wiener sind zwar fad, aber der Hersteller ist sehr berühmt. Und vielleicht sogar ein Mörder.

4

Zum Mülltonnenwühlen war der Tag bestens geeignet. Die Metzgerin und ihr Mann standen hinter der Theke und verkauften Beinscheiben, der Pfarrer Daschner saß wahrscheinlich am Schreibtisch und schrieb an seiner Sonntagspredigt und die Rosenkranztanten kochten sicher schon alle das Mittagessen. Ich kam mir unglaublich tapfer und mutig vor, als ich die Mülltonne öffnete. Ich hatte mir extra einen Haselnussstecken abgeschnitten, um nach den wirklich ekeligen Dingen nicht mit der Hand wühlen zu müssen. Allerdings hatte ich mir eine besonders blöde Tarnung ausgedacht, nämlich meinen Hund mitzunehmen.

Mein Hund heißt Sissi, weil ich als kleines Mädchen mal die Kaiserin Elisabeth von Österreich unglaublich toll fand. Und so süß. Und meine Sissi war früher auch so süß gewesen. Inzwischen hatte sich das grundlegend geändert. Sie hatte jetzt eine reifere Ausstrahlung mit ihren langen buschigen Augenbrauen in Braun-Schwarz und dem zotteligen Bart in Schwarz-Braun. Kurzum, sie sah inzwischen nicht mehr wie eine Sissi aus, sondern wie ein Gratler oder Landstreicher, der schon seit etlichen Wochen kein Wasser zum Waschen gefunden hat. Dass der Name für unseren Hund total ungeeignet ist, hatte mir Großmutter von Anfang an gesagt und sich penetrant geweigert, das Wort Sissi in den Mund zu nehmen. Inzwischen sage nicht einmal ich Sissi, sondern genau wie meine Großmutter einfach nur »der Hund«. Denn auch

Sissis Verhalten ist ganz und gar nicht so, wie man es von einer kaiserlichen Hündin erwarten würde. Beispielsweise hat sie ein derartig anormales Interesse an verfaulten Gegenständen, dass es nicht schön ist, mit ihr etwas zu unternehmen. Also zum Beispiel mit ihr den Müll vom Metzger zu durchwühlen war echt kein Spaß. Ständig versuchte sie mitzumachen.

Endlich hatte ich die gute Idee, die arme Sissi zum Zusehen zu verdammen und an den nächsten Laternenpfosten zu binden. Ich starrte mit wachsendem Widerwillen auf den Müllbeutel, der obenauf lag. Jetzt verstand ich, warum Großmutter gemeint hatte, der Metzger würde seinen Müll in andere Tonnen werfen. Seine eigene war wirklich etwas klein und außerdem halb leer. Es roch überhaupt nicht nach gammelndem Fleisch. Ein Wunder ist des nicht, würde Großmutter sagen. Schließlich kann er alles in den Leberkäs reinwurschteln.

Wieso der Metzger überhaupt die Schürze bei der Bet entsorgt haben sollte, fragte ich mich. Schließlich konnte man diese Plastikdinger gut abwaschen, die brauchte man ja nicht wegwerfen, wenn Blut hingespritzt war.

Igitt.

Ich nahm meinen Haselnussstecken und begann ein wenig im Müll zu rühren. Sah aus wie ganz normaler Müll. Verschimmelte Nudeln im Beutel, drei Packungen Müsli, in denen sich die Mehlmotten vermehrt hatten. Irgendetwas Undefinierbares mit wabbeliger Konsistenz, zerknüllte Taschentücher. Bevor ich mich entscheiden konnte, ob ich die Müllbeutel aufmachen und näher untersuchen sollte, sagte die Rosl hinter mir laut: »Gott, himmlicher Vater, ich habe gesündigt.« Ich quietschte erschrocken auf und ließ den Haselnussstecken fallen. »Ich kann meine Sünden nicht ungeschehen machen«, sagte sie statt einer Begrüßung. »Was machst du denn da?«

»Grüß dich, Rosl«, antwortete ich mürrisch.

Bei der Rosl Meier muss man wissen, dass sie sehr gut ist. So gut und rein, dass sie sogar hin und wieder Marienerscheinungen hat. Und da sie überhaupt nicht »noadig« ist, wie Großmutter zu sagen pflegt, also nicht geizig, beglückt sie alle möglichen Leute regelmäßig mit heilsamen Gebeten. Wenn man will, dass die Gebete so richtig was nützen, wirkt sich eine finanzielle Unterstützung der Beterin sehr positiv auf das Ergebnis aus.

»Grüß dich, Lisa«, sagte die Rosl und betrachtete mich mit stechendem Blick. »Du allein kannst Sünden vergeben. Du hast deinen Sohn Jesus Christus gesandt, dass er die Schuld der Welt auf sich nehme und die Sünder zu dir zurückführe ...«

Ich werde mich nie daran gewöhnen, dass die Rosl ständig betet. Es war so ungemein irritierend, wenn man sich unterhielt, und der andere dazwischen betete, als wäre man gar nicht da. So war es natürlich nicht. Rosl wusste ganz genau, dass ich da war. Das war nur ihre Form von Nächstenliebe, sie betete sogar während des Gesprächs für den Gesprächspartner. Im Grunde sei das ganz lieb gemeint, hatte mir jedenfalls Großmutter erklärt, als ich mich einmal bei ihr beschwert hatte. Großmutter war zwar auch genervt von der Rosl, weil Großmutter nämlich für sich selbst betet und nicht auf die Rosl angewiesen sein will. Aber im Prinzip sei das eine nette Geste. Und da ich sowieso nicht richtig und vor allen Dingen nicht ausdauernd bete, könne ich nur froh um die Rosl sein.

Ich habe für die Rosl gar kein Verständnis. Jedes Mal, wenn ich ihr über den Weg laufe, meine ich, etwas falsch gemacht zu haben. Die Rosl und ein Polizeiwagen. Die lösen dieses Gefühl aus. Dieses Nachdenken darüber, was man schon wieder Widerrechtliches gemacht haben könnte. Falsch geparkt. Zu schnell gefahren. Organisten erstochen. Oder so.

Um genau zu sein, muss ich noch die Bet zu der Rosl und dem Polizeiwagen dazurechnen. Wobei die Rosl subtiler ist und wenigstens für einen betet, wenn sie meint, es wäre notwendig. Und das war es eigentlich immer. Dagegen ist die Bet fast bösartig gut. Das hat die Anneliese nie verstanden, was bösartig gut ist. Aber ich fand schon immer, dass es Leute gab, die in ihrem Gutsein bösartig waren. Zu all denen, die Fehler hatten. Also zu allen normalen Menschen. Sünde ist ja im Prinzip was ganz Normales.

»Ich durchsuche den Müll«, sagte ich schließlich doch.

»Vom Metzger?«, fragte die Rosl erstaunt.

»Ja. Mich würde nämlich schon interessieren, wo er das Fleisch hinwirft, das er nicht verkauft.«

»Geh. Mädl. Des tut der doch in den Leberkäs. Oder ins Hackfleisch.«

Pfui Teufel. Da wusste ich ja gleich, was ich demnächst nicht kaufen würde. Die Rosl sah dagegen aus, als fände sie es extrem eigenartig, den Müll anderer Leute zu durchsuchen.

»Wenn die eigene Familie mit drinsteckt«, sagte die Rosl schließlich. »Ist schon schlimm.«

Drinsteckt? Wo steckten wir mit drin? Sie konnte doch nicht allen Ernstes meinen, dass Großmutter am Wanninger-Mord beteiligt war. Aber so ist das im Leben. Nachdem ich ja schon einmal eine Leiche gefunden hatte, ausgerechnet den Mesner, und wir damals schon die Hauptverdächtigen waren, war es doch ein logischer Rückschluss, dass wir auch mit dem Organisten-Mord zu tun hatten. Organist und Mesner. Jacke wie Hose.

»Heilige Maria Mutter Gottes«, sagte sie. Der Stoßseufzer war mir auch gerade gekommen, als ich sah, dass auch noch die Bet angesegelt kam. Ob ich es mit beiden aufnehmen konnte, war total ungewiss.

»Vielleicht solltst dich mehr um die Wawa kümmern.«

Die Wawa, das war die Großmutter.

»Grüß dich, Lisa«, sagte die Bet und betrachtete mich mit stechendem Blick.

Oh, oh.

Genau dieser Blick. Das war dieser bösartig gute Blick, der das Schlimmste ankündigte. Vermutlich würde ich in den nächsten zehn Sekunden des Mordes überführt werden. Oder zumindest des Kurtisanentums, des unchristlichen Verhütens und des falschen Mülltrennens.

»Grüß dich, Bet«, antwortete ich. Vielleicht sollte ich doch öfter Rosenkranzbeten gehen. Dann hätte der liebe Herrgott vielleicht Erbarmen und würde nicht gleichzeitig die Rosl und die Bet auf mich hetzen.

»Herr Jesus Christus, führe mich von meinen Irrwegen zurück auf den Weg der Wahrheit und des Lebens«, rasselte die Rosl und trat dann noch einen Schritt näher auf mich zu. »Ist doch komisch.«

Ja. So konnte man das sagen. Denn dieser Blick bewirkte, dass mir flau im Magen wurde und ich mich fragte, ob ich wirklich niemals ohne Messer in die Kirche gegangen war. Vielleicht hatte ich es nur vergessen, so wie Großmutter ständig vergaß, was sie schon gemacht hatte und was nicht. Und was sie nur fiktiv gemacht hatte.

»Ist doch komisch, der Pudschek tot. Der Wanninger tot.«

»Und?«, fragte ich. Pudschek tot. Was fiel ihr nur ausgerechnet der Pudschek ein? Ich verkniff mir angestrengt mein

Pudschek-Gefühl und befreite meinen Hund ziemlich umständlich vom Laternenpfahl.

»Weißt noch, wie der Pudschek g'storben is?«, flüsterte sie. »Ich bekenne meine Sünden und bereue sie, weil sie mich von dir fernhalten.«

Ich merkte, dass mir furchtbar blümerant wurde. Dieses Gespräch auf nüchternen Magen war mehr, als mir gut tat.

»Nein. Keine Ahnung«, erwiderte ich ruppig. »Wie ist er denn gestorben?«

Die Rosl sah mich an, als wäre es ihr ein Rätsel, dass ich mich nicht mehr erinnern konnte. Sie hob ein wenig die rechte Augenbraue, um zu prüfen, ob mein Erinnerungsverlust echt oder gespielt war. Als ich in Rosls Augen blickte und gleichzeitig an den Pudschek dachte, begann sich in meinem Kopf etwas zu verselbstständigen. Die Rosl. Genau so war es gewesen. Da war die Rosl gestanden, starr und steif, und das Einzige, was sich an ihr bewegt hatte, war ihr Kopftuch, an dem der Wind riss. Wie eine Statue, so bewegungslos hatte sie die rechte Hand vor dem Mund, als könnte sie nicht glauben, was sie eben gesehen hatte. Du bist schuld, hörte ich eine Stimme in meinem Kopf. Hättest du nur nicht ... Hier riss sonst immer die Erinnerung ab. Aber nun lief der Film ein Stück weiter, als hätte die Rosl meinen Gedanken einen gehörigen Tritt versetzt. Denn jetzt stand der Wanninger neben der Rosl. Sein Blick war beunruhigend klar, und irgendwie wusste ich, dass er genau in meine Richtung sah. Und dass er wusste, dass der Pudschek sterben würde. Der Pudschek war noch nicht tot, denn ich sah ganz genau ...

Plötzlich war ich wieder in der Gegenwart. Der Film war von einem auf den nächsten Moment ausgeschaltet, und ich sah in Rosls erwartungsvolle Augen.

»Keine Ahnung. Wie er gestorben ist«, sagte ich mit etwas piepsiger Stimme. Ich wollte nicht, dass der Film weiterlief.

»Triffst du dich mit dem Kommissar?«, fragte die Rosl, anstatt eine Antwort zu geben.

Ich verdrehte die Augen in der Hoffnung, sie würde mich für durchgeknallt halten.

»Grüß dich, Lisa«, sagte hinter mir die Kathl.

Nicht noch mehr Inquisition.

»Grüß dich, Kathl«, antwortete ich entkräftet. Die Kathl war eigentlich nicht so schlimm wie die anderen. Sie war viel älter, aber geistig bedeutend jünger als die zwei Giftspritzen. Man sah es schon an ihrer Kleidung. Sie trug Jeans, die ihr um die Beine schlotterten, eine Art Parka und eine hochmodische Skimütze. Das war für eine 85-jährige Frau nicht schlecht, fand ich. Außerdem hatte sie Dreck unter den Fingernägeln, was ich ausgesprochen sympathisch fand.

»Wennst schwanger bist, müsst's heiraten«, sagte die Bet streng neben mir.

»Ich bin nicht schwanger«, ächzte ich matt. Wobei ich mir unter dem stechenden Blick von der Bet plötzlich nicht mehr sicher war. Irgendwie war mir gerade wirklich furchtbar blümerant.

Die Kathl zwinkerte mir zu. »Und heiraten tut ma heutzutag ned so schnell«, antwortete sie dann für mich.

»Des sagst auch nur, weil deine Jacqueline so eine Bixn ist«, fauchte die Bet.

Jacqueline war Kathls Enkelin. Sie lebte in Berlin mit einem Maler zusammen und hatte drei Kinder. Jeder in unserem Dorf sprach den Namen falsch aus. Denn alle sagten Tschakliiin. Drum ist die Tschakliiin wahrscheinlich auch weggezogen.

Kathl lächelte erstaunlicherweise nur und sagte zu mir: »Dein Max ist schon ein fescher Bursch.«

Die Kathl wieder. Das hätte ich ihr nie zugetraut, dass sie sich so auf meine Seite schlagen würde. Mir blieb der Mund offen stehen.

»Außerdem war's nicht richtig, dass du dem Blomberg des erzählt hast«, sagte die Kathl zur Bet. »Des ham wir noch nie g'macht.«

»Ich hab nimma ruhig schlafen können«, sagte die Bet mit einem kalten Blick. »Und was wahr is, muss wahr bleiben.«

Hä? Ich sah von einer zur anderen.

»Kannst ihr sagen, dass ich ned wollt«, sagte sie zu mir, als müsste ich wissen, um was es geht. »Aber schließlich ham s' g'sagt, wir solln sagen, was wir g'sehn ham.«

Hä? Ihr? Sie? Wir? Wer denn nun?

Sie war wahrscheinlich die Polizei. Wir waren nämlich aufgefordert worden, alles dem Schorsch zu erzählen, was uns gerade einfiel. O.k. Das gerade nicht, aber was wir an dem Mordtag gesehen hatten. Und besonders diejenigen, die gegenüber von der Kirche wohnten, waren prädestiniert dazu, alles Mögliche zu sehen. Gerade der Bet traute ich es zu, dass sie den ganzen Tag die Kirche beobachtete, um zu sehen, wer wie lange putzte, wer zum Beten ging und wer schnurstracks, ohne mit der Wimper zu zucken, die Kirche links liegen ließ.

»Was wolltest du nicht?«, fragte ich schließlich nach, obwohl ich es lieber gar nicht wissen wollte.

»Ich hab deine Großmutter g'sehn. An dem Tag.«

Diese Zeugenaussage war bestimmt der Renner gewesen. Ich konnte mir richtig vorstellen, wie detailgetreu die Bet Großmutters Kirchgang beschrieben hatte. Und eigentlich war ich heilfroh, dass sie uns nicht angezeigt hatte wegen Verschmutzung des Kirchenvorplatzes durch unseren dämlichen Hund, Lärmbelästigung (auch Hund) und unrühmlichen Quietschens beim Auffinden einer Leiche (ich). Aber Letzteres war ja im Orgelklang untergegangen.

»Vater, wir haben gesündigt vor dir. Wir sind schuldig geworden an unseren Mitmenschen. Wir sind schuldig geworden an der Gemeinde deines Sohnes, an der Kirche …«, rasselte die Rosl leise vor sich hin.

»Sonst ist keiner in die Kirche gangen«, stellte die Bet zufrieden fest. »Ich hab die alten Astern abg'schnitten, bei mir im Garten. Deswegen hab ich's g'sehn. Da war kein anderer. Nur deine Wawa.«

»Der Herr sei euch gnädig«, murmelte die Rosl, ihr Blick sah aus, als würde sie sich denken, wow, super.

»Dann ist der Mörder halt durch eine andere Tür raus«, fauchte ich böse.

»Du weißt doch, dass die anderen Türen zug'sperrt sind. Wenn ned Sonntag is.«

»Dann hat halt einer offen gelassen.«

»Wennst meinst«, sagte die Bet, und in ihren Augen lag so etwas wie ein stilles Lächeln.

»Dann hast halt nicht genügend aufgepasst«, antwortete ich. Die dumme Kuh. Und dann auch noch zum Blomberg rennen. Der glaubt jedes Wort, so wie ich den kenne. Der denkt sich bestimmt, die Bet, die neugierige Bixn, die neugierige, die passt den ganzen Tag auf. Aber dass auch eine Bet mal piesln muss, das bedenkt er wieder nicht. Außerdem – bei wem hatten sie denn blutige Metzgerschürzen gefunden? Bei uns ja wohl nicht!

»Wennst meinst«, sagte die Bet.

»Man hätt's ned unbedingt dem Blomberg sagen müssen«, sagte die Kathl.

»Wennst dann noch ruhig schlafen kannst«, sagte die Bet.

Und die Rosl sagte so etwas Ähnliches wie: »Jede Sünde ist ein Stein in der Mauer, die wir zwischen uns und Gott aufrichten.«

Wieso es eine Sünde sein sollte, wenn die Bet einmal den Mund hielt, war mir nicht ganz klar.

»Ich hab auch ned alles g'sagt, was ich weiß«, sagte die Kathl. Sie sah dabei die Bet mit einem scharfen Blick an.

»Wennst meinst«, sagte die Bet nur, als hätte sie einen Sprung in der Schallplatte.

»Ja. Des mein ich«, antwortete die Kathl.

Hinter mir schepperte etwas, als hätte der Müllwagen ein Fahrrad überfahren. Wir zuckten alle vier zusammen und drehten uns um. Am Boden lag mit einem leicht verwirrten Blick der Fischer Loisl. Wir starrten ihn alle einen langen Moment an, dann rappelte er sich auf.

»Brauchst Hilfe?«, fragte ich automatisch. Denn eigentlich wollte ich ihm gar nicht helfen. Einem Betrunkenen aufzuhelfen konnte sehr böse enden. Anscheinend hatte auch Loisl keine Lust, sich von mir helfen zu lassen. Sein Blick war voller Entsetzen, er wich vor mir zurück und versuchte sein Rad wieder aufzustellen. Was war hier eigentlich los?

»Ich hab damit nix zu tun!«, keuchte er leise vor sich hin und kämpfte mit seinem Rad, als wäre dieses lebendig geworden und würde sich gegen ihn wehren. Dabei sah er hin und wieder auf, als wollte er sich vergewissern, dass ich mich ihm nicht näherte. Ich sah vom Loisl zu den Frauen. Alle drei wirkten so, als wüssten sie, wovon er sprach. Was mich dabei mehr störte war, dass dabei jeder meinem Blick auszuweichen schien.

»Mit was denn?«, rutschte mir versehentlich heraus. Dem Loisl Fragen zu stellen, während er hackedicht war, war eine wirklich dumme Idee.

»I hab di ned g'sehn«, keuchte er mich an. Er hatte mich nicht gesehen? Was wollte er mir damit sagen?

Er sah mich an, als hätte ich vor, ihn umzubringen, und verhedderte sich fast panisch in den Pedalen, bis ihm schließlich die Flucht gelang.

Sprachlos sah ich ihm nach. Jetzt flohen schon die Betrunkenen vor mir, das war doch wohl die Höhe! Natürlich hatte er mich nicht gesehen! Bei was gesehen überhaupt? Aber bevor ich noch Fragen stellen konnte, war der Loisl schon längst über alle Berge. Als wäre der Teufel hinter ihm her, würde Großmutter sagen. Aber er hatte so ausgesehen, als wäre ihm der Teufel um einiges lieber als die Lisa Wild. Die Bet sah mich reichlich zufrieden an.

»Irgendwann überfahrn s' den, so b'soffen, wie der Radl fährt«, kommentierte die Kathl, bevor sie sich mit einem kurzen Gruß umdrehte und ging.

»Wir haben damit nix zu tun«, sagte ich noch, obwohl das selbst in meinen Ohren ziemlich schwach klang. Wie der Fischer Loisl mich angesehen hatte. Als wäre ich eine Kettensägenmörderin und er mein nächstes Opfer.

Ich drehte mich schnell zur Kathl und ging ihr nach. Das war bestimmt alles ein Missverständnis.

Hinter mir hörte ich die Rosl beten: »Herr, du liebst mich von Ewigkeit, hast mich gewollt und gerufen, wartest auf mich. Ich vergesse dich, stelle mich taub und laufe davon.«

Ich stellte mich auch taub und lief davon. Dann war ich Gott sei Dank um die Ecke.

Ich musste ziemlich laufen, dass ich die Kathl noch einholte.

»Die Rosl und die Bet, die ham s' ned alle«, sagte die Kathl, während sie mit energischen Schritten neben mir ging. Ich schaffte es kaum, mit ihr Schritt zu halten. Vielleicht sollte ich genau wie sie die Pfarrbriefe austragen, dann wäre meine Kondition irgendwann in 60 Jahren auch so wie ihre. Dann noch so ein paar schneidige Wanderschuhe, und ich hätte bestimmt den Mut, den dummen Dorftratschen über den Mund zu fahren, wenn sie blödes Zeug redeten.

»Besonders die Bet. Was für eine Einstellung die zu ledigen Müttern hat. Schlimm«, sagte sie auf Hochdeutsch.

»Schlimm«, bestätigte ich, fragte mich aber insgeheim, was die Kathl wohl noch alles wissen mochte. Die wohnte nämlich direkt neben der Bet und hatte den gleichen tollen Ausblick auf die Kirchentür. Außerdem hatte sie zur Bet gesagt, dass sie der Polizei auch nicht alles erzählt hatte, was sie wusste. Sollte ich sie fragen, ob sie auch Astern geschnitten hatte? Seite an Seite mit der Bet? Aber wie ich die Kathl kannte, hatte sie zu wenig Zeit, um im Garten dürres Gewächs abzuschneiden. Sie war mehr im Dorf unterwegs, zum Beispiel um die Pfarrbriefe auszutragen, und hatte für die Gartenpflege keine Zeit.

»Du solltest sie mal hören, wenn sie über Homosexualität redet«, sagte sie energisch. »Schlimm.«

»Schlimm«, krächzte ich entgeistert. Die Kathl wieder.

»Sag der Oma einen schönen Gruß«, sagte sie noch, dann bog sie ab.

Ich blieb mit trockenem Mund stehen. Homosexualität. Wer hätte gedacht, dass ich aus dem Mund der Kathl je dieses Wort vernehmen würde.

Einen Nachteil hatte das Davonlaufen, dachte ich mir verspätet. Jetzt wusste ich zwar, wie die Bet zu Schwulen stand und dass sie Großmutter verdächtigte, mit Messern bewaffnet Weihwasser zu holen. Aber wie der Pudschek gestorben war, wusste ich immer noch nicht. Und ich hatte das Gefühl, dass es sehr wichtig gewesen wäre, es zu wissen. Ich ging noch einmal zurück und spitzte um die Ecke. Aber weder die Rosl noch die Bet waren zu sehen.

Ich hatte wieder das komische Gefühl im Bauch, als müsste ich meiner Großmutter etwas beichten. Das machte ich zwar seit Jahren nicht mehr, aber trotzdem. Und alles nur wegen dem Pudschek. Ich wusste plötzlich ganz sicher, dass ich damals, nach Pudscheks Tod, Großmutter etwas beichten wollte. Ich hatte mich nur nicht getraut. Und dann hatte ich es so gründlich vergessen, dass nur noch das Gefühl übrig geblieben war. Ein Beichtgefühl.

Der Pudschek war nach dem Krieg in unser Dorf gekommen, direkt aus der Kriegsgefangenschaft. Bei den Amis hatte er damals einen großen Deal gemacht. Er hatte die Zigaretten gehortet, die er zugeteilt bekommen hatte, anstatt sie selbst zu rauchen. Und dann war er nach Bayern gekommen, mit seinem Zigarettenkoffer. Und der Meierbeck, also der Bäcker Meier, musste ihn aufnehmen. Eigentlich hätte er sich freuen können, denn schließlich rauchte der Meierbeck. Und konnte seine Semmeln jetzt gegen Zigaretten tauschen.

Aber so war das nicht. Der Meierbeck war nur sauer, dass der Pudschek in dem kleinen Dachkammerl wohnen durfte, während seine Schwiegereltern bei ihm im Wohnzimmer schliefen. Zigaretten hin oder her, die Schwiegereltern im Wohnzimmer konnten einem das Rauchen schon vergällen. Besonders, wenn alle anderen Nichtraucher waren, die ständig an einem herummeckerten, und man zum Rauchen auf die Straße gehen musste. Nur weil die Schwiegermutter immer herumkeifte, dass die Gardinen gelb wurden.

Höchst verdächtig, versuchte ich mir einzureden, um nicht an mein schuldbewusstes Gefühl zu denken. Aber der Meierbeck war schon uralt. Und auch damals war er bereits uralt gewesen und hatte wahrscheinlich seit Ewigkeiten vergessen, dass er seinen Hass auf den Pudschek gehabt hatte. Denn vor zwölf Jahren hatte der Pudschek schon längst in seinem eigenen Haus gewohnt. Und die Schwiegereltern vom Meierbeck waren auch schon lange verstorben, vermutlich an den Folgen vom Passivrauchen.

Zigarettenkoffer war der falsche Ausdruck, fiel mir ein. Es war nämlich eine hölzerne Kiste. Eine alte Munitionskiste, mit ledernen Riemen statt Scharnieren, und wenn man den Deckel öffnete, dann verrutschte alles, weil die Riemen nicht so hielten wie Scharniere. Ich blieb für einen Moment stehen und fragte mich, woher ich die Kiste kannte. Zu der Zeit, als er darin Zigaretten aufgehoben hatte, war ich nämlich noch nicht geboren gewesen.

Ich trottete nach Hause und schob den Gedanken, dass Großmutter mit Messern bewaffnet Weihwasser holen gegangen sein könnte, weit von mir.

Die Bet, die dumme Kuh. Vermutlich hatte Anneliese recht. Wenn ich nicht selbst den Mörder fand, saß über kurz oder lang wohl ich selbst im »Karzer«, wie Großmutter zu sagen pflegte. Und alles nur, weil die Bet zum Blomberg rennen musste, damit der sich auch alles Mögliche zusammenreimen konnte. Der fand das Verhalten von Großmutter und mir sowieso höchst verdächtig. Neben einer Leiche zu quietschen musste ich mir wirklich abgewöhnen.

Wieso sagte sie nicht wie alle anderen auch, dass es ein verrückter Fremder gewesen sein musste? Nicht, dass wir so viele Fremde in unserem Ort hätten. Spontan fiel mir kein einziger Fremder ein, der in den letzten drei Jahren durch unser Dorf gekommen wäre. Und verrückte Fremde hatten wir eigentlich noch weniger. Aber rein aus Solidarität hätte man doch leicht sagen können, dass es ein Fremder gewesen sein musste. Wenn nicht sogar ein verrückter Fremder.

Der Schorsch hätte dann wieder seine Lehrgangsunterlagen herausgeholt und eingewendet, dass der Mörder nicht nur Gelegenheit, sondern auch ein Motiv haben sollte. Aber was wusste man schon über verrückte Fremde. Also konnten sie sowohl Motiv als auch Gelegenheit gehabt haben. Und aus der Kirche geschwebt sein, während die Bet gerade bei der Kathl ins Küchenfenster spähte, um zu sehen, ob sie schon abgewaschen hatte.

Die Bet. Also ehrlich.

Wenn ich meine Ermittlungen auf verrückte Fremde konzentrierte, würde ich allerdings nur schleppend vorwärtskommen.

Aber die Bet war wirklich neugierig und hing ständig über dem Gartenzaun. Was, wenn wirklich keiner aus der Kirche gekommen war außer Großmutter? Es stimmte leider, dass werktags nur ein Kircheneingang offen war, nämlich der kleine, vorne neben dem Altar. Und dann hätte der Mörder da herauskommen müssen. Allerdings nur, wenn er nicht einen Schlüssel zu einer der anderen Türen gehabt hätte.

Ich zählte gedanklich auf, wer das hätte sein können.

Der Daschner, das ist unser Pfarrer. Einen Mesner hatten wir noch nicht, seit ich den letzten tot aufgefunden hatte. Und sonst? Vielleicht hatten ein paar Ministranten den Schlüssel aus der Sakristei geklaut. So was soll's geben. Dann waren sämtliche Ministranten verdächtig.

Irgendetwas an Bets Aussage war aber höchst seltsam. Obwohl ich mich eine ganze Weile konzentrierte, fiel mir nicht ein, was es sein könnte. Mein Zorn über die Bet blockierte meine ganzen Gedanken. Ich versuchte, eine Weile nicht an den Mord zu denken, vielleicht half das ja meiner Konzentrationsfähigkeit. Und da fiel mir zum Thema Bet seltsamerweise eine Geschichte aus meiner Jugend ein, die allerdings mit dem Metzger zu tun hatte. Also eigentlich hatte sie nur mit dem Metzger zu tun und gar nichts mit der Bet, und wieso mir die Geschichte gerade jetzt einfiel, wusste ich auch nicht.

Der Metzger hatte nämlich einmal mit dem Troidl gewettet, wer am längsten Seil springen konnte und dazu schreien. Von dieser olympischen Disziplin hatte vorher und nachher kein Mensch mehr etwas gehört. Aber der Metzger, der von jeher im Boxclub in der Stadt war, hatte im Seilspringen große Übung. Und im Schreien wahrscheinlich auch. Wenn er zum Beispiel Beinscheiben mit der Kreissäge schnitt – zack-zack –, dann unterhielt er sich trotzdem weiter mit der Kundschaft.

A bisserl Suppeng'müs dazu, das war sein Standardsatz. Des gibt a gute Suppn. Da musste man ganz schön brüllen, dass die Kundschaft einen auch verstand, bei dem Lärm, den so eine Kreissäge machte. Manchmal ließ er die Kreissäge weiterlaufen, obwohl er sie nicht benutzte, da musste man also den ganzen Einkauf durchbrüllen. Und manchmal brüllte er sogar noch weiter, auch wenn die Kreissäge schon lange nicht mehr lief.

Jedenfalls hatte der Troidl keine Chance. Wahrscheinlich hätte der Metzger noch stundenlang brüllen und hüpfen können. Oder zumindest brüllen.

Allerdings war der Troidl ein schlechter Verlierer. Nachdem er sich ein bisschen erholt hatte von dem vielen Springen und Schreien, hatte er Anlauf genommen und war dem Metzger mit dem Kopf voraus in den Bauch gerannt. Dem Metzger war das ein bisschen zu viel geworden, und er hatte sich über Troidls Rücken übergeben und danach mehrere Minuten Atemnot gehabt. Der Troidl hatte sich gleich mitübergeben, vor lauter Ekel, und die Zuschauer hatten beeindruckt zugesehen.

»Troidl, du alte Sau«, hatte der Schmalzl-Wirt gesagt. »Den Saustall machst du weg!« Denn das mit dem Hüpfen und Brüllen war ihnen beim Sonntags-Frühschoppen beim Schmalzl-Wirt eingefallen. Und der Troidl hatte ihm den Vogel gezeigt und war gegangen. Das wusste ich noch ganz genau, denn das war eine der Geschichten, die jeder aus unserem Dorf aus dem Effeff kannte.

Eine Weile sann ich darüber nach, ob und wie diese Erinnerung mit dem Wanninger zu tun hatte. Oder mit der Bet. Weil eigentlich hatte es doch auch nichts mit der Bet zu tun, oder? Aber es fiel mir nichts ein. Und ein klein wenig war ich auch froh, dass mir dazu nichts einfiel. Denn es wäre bestimmt nichts Gescheites gewesen.

Großmutter war die ganze Nacht vor meinem Zimmer auf- und abgegangen und hatte vor sich hingebrummelt. Natürlich fürchtete ich mich davor nicht, so etwas brachte mich nur ins Grübeln. Denn diese nächtlichen Aktionen hingen immer damit zusammen, wie es ihr psychisch ging. Und in letzter Zeit schien sie etwas zu bewegen, was sie mir nicht sagen, in ihrer Beichte nicht loswerden und mit keiner Rosenkranztante besprechen konnte. Immer wieder murmelte sie etwas vom Teufel vom Dreiwegener Kreuz.

Ich wollte eigentlich gar nicht wissen, was ihr diese nächtliche Wanderlust bescherte. Und an das Dreiwegener Kreuz wollte ich auch nicht denken. Aber es ließ mich trotzdem wach bleiben. Und bekanntlich kann man Gedanken ganz schwer aktiv verdrängen. Aber wenn ich nicht an das Dreiwegener Kreuz dachte, dann tauchte unweigerlich wieder der tote Wanninger vor meinem inneren Auge auf. Immer wieder öffnete ich die Kirchentür und hatte dieses seltsame Wummern der tiefen Orgeltöne im Gedärm.

Ich konnte und konnte nicht schlafen. Holzgedackt, sagte mein Gedanke. Das ist ein Orgelregister, was mir der Wanninger früher häufig zugezischt hatte. Posaunenklang war der nächste Gedanke. Ich versuchte zu schlafen und nicht an Orgelregister zu denken. Aber kaum hatte ich es ein wenig verdrängt und war am Einschlafen, hörte ich wieder das dumpfe Murmeln meiner Großmutter, und wieder setzten die Orgelklänge monumental ein. Und an »Holzgedackt« zu denken beunruhigte mich aus einem mir nicht ersichtlichen Grund.

Ich machte die Augen auf und sah mir die Muster an, die die Straßenlaterne durch meine Gardinen an die Decke malte. Etwas war seltsam an der ganzen Sache. Der Wanninger übte nicht besonders regelmäßig Orgel. Die Stücke aus dem Gotteslob konnte er begleiten, ohne dass er Noten hatte. Manchmal raffte er sich dann doch auf und suchte für das Schlussstück etwas anderes. Das hatte er zumindest früher üben müssen.

Aber was gingen mich der Wanninger und seine Überei an, ich wollte schlafen. Und wenn Großmutter nicht bald in ihrem Zimmer verschwinden würde, würde ich gleich morgen in der Früh Schlaftabletten aus der Apotheke holen und sie ihr beim Abendessen in den Tee geben.

»Wie der Teufel vom Dreiwegener Kreuz«, schien sie zu murmeln, und ich hörte, wie ihre Schlafzimmertür sich quietschend schloss. Und die Schlafzimmertür würde ich auch ölen, dachte ich schläfrig.

Dann schlief ich wahrscheinlich ein.

Im Hintergrund donnerten Orgelklänge, und ein atonaler Bass blieb immer auf demselben Ton stehen und wummerte. Tief drinnen in meinem Blinddarm.

»Mir ist heute Nacht was eingefallen«, sagte ich, den Mund voller Toastbrot.

Max warf mir einen seltsamen Blick zu. Den Blick bekam er immer, wenn er nichts hören wollte.

»Ich habe mit den Ermittlungen so direkt nichts mehr zu tun«, sagte er schließlich, während ich ihm fürsorglich Kaffee einschenkte. Nicht so direkt hieß wohl, dass alles, was nicht mit Großmutter zu tun hatte, nicht seine Angelegenheit war. Dass Max bei mir frühstückte, war eine Seltenheit. Und gerade heute geradezu eine göttliche Schicksalsfügung. Denn heute in der Früh lag das ganze nächtliche Dilemma klar vor mir. Aber ich hatte keine Lust, meine Gedanken mit Blomberg zu teilen. Außerdem war mir heute Morgen eingefallen, dass es eine prima Sache wäre, wenn Max und ich so eine Art Ermittlerduo werden könnten. Havers und Lynley. Markby und Mitchell. O.k. Ich war keine Polizistin, aber das konnte auch von Vorteil sein. Als ich ihn ansah, war mir klar, dass ihm das überhaupt nicht vorschwebte.

»Der Wanninger.« Ich ignorierte den Blick. »Der Wanninger hat doch geübt.«

Er zuckte mit den Schultern. »Na und?«

»Hast du das schon einmal gehört? Wenn er übt?«

Er verdrehte gehörig die Augen, als wollte er mir sagen, dass das für Mordermittlungen absolut unwichtig war.

»Das ist wichtig. Weißt du, welches Stück er aufgeschlagen hatte? Beispielsweise?«

Er schüttelte den Kopf.

»Ha.« Jetzt war ich wütend. »Sag mal, uns die Weihwasserflasche konfiszieren und dann bei der Sicherung des Tatorts nicht aufpassen. Das ist wichtig. Das mit dem Stück.«

Statt mir begeistert um den Hals zu fallen, gab er eine Art Stöhnen von sich. »Wahrscheinlich ein Stück, das er noch nicht konnte. Außerdem hat Großmutter uns lebhaft geschildert, was für eine akustische Zumutung es war«, antwortete er schließlich, vielleicht weil ich ihn so erwartungsvoll ansah. Vielleicht hatte er auch einfach Angst, dass ich ihm Kaffee über die Hose kippte.

Über das Üben vom Wanninger wusste ich eigentlich gar nicht so viel, denn beim Üben war ich ja nicht mit dabei. Weil, der Wanninger, würde der Schmalzl-Wirt sagen, der ist ein Hund, der kann das ganz allein mit dem Registerziehen. Da hätten sich die Rosenkranzweiberln bestimmt auch gefreut, dann hätte er nämlich langsamer spielen müssen, weil er sich auf das Registerziehen hätte konzentrieren müssen. Und jeder hätte besser mitsingen können und wichtige Töne länger aushalten.

»Und was war mit den Registern? Welche waren da gezogen?« Ich konnte mich nämlich genau erinnern. Der Pfarrer hatte nur den Kippschalter, mit dem man die Orgel ausschaltet, betätigt. Natürlich hatte er keine Register reingeschoben. Da hätte der Wanninger geschimpft. Alle Register wieder reinschieben, hatte er immer gesagt. Nach dem Spielen Orgel ausschalten und alle Register reinschieben. Und ich hatte mir immer gedacht, mach das doch selber. Wer ist denn hier der Organist?

»Welche Register?«, fragte Max mit ergebenem Tonfall.

»Diese braunen Knöpfe an der Orgel. Acht Fuß. Sechzehn Fuß. Holzgedackt. Posaunenklang. Sag mal. Das ist dir nicht irgendwie komisch vorgekommen? Welche Register gezogen waren und welche nicht?«

Er murmelte etwas davon, dass er keine Ahnung vom Orgelspielen hatte. Und natürlich hatte er die Orgel nicht mehr eingeschaltet, um die originale akustische Begleitsituation nachzustellen. Ich murmelte etwas davon, dass Männer bei der Kripo eigentlich nichts verloren hatten. Eine Frau hätte schon längst gemerkt, dass unsere Zitronenlimonadenflasche neben unsere Grünlilie in die Küche gehört. Ansonsten ist nämlich das Magnetfeld um unseren Esstisch gestört, Großmutter bekommt Gotteseingebungen und ich Gebärmutterkrämpfe.

Ich kippte den letzten Schluck Kaffee hinunter, dann stapfte ich voran in Richtung Kirche. Ignorierte sein Gemotter darüber, dass er viel zu tun hatte. Ich hatte viel zu lange gebraucht, um das mit den Registern zu verstehen. Eine ganze Nacht, um genau zu sein. Denn ich hatte wirklich schlecht geschlafen. Ich wollte dem armen Max gar nicht vorwerfen, dass er es nicht kapierte. Obwohl ich einfach nicht verstand, wieso er diesen Fall nicht dazu nutzte, um öfter einen katholischen Gottesdienst zu besuchen. Das würde seinem Verständnis für den Tod des Organisten bestimmt guttun. Außerdem hat das noch niemandem geschadet, hätte meine Großmutter gesagt und ihm bestimmt noch empfohlen, ein paar Runden Rosenkranzbeten dranzuhängen. Das war nämlich auch so etwas, was keinem schadete.

Der flotte Marsch durch das Dorf hatte Max' schlechte Laune etwas verbessert. Das merkte man daran, dass er ständig deplatzierte Äußerungen machte.

Statt Gottesdiensten beizuwohnen, las Max anscheinend zu viel *Süddeutsche Zeitung*. Denn er zitierte ziemlich genüsslich, dass Gottesdienstbesuche in katholischen Kirchen nicht unbedingt gesundheitsfördernd waren. Feinstaub und so. Anscheinend entsprach das Weihrauchgeräuchere unserer Ministranten und das Kerzengekokel nicht gerade den Arbeitsplatzschutzbestimmungen.

»Es übersteigt die Grenzwerte um das Fünffache«, sagte er ernsthaft neben mir.

Männer waren einfach nicht ganz ernst zu nehmen.

»Der alte Pfarrer hatte einen Herzkasperl. Und keinen Lungenkrebs«, verbesserte ich ihn würdevoll. Es war ja nicht so, dass ich besonders häufig in die Kirche ging. Aber doch nicht, weil ich Angst vor dem klerikalen Feinstaub hatte!

»Ja. Erhöhte Feinstaubwerte erhöhen das Risiko für Herzinfarkt und Schlaganfall«, erzählte er meinem Rücken, da ich es eiliger als er hatte, in die verräucherte Kirche zu kommen.

Die Lutherischen wieder. Keine Ahnung von Weihrauch, Orgelspielen und imposanten Messen. Ein richtiges Hochamt ohne Weihrauch. Hatte man so etwas schon gehört.

Wir gingen durch die staubige Stille hinauf zur Orgel. Ganz entfernt, als wäre es in einer anderen Welt, hörte man ein Auto fahren. An der Tür zur Orgelempore klebte noch die Polizeiplakette, dass der Zutritt untersagt war. Natürlich schon zerrissen. Bevor ich die Tür öffnete, holte ich einmal tief Luft. Jetzt nur nicht schwächeln, der Wanninger war schon lange abtransportiert.

Das Knarzen meiner Schritte auf der hölzernen Orgelempore hallte durch die ganze Kirche. Ich legte meinen Schlüssel neben die Orgelbank – das Klirren hörte man bestimmt bis vorne an den Altar. Ich rollte die Abdeckung der Tastatur nach oben und schaltete mit dem Kippschalter die Orgel ein. Die leisen Geräusche erfüllten die ganze Kirche, fast meinte ich, das leise Gewisper der Gemeinde zu hören.

Etwas irritiert sah ich ein kleines Stückchen Absperrband

von der Polizei auf dem Boden zwischen den Pedalen der Orgel liegen. Außerdem lag dort Sand. Da hätt s' besser putzen können, die Bet, hörte ich Großmutter sagen.

»So. Jetzt spiel«, sagte ich zu Max.

»Ich kann nicht Orgel spielen«, erklärte er mürrisch, verschränkte die Arme vor der Brust und sah mich abweisend an.

»Spiel«, forderte ich ihn wieder auf und zeigte auf die Tastatur. »Du wirst doch noch eine Taste runterdrücken können, oder?«

Mit mürrischem Gesichtsausdruck drückte er eine Taste. Dann drückte er die Taste noch einmal und noch einmal. Aber nichts geschah. Ich grinste. Männer wieder. Die meinten, man schaltet eine Orgel ein, und schon kann man spielen. Da sah man wieder, dass der Max ohne mich total hilflos war, wenn es um die Lösung des Falles ging.

»Hast du eingeschaltet?«, fragte er.

»Hm. Kaputt«, schlug ich vor. »Das war bestimmt der Schorsch. Der hat schon beim Ministrieren immer alles kaputt gekriegt. Ich weiß noch, einmal hat er den Weihrauchschwenker beim Schwenken losgelassen. Danach hatte die Bet eine Platzwunde am Kopf und musste eine Woche ins Krankenhaus.«

Ich verbiss mir ein Grinsen. Schorsch hatte zwar den Weihrauchschwenker losgelassen, aber außer dem lauten Krachen und einer Delle im Metall war nichts passiert. Ich zog ein Register der Orgel heraus und nickte Max noch einmal zu. Er drückte eine Taste, und nun erklang ein einzelner Ton, der einsam durch die Kirche schwebte. Wie die Einleitung zu einem Stück, die Aufforderung, mehr zu spielen. Max nahm den Finger weg, und die staubige Stille hüllte uns wieder ein.

»Ah ja«, sagte er. Er sah mich an, als wäre ich ein wenig verrückt, aber dass er damit leben könnte.

»Lass mich mal.« Ich schob ihn weg und drückte mit meinem linken Unterarm so viel Tasten wie möglich nach unten. Der schräge Klang ließ Max zusammenzucken. Und dann zog ich die Register heraus, die möglich waren, koppelte die Register des ersten und zweiten Manuals. Das Klangvolumen steigerte sich, meine Ohren schmerzten, doch ich ließ meinen Unterarm auf der Tastatur.

Max zog mir den Arm weg. Es wurde still.

»Du spinnst«, sagte er nur. Er sah mich nun an, als wäre ich sehr verrückt, und als würde er sich noch überlegen, ob er damit leben könnte.

»Ja. Klar«, nickte ich. »Aber nicht der Wanninger. Der ist doch nicht blöd und übt Orgel, während die Register auf volle Dröhnung eingestellt sind, oder? Jeder falsche Ton brüllt laut durch die Kirche.«

Er sah mich aufmerksam an. Hatte er das verstanden? Bei Max konnte man da nie so sicher sein, er hatte eine sehr eigenartige Erziehung genossen. Seine Eltern waren evangelisch und gingen fast nie in die Kirche. Hatte man so etwas schon gehört? Ich war mir nicht einmal sicher, ob man in evangelischen Kirchen überhaupt volle Dröhnung Orgel spielte. Wahrscheinlich hatte die Pfarrerin eine Gitarre und setzte sich vor den Altar, während sie den Gemeindegesang begleitete. Wie sollte Max je diesen Mord aufklären, wenn er von katholischen Gepflogenheiten überhaupt keine Ahnung hatte?

»Volle Dröhnung«, belehrte ich ihn, »das macht man, wenn man ›Großer Gott wir loben dich‹ singt.« Wahrscheinlich kannte er das Lied gar nicht. Ich versuchte es mit etwas anderem: »Oder ›Heilig, heilig, heilig‹. Und die Gemeinde so laut mitsingt, dass einem die Ohren schlackern. Oder wenn der Pfarrer mit allen Ministranten durch den Mittelgang geht und die Leute wissen müssen, dass sie gefälligst stehen bleiben sollen, bis der Pfarrer in der Sakristei ist. Kapiert? Aber man übt doch nicht so.«

»Er hat nicht geübt?«, fragte er mich und runzelte die Stirn.

Ich zuckte mit den Schultern. Woher sollte ich das wissen. Vielleicht war er schon halb taub und musste so laut Orgel üben, um überhaupt etwas zu hören.

»Oder der Mörder ...«

Oder der Mörder hatte alle Register gezogen. Im wahrsten Sinne des Wortes.

Als wir wieder hinunterstiegen und durch die Kirche gingen, stellte sich uns die Kathl resolut in den Weg und musterte Max etwas abfällig. »Sind Sie der neue Organist?«

Ich grinste und ging weiter. Da hatten die Rosenkranztanten was zum Erzählen. Der neue Organist, der legt sich auf die Tastatur. Der spielt bestimmt lauter so neumodisches Zeug. Furchtbar.

Max hatte beschlossen, seine Erkenntnisse mit dem greißlichen Blomberg zu teilen und mich nicht an seinen Gedanken teilhaben zu lassen. Ich hatte beschlossen, ihn dafür mit sexueller Abstinenz zu strafen. Heute Abend würde ich ganz sicher schreckliches Kopfweh bekommen.

Ich war mir aber sicher, dass mich Max in null Komma nichts davon überzeugen würde, dass ich kein Kopfweh hatte. Schlecht gelaunt ging ich die Hauptstraße entlang nach Hause.

Meine Laune besserte sich etwas, als ich den Schorsch mit einer neuen Laubvernichtungsmaschine sah. Er stand gerade auf einer Leiter und saugte das Laub von seiner Hecke. Weil ich gerade sonst nichts zu tun hatte, außer mich über Max aufzuregen, sah ich ihm eine ganze Weile zu. Ziemlich langatmig erklärte er mir die Vorteile des Saugens gegenüber dem Kehren. Wobei mir nicht klar wurde, wieso man überhaupt etwas gegen das Laub auf Hecken unternehmen musste. Man sah das doch gar nicht richtig. Jedenfalls, wenn man nicht gerade auf einer Leiter stand.

»Der ewige Dreck«, sagte Schorsch missmutig. Genau diesen Tonfall bekam jeder in unserem Dorf, wenn er mit Laubkehren beschäftigt war. Die meisten Leute in unserem Dorf hatten nämlich ein total gestörtes Verhältnis zum Laubfall. Laub bestand nur so lange aus Blättern, bis es von den Ästen segelte. Während es zu Boden schwebte, durchlief es eine rasante Transformation zum Schmutz, der erbittert bekämpft wurde. Da war jedes Mittel recht, und jedes neue Gerät wurde stolz vorgeführt.

Schorsch kam von seiner Leiter herunter und sah mich ernst an. »Lisa.« Wegen der Dramatik der Lage versuchte er hochdeutsch zu sprechen: »Das ist eine Unfallgefahr.«

Unfallgefahr? Mir blieb der Mund offen stehen, und ich starrte auf die Hecke, die er gerade abgesaugt hatte. Für wen? Rutschten die Amseln darauf aus? Und die ganz blöden, die vergaßen, dass sie fliegen konnten, fielen dann einfach zu Boden. Plopp.

»Des Laub vor deiner Haustür«, setzte er hinzu. »Des musst ordentlich wegmachen. Die Langsdorferin wenn's herhaut …« Er verstummte.

Wieso ausgerechnet die Langsdorferin? Die hatte doch jetzt ihr Gehwagerl, an dem sie sich prima festhalten konnte.

»Ja«, sagte ich und nickte ernsthaft.

Laubsauger. Hatte man so etwas schon gehört. Aber was

will man von jemandem erwarten, der seine Bäume so lange schneidet, bis sie wie überdimensionale Klobürsten aussehen? Da ist ein Laubsauger eigentlich die logische Konsequenz.

»Leihst mir den Laubsauger?«, fragte ich scheinheilig.

Er verdrehte die Augen und kletterte wieder auf die Leiter. »Mensch, Lisa. Für den Saustall vor deiner Haustür brauchst an großen Besen und a Schaufel.«

Dann sprang mit großem Getöse der Motor des Laubsaugers an, und ich ging weiter.

Auf dem Bürgersteig vor unserem Haus lag tatsächlich einiges an Laub. Die Reisingerin hing über dem Gartenzaun und sah aus, als würde sie sich denken, wenn da einer hinfällt. Wer das wieder zahlt.

Ich beschloss, dass mir ein bisschen Bewegung nicht schaden würde. Dabei konnte ich mich still und leise über den Max, den Schorsch und die Reisingerin ärgern. Außerdem konnte ich dadurch gut die Tafel Schokolade abarbeiten, die ich vor lauter Frust gleich danach essen würde. Ich holte unseren Straßenbesen und kehrte so wild, dass die Reisingerin kommentarlos im Haus verschwand. Zornig arbeitete ich gegen die Laubflut an.

Max. Der Depp der.

Es war einfach unglaublich, wie viel Laub sich in kürzester Zeit genau vor unserem Grundstück anhäufte. Vielleicht hatte die Reisingerin etwas gegen uns und kehrte uns ihren Dreck noch mit herüber.

Schorsch. Der Depp der.

Ich schrubbte so energisch, dass mir ganz heiß wurde.

Die Reisingerin. Die dumme Kuh. Ständig rüberspitzen, ob wir den Weg gekehrt haben oder nicht.

Während ich die verklebten braunroten Blätter zusammenschob, sah ich dazwischen etwas Weißes hervorblitzen. Hinterher ist man immer gescheiter, würde Großmutter sagen. Das dachte ich mir später auch ein paar Mal. Aber so bückte ich mich gedankenlos danach. Es war ein kleiner Schlüssel an einem billigen weißen Plastikschlüsselanhänger. Ich kannte diese Art von Schlüsselanhängern. Der Pfarrer hatte eine ganze Menge davon ordentlich aufgereiht am Schlüsselbrett hängen. Die Anneliese hatte mir vor Jahren einmal erzählt, dass es sogar einen rosa Schlüsselanhänger gab.

»Ach geh«, hatte ich nur gesagt. »Ein Pfarrer hat doch nichts, was rosa ist.« Noch dazu war das zu der Zeit, wo unser wortgewaltiger alter Pfarrer noch im Dienst war. Der war so konservativ, dass es die Farbe Rosa überhaupt nicht gab. Nicht einmal als Wort.

»Ehrlich«, hatte sie geflüstert. »Ganz rosa.«

»Und was steht drauf?«, hatte ich misstrauisch gefragt.

Sie hatte gekichert und gekichert und einen dummen Vorschlag nach dem anderen gemacht. »Vielleicht Klo?«

»Ein Pfarrer sagt nicht Klo«, hatte ich sie verbessert.

Sie hatte nur noch mehr gekichert. »Vielleicht ist er für den Schrank, wo die Ministranten ihre Röckchen hängen haben …« Sie sagte Röckchen, obwohl sie normalerweise Rockerl gesagt hätte. Und dabei kicherte sie richtig laut. »Ist das nicht komisch? Lauter Buben in Mädelssachen … Wär doch nur logisch, wenn der Schlüssel dann einen rosa Anhänger hat.« Sie konnte gar nicht mehr aufhören zu kichern. Mädelssachen. Wenn das der liebe Gott gehört hätte, hätte er bestimmt seinen göttlichen Strafblitz geschickt. Und welcher von den Schlüsseln sollte denn weiß sein? Der zum Schuppen? Zum Keller? Zum Turm? Meine Gedanken stotterten leicht.

Ich drehte den Schlüsselanhänger nicht um, sondern betrachtete nur seine Rückseite. Er sah verdächtig aus wie einer dieser Schlüssel aus der Kirche. Ich wusste, dass es das Beste wäre, nicht zu lesen, was darauf geschrieben stand.

Die Neugierde machte mich schwach.

Das Feld, das man beschriften konnte, war durch eine dünne Plastikfolie geschützt. Jetzt hatte sich die Folie gelöst und stand nach oben, durch tausend Finger abgegriffen und schmutzig.

Oh. Nein.

Es wäre noch nicht zu spät gewesen. Ich hätte noch ein paar Schritte die Straße entlanggehen und den Schlüssel unauffällig in den Gully fallen lassen können. Oder die Mülltonne von der Reisingerin aufmachen und ihn dort versenken. Die war eh nicht mehr ganz dicht. Ging nachts auf die Straße und steckte uns gebrauchte Erwachsenenwindeln in die Mülltonne.

Aber in dem Moment bog Resi mit ihrem Hund um die Ecke. Für Frauen ist Multitasking meist kein Problem. Aber das waren zwei Probleme, die mich emotional runterzogen, versuchte ich mich hinterher vor mir selbst rechtzufertigen. Wenn Resis Hund um die Ecke biegt, braucht man seine ganze psychische Kraft, um gegen den Drang anzukämpfen, über den Gartenzaun klettern zu wollen. Man muss stur geradeaus schauen und weitergehen, als wäre dieser riesengroße, massige Hund nicht existent. Man darf auch die Hoffnung nicht verlieren, dass hinter einem noch jede Menge Leute kommen, die für diesen Hund noch viel interessanter sind.

Ich wusste, dass hinter mir niemand war. Auch mein Hund war nicht dabei. Wobei der in genau diesen Situationen auch gerne kniff. Dann hörte ich es. Dieses leise Quietschen einer

Gummiente. Nein. Das waren keine Halluzinationen kurz vor dem Tod, sondern Resis Methode, ihren sexuell hyperaktiven Hund zur Räson zu bringen. Methode war eigentlich das falsche Wort, weil ich noch nie erlebt habe, dass sich dieses dumme Tier zur Resi umgedreht hat, um sich mit der kindischen Gummiente zu vergnügen.

Und dann zu hören, wie die Resi ihm schwächlich hinterherrief »Mauserl, komm her!«, und dabei mit der Gummiente quietschte – das war mehr, als ich ertragen konnte. Vor allem das Wort ›Mauserl‹ in Verbindung mit diesem grässlichen Kalb machte mich geradezu aggressiv.

»Grüß dich, Lisa«, stieß Resi hervor, als sie endlich bei mir war und am Halsband ihres Hundes zerrte. »Gut, dass ich dich treff'.«

In meiner Hand brannte der Schlüssel. An meinem Bein hing ein geifernder Hund.

»Ich wollt dir sagen, des war ned richtig. Von der Bet. Zur Polizei gehen. Des macht ma doch ned.«

Sie hatte es geschafft, den Hund von meinem Bein wegzuziehen. Ich ignorierte die Geiferspuren an meiner Jacke. Großmutter würde jetzt sagen, dass sie es ja schließlich gut meinte. Der Hund meinte es mit Sicherheit gut. Aber ich hasste es einfach.

»Des hat doch noch niemand von uns g'macht. Zur Polizei gehen.« Sie schüttelte zaghaft den Kopf. Entweder, weil sie sich nicht sicher war, oder weil ich noch immer etwas leidend aussah.

Ich wollte ihr nicht widersprechen, um das Gespräch so kurz wie möglich zu halten.

»Wir wissen doch alle, dass es die Wawa ned war.«

Das klang eher ein bisschen wie: Wenn sie's schon war, dann wird sie ihre Gründe gehabt haben.

»Oder, was meinst du?«, bohrte sie nach. »Da braucht ma doch auch Kraft.«

Ich konnte dazu gar nichts sagen. Sie zerrte ihren Hund noch ein Stückchen weiter weg, als neben mir ein Auto hielt. Erschrocken starrte ich den Schorsch an. Wie konnte er nur so schnell wissen, dass ich den Orgelschlüssel gefunden hatte? Wahrscheinlich würde er mich verhaften.

Er hielt mir aber nur seinen blöden Laubsauger hin und beobachtete mich interessiert.

»Ich wär jetzt fertig«, sagte er, sah aber auf meine Hand. Fertig? Ich starrte ihn verständnislos an. Ich war auch fertig. Komplett fertig mit den Nerven.

»Mit dem Laubsaugen«, erklärte er, als er meinen gehetzten Blick sah.

»Hast was g'funden?«, fragte er.

Im Nachhinein fallen einem immer die besten Sätze ein. Ich hätte an der Stelle einfach Nein sagen können und den Schlüssel einstecken. Aber ich stand da mit dem Schlüssel und nickte. Und der Schorsch streckte die Hand aus. Und ich gab ihm den Schlüssel.

Das war ehrlich und gut. Und sollte das der liebe Gott gesehen haben, würde ich bestimmt zehn Minuten weniger im Fegefeuer sitzen. Aber ob das die Polizei genauso honorieren würde, war nicht gewiss. Vielleicht büßte ich die Ehrlichkeit auch mit ein paar Stunden Untersuchungshaft, oder so.

Denn die Aufschrift auf dem Plastikanhänger war eindeutig »Orgel«. Auch wenn der Schorsch Laubsauger kaufte, konnte er lesen. Und dass ein Schlüssel mit einem Schlüsselanhänger, auf dem »Orgel« stand, dazu da war, in der Kirche den Aufgang zur Orgel aufzusperren, war ihm bestimmt auch klar.

Der Orgelschlüssel? Was tat der vor unserer Haustür?

Seltsamerweise sah ich plötzlich das Dreiwegener Kreuz vor mir.

»Ein Beweisstück«, sagte der Schorsch wichtig und nahm mir den Schlüssel aus der Hand. »Seit wann liegt der da?«

Er drückte mir seinen Laubsauger in die Hand und nahm eine reichlich stramme Haltung an. Auf seiner Stirn stand groß und auffällig: Motiv und Gelegenheit.

Schorsch. Der Depp der.

Wütend drehte ich mich um und ging in unseren Garten. Bei unserem Apfelbaum ließ ich den Laubsauger einmal aufheulen und saugte ein Blatt hinein, das noch am Baum hing. Sah ich aus wie jemand, der sein Gartentürl bewachte?

Beweisstück! Außerdem, die dumme Resi. Ich ließ noch einmal wütend den Laubsauger aufheulen. Wenn mir die Resi nicht dazwischengekommen wäre, wäre ich bestimmt so schlau gewesen, den Schlüssel einzustecken und ihn bei der Bet in der Mülltonne zu versenken.

Als ich mich bei der Haustür noch einmal umdrehte, standen vor unserem Gartentürl noch immer die Resi und der Schorsch. Resi mit offenem Mund und geiferndem Hund an der Leine. Man sah ihr deutlich an, dass sie das Bedürfnis überkam, eine fade Wiener zu kaufen und zur Kommunikation beim Metzger beizutragen. Und Schorsch hatte plötzlich seinen lehrgangsgeschulten Blick. Er schien gerade Punkt für Punkt einen Flyer seiner letzten Fortbildung abzuhaken und diese Punkte auf mein Verhalten zu übertragen. Langsam wurde es wirklich Zeit, dass ich mit meinen eigenen Ermittlungen vorankam. Wütend knallte ich die Haustür hinter mir zu.

Nicht im Traum hätte ich gedacht, dass ich mich mit Max über Schlüssel streiten könnte. Besonders, weil das mit dem

Orgelschlüssel einfach lachhaft war. Jeder aus unserer Gemeinde konnte Orgelschlüssel aus dem Pfarrhaus klauen. Wahrscheinlich war die Sakristei den ganzen Tag offen, das Pfarrhaus und der Eingang zur Küche ebenfalls. Vermutlich war das Unternehmen sogar mit einem Gehwagerl oder einem Rollstuhl zu schaffen.

»Ah ja«, hatte Max nur gesagt, als wäre ich geistig nicht ganz zurechnungsfähig. Und dann hatte er versucht mich zu küssen.

Ich hatte ihn weggeschubst und ihm erklärt, dass er mich gar nicht küssen darf, während er mich befragt.

Und er hatte ganz zu Recht gesagt, dass mich der Blomberg befragt und nicht küssen darf, er hingegen schon.

Ich hatte ihm eine ganze Serie von wirklich schlimmen bayerischen Schimpfwörtern an den Kopf geworfen, die er wahrscheinlich nicht verstanden hatte, und ihm dann versprochen, dass ich ihm beweisen würde, dass jeder Mensch mit zwei Beinen an einen Orgelschlüssel herankommt.

Er hatte mich nur unglaublich cool angesehen, als würde er mich gleich noch einmal mit ganzem Körpereinsatz und sämtlichen nicht erlaubten Mitteln verhören. Da wäre ich beinahe schwach geworden und hätte ihm gestanden, dass ich jeden Sonntag Orgelschlüssel klaue. Leider war genau in dem Moment die Tür aufgegangen, und der Schorsch hatte dem Max zugeflüstert, dass der Blomberg draußen auf ihn wartete.

»Du wirst schon sehen«, hatte ich ihm nachgerufen. Er hatte sich an der Tür noch einmal umgedreht und wieder einmal diesen unschlagbaren speziellen Max-Blick aufgesetzt. Bei dem man ganz genau wusste, dass die nächste Handlung nichts mit einer gepflegten Unterhaltung über Schlüssel-Diebstähle zu tun haben würde.

Jedenfalls sah ich mich nach dem letzten Gespräch dazu genötigt, den Orgelschlüssel zu klauen. Oder meinetwegen einen x-beliebigen Schlüssel, der im Pfarrhaus hing. Dann würde das nämlich aufhören, mit diesen spöttischen Blicken.

Nachdem ich jetzt schon zum zweiten Mal das Pfarrhaus umrundet hatte und sich noch immer keine Tür von alleine öffnete, hatte ich so meine Zweifel, ob Leute mit Gehwagerln die Aufgabe lösen konnten. Aber es gab ja auch Leute in unserem Dorf, die ganz ohne eigenen Rollator unterwegs waren. Zum Beispiel die Bet. Die hing schon wieder neugierig über dem Gartenzaun und beobachtete mich.

»Die Seitentür ist offen«, erklärte sie mir zufrieden, als ich nahe genug an ihr dran war.

»Ich weiß«, sagte ich mürrisch.

»Wolltest ein bisserl beten?«, fragte sie mit einem katholischen Leuchten in den Augen.

»Nein. Ich wollte eine Kerze anzünden«, erklärte ich böse. Nämlich für die heilige Bet, Schutzheilige aller neugierigen Weiber dieses Universums.

Die Bet nickte zufrieden und ging in Richtung Haus. Kaum hatte sie die Tür hinter sich geschlossen, entdeckte ich schon den wunden Punkt des Pfarrhauses. Ein kleines offenes Fenster. Von wegen unser Pfarrhaus ist so sicher wie Fort Knox, da kommt keiner rein! Ich sah mich nach einer geeigneten Kletterhilfe um. Ein Bierkasten wäre nicht schlecht gewesen, aber der Pfarrer hatte keine Bierkästen im Pfarrgarten stehen. Stattdessen sah ich neben dem Nussbaum eine alte Leiter. Noch besser. Die hätte jeder an die Wand lehnen können. Zufrieden schleppte ich die Leiter bis zum Fenster und sah mich noch einmal um. Durch die Bäume war man gut vor den Blicken von Passanten geschützt. Das klappte ja wie am Schnürchen.

Als ich zum Fenster hinaufgeklettert war, sah ich, dass dahinter die Speisekammer lag. Voller Elan versuchte ich mich durch das Fenster zu schlängeln. Für eine Einbrecherkarriere wog ich vielleicht ein paar Pfund zu viel, zumindest hätte ich mich auf größere Fenster spezialisieren müssen. Aber darum ging es ja jetzt nicht. Für eine ganze Weile ging nichts vor und zurück.

»Reiß dich zusammen, streng dich an«, feuerte ich mich gedanklich an. Nichts war peinlicher, als von der Bet oder dem Pfarrer im Fenster steckend gefunden zu werden. Mein Herz begann zu rasen, und ich hoffte, dass meine Großmutter nie von dieser schwachsinnigen Unternehmung erfahren würde. Ich konnte mir ihre Meinung dazu blendend vorstellen.

Ich kippte mein Becken leicht, und plötzlich war ich doch durch. Das ging allerdings ein klein wenig schnell, denn ich rauschte vollkommen ungebremst in die Speisekammer und riss dabei einen Kasten Wasser um. Das war ziemlich laut. Und, um es mit den Worten des Schmalzl-Wirts zu sagen, es tat außerdem sakrisch weh.

Ich blieb eine ganze Weile einfach nur liegen und versuchte, ein Wimmern zu unterdrücken. Vermutlich hatte ich einen ganz komplizierten Trümmerbruch. Oder eine gefährliche Verletzung des Knies, die mich auf immer und ewig zum Krüppel machte. Und wer war schuld? Ich biss die Zähne zusammen und gab seltsame Geräusche von mir, während ich mich am Boden wälzte. Max. Wenn er gleich gesagt hätte, dass natürlich jeder an den Schlüssel kommen könnte, hätte ich nicht diesen waghalsigen Einbruch machen brauchen.

Bis ich endlich einsah, dass ich keinen Trümmerbruch hatte, lag ich gefühlte drei Wochen in der Speisekammer unseres Pfarrers.

Einbrecher war wirklich der blödeste Beruf, den man sich vorstellen konnte. Am liebsten wäre ich jetzt umgekehrt. Aber ich hatte so eine Wut auf Max, dass ich mich zusammenriss.

Ich fand mich ziemlich mutig, als ich durch das Pfarrhaus bis zur Haustür schlich und dort die Schlüsselsammlung begutachtete. Der Wahnsinn. Direkt neben der Haustür alle Schlüssel an einem Brettchen in der Form einer Kirche in Salzteig. Wenn das mal nicht Anneliese geformt hatte, die sich schon immer in unsere Gemeinde eingebracht hatte. Da war doch klar, dass Kreti und Pleti an den Schlüssel kam. Tatsächlich hing da auch noch ein Schlüssel zum Orgelaufgang, den ich wütend vom Schlüsselbrett riss. Da siehst du mal, Max, dachte ich mir böse. Es gibt sogar zwei von der Sorte, und jetzt habe ich ihn.

Als ich im ersten Stock ein Geräusch hörte, machte ich, dass ich wieder in die Speisekammer kam. Wieso ich nicht einfach durch die Haustür ging, fragt man sich vielleicht. Ich fragte mich das auch, als ich wieder in dem kleinen Fensterchen steckte. Vermutlich um mir selbst zu beweisen, dass ich in der kurzen Zeit mehrere Pfund durch die Aufregung abgenommen hatte.

Hatte ich aber nicht. Ich zappelte so lange, bis die Leiter umfiel und ich schließlich hinterher.

Uump, sagte meine Lunge, als ich aufschlug. Aber ich habe nicht einmal den Schlüssel losgelassen, dachte ich stolz, als ich endlich wieder Luft bekam.

Als ich mich aufrappelte, standen Max und Blomberg vor mir.

5

Es war direkt heimelig, zwischen Rosl und Großmutter in der Kirche zu sitzen und sich unheimlich zu gruseln. Obwohl ich brav nach vorne sah und die Spitzendeckchen auf den kleinen Altären anstarrte, spürte ich es ganz deutlich. In meinem Rücken bitzelte und juckte es. Und nur, weil hinter mir der Tatort war.

So gut besucht war die Kirche wahrscheinlich seit dem Zweiten Weltkrieg nicht mehr gewesen, als sich die Leute hier versammelten, um für ihr eigenes Heil zu beten. Jetzt war der Grund natürlich ein anderer. Ein Getuschel und Gewisper erfüllte das Kirchenschiff, von all den Stimmen, die am besten wussten, wer wie gestorben war. Und dass alles ein böses Ende nehmen würde. Darin waren wir uns sowieso alle einig.

Ich war mehr der Meinung, dass die Sache mit Max und mir ein böses Ende nehmen würde. Seit meinem Einbruchsversuch hatte ich den Eindruck, dass Max und Blomberg von mir dachten, ich sei komplett verrückt (Max) oder eine Mörderin (Blomberg). Denn mein Einbruchserfolg war durch den Pfarrer Daschner ziemlich geschmälert worden, als dieser nämlich erklärte, dass er tagsüber die Haustür nie absperrte, wonach jeder Mensch, der eine Klinke runterdrücken konnte, den Schlüssel hätte klauen können. Ich will nicht behaupten, dass Max gegrinst hätte, aber seine Augen hatten verdächtig danach ausgesehen.

Der Gedanke daran machte mich schon wieder unglaublich wütend, und ich musste mich ziemlich auf meine Atmung konzentrieren, um nicht zu hyperventilieren.

Gottlos, wisperte die Rosl gerade hinter mir lauter als alle anderen. Gottlos sei das. Und unsere ganze Gemeinde stehe vor dem Abgrund. Meine Atmung beruhigte sich wieder. Man durfte sich von kleinen Rückschlägen bei den Ermittlungen nicht entmutigen lassen. Immerhin hatte ich weder einen Trümmerbruch des Sprunggelenks noch einen Schleimbeutelriss im Knie. Das war doch schon mal was.

In meinem Nacken begann der Grusel zu kribbeln, als das Glöckchen läutete, und jeder wusste, dass der Gottesdienst nun losging.

Das Gewisper verstummte abrupt. Schließlich war es nicht alltäglich, dass jemand in unserer Kirche ermordet wurde. Wer wusste da schon, was heute passierte. Der Pfarrer kam mit seinen Ministranten und Ministrantinnen aus der Sakristei. Was für ein Anblick. Als würde er sich selbst in der Kirche fürchten, hatte er zu diesem Gottesdienst eine so gewaltige Schar an Ministranten rekrutiert, dass man hätte meinen können, Weihnachten und Ostern sei an einem Tag. Vielleicht hatten sich aber auch die Ministranten darum geprügelt, bei diesem historischen Gottesdienst anwesend zu sein.

Das Fehlen der Orgelmusik war vielleicht das gruseligste überhaupt. Denn man hörte die Kutten des Pfarrers und der Ministranten rascheln und die Tritte von vielen gut geputzten Schuhen auf den kalten Kirchenfliesen hallen. Alle warteten auf etwas, das nicht kam. Aber man konnte nie wissen. Vielleicht hatte der Mörder ja eine Waffe dabei und fing an, wild um sich zu ballern. Oder richtete sich selbst. Stand auf und schrie, seht her, ich musste es tun. Für euch und unsere Kirche.

Peng.

Oder so ähnlich.

Als der Pfarrer endlich gemessenen Schrittes den Mittelgang erreicht hatte, hörten es alle.

Das Knarren.

Ein Peng war nichts gegen dieses Knarren. Und jeder wusste, was das bedeutete.

Jemand ging gerade die Orgeltreppe hoch. Jedes Knarzen der Holztreppe wurde von einem dumpfen Stöhnen der Gemeinde begleitet.

»Heiliger Gottvatter«, wisperte Rosl hinter uns. »Des is er.«

Also, der Wanninger-Pudschek. Besser gesagt, sein Geist. Die Tür oben knarrte, hallte laut durch die Kirche. Dann: ein Geräusch, als würde die Orgelbank bewegt. Ich glaubte, den kollektiven Herzschlag der Gemeinde hören zu können. Rummbarumm, barumm. Dann das leise Klacken, als würde jemand die Orgel einschalten. Die Langsdorferin sah aus, als wäre sie kurz vor dem nächsten Bandscheibenvorfall. Und auf der Stirn der Rosl sah man Falten, die die Schriftzüge »Heiliger Gottvatter schütze deine kleinen Lämmer« formten.

Plötzlich war die Kirche von einem vielstimmigen Räuspern, Husten und Füßescharren erfüllt.

Dann setzten die Orgelklänge ein. Donnernd. Mächtig. Gewaltig. Und es war allen klar, das war nicht der Wanninger. Und es war auch nicht der Pudschek.

Alle drehten sich um, obwohl man nichts sehen konnte. Ich ließ meinen Blick über die Menschen gleiten, die hinter mir saßen. Eine hatte sich nicht zur Orgel umgedreht. Die Lehmerin. Wir zwei starrten uns eine Weile an. Sie hatte einen seltsamen Ausdruck im Gesicht. Triumphierend? Stolz?

Zufrieden? Sie wandte ihren Blick nicht von mir ab, und da wusste ich, wieso.

Der Wind pfiff unangenehm kalt. Ich hatte mir einen Kübel geschnappt und sammelte Äpfel auf. Diejenigen, die der Schimmel schon mit einem ungesunden Ausschlag überzogen hatte, schoss ich Richtung Komposthaufen, um mich nicht bücken zu müssen. Die meisten zerplatzten aber bei diesen Schüssen. Hin und wieder sah ich schuldbewusst Richtung Haus, aber Großmutter, die mich bestimmt getadelt hätte, ließ sich nicht blicken.

Mir ging der Gesichtsausdruck der Lehmerin nicht aus dem Kopf. Die Lehmerin und ihr Sohn. Da fehlt halt der Vatter, hatte die Rosl immer gesagt. Da wär er ganz anders word'n.

Die Lehmerin hatte nämlich einen Sohn, der ungefähr in meinem Alter war. Vielleicht war er ein bisschen älter – das hatte ich inzwischen verdrängt. Der Sebastian »Wastl« Lehmer war nämlich jemand, den man gerne verdrängte. Vielleicht deswegen, weil er aussah wie jemand, der sich selbst gerne verdrängt. Oder wie jemand, der sich ständig gesund ernähren muss und deswegen ganz krank ist.

»Der isst zu wenig Quark, Mädl«, hatte Großmutter über den armen Kerl gesagt. Wieso sein käsiges Aussehen an zu wenig Quark liegen sollte, war mir nicht klar. Im Gegenteil. Wahrscheinlich wurde er jeden Tag so mit Quark gemästet, dass die Gesichtsfarbe sich seiner Nahrung angepasst hatte. Ich behielt diese Überlegung bei mir, denn Großmutter hätte bestimmt nur gesagt, ach geh, Mädl, red kein Schmarrn. Geh zum Kühlschrank und hol dir einen Quark und iss ihn auf. Dann kriegst kein Buckel ned. Wie das zusammenhängen sollte, war mir vollkommen rätselhaft. Mir wurde von Quark einfach nur schlecht, und ich hatte insgeheim beschlossen, dass man einen Buckel ganz gut kaschieren könnte, wenn es einmal so weit war. Vielleicht mit einem Rucksack, oder so.

Großmutter hatte insofern recht, als Sebastian tatsächlich einen kleinen Buckel hatte. Aber ich war mir hundertprozentig sicher, dass es an den Vitaminen lag, dass er so komisch war. Ich kannte niemanden im ganzen Dorf, der so viel Vitamine aß und so krank aussah. Da war der Rückschluss doch nur berechtigt, dass dieses ganze Äpfel-Salat-und-Weizenkleie-Gegesse furchtbar ungesund war. Dass der Verzicht auf Schokolade krank macht, leuchtete mir sofort ein. Großmutter allerdings nicht. Bei ihr fielen Äpfel und Salat auch unter gesunde Nahrungsmittel. Weizenkleie Gott sei Dank nicht, weil das nämlich nicht bei uns im Garten wuchs. »Des kann ned g'sund sein«, meinte sie nur, als die Kathl ihr die Vorzüge von Weizenkleie erklärte. »Früher hat ma des doch alles wegg'haut.« Zu mir hatte sie dann leise gesagt, dass Kleie das sei, was übrig bleibt, weil es keiner will. »Was d' Viecha fress'n. Und i sollt's sauteuer in der Stadt kaufen.«

Dagegen waren gerade ganz besonders runzelige Äpfel, von denen faulige Stellen weggeschnitten werden mussten, enorm gesund und mussten im Herbst in rauen Mengen gegessen werden. »Des soll vorhalten, für den Winter«, erklärte sie mir dann immer. Weil im Winter waren diese fauligen Krippln nämlich schon ganz schwarz, und dann waren sie meiner Großmutter auch nicht mehr gesund genug. Vorsichtshalber schoss ich sorgfältig diese halbfaulen Äpfel Richtung Komposthaufen, in der Hoffnung, sie nicht aus Gesundheitsgründen essen zu müssen.

Der Sebastian, versuchte ich mich zu erinnern. Der war schon immer was Besseres gewesen. Wir hatten früher alle Blockflöte gelernt, so wie Kinder eben Flötespielen lernen:

Kleine Fingerchen, die die Löcher der Flöten nicht zudecken können und deswegen nur schaurige Töne hervorbringen. Nicht der Sebastian Lehmer. Der bekam schon mit fünf Jahren in der Stadt Klavierunterricht von einem richtigen Klavierlehrer. Und musste üben.

»Die Lehmerin, die spinnt«, hatte die Kathl immer gesagt. »Wenn der Bua an Vatta hätt, dann wär des alles ned a so. A Bua, der Klavier spielt. Der wird doch noch …« Sie machte einen Gesichtsausdruck, als könnte der Bua entweder Sex haben, SPD wählen oder tot sein.

Klavierspielen war also auch so etwas in der Richtung. Das machte man als Junge anscheinend nicht. Eigentlich sollte er ja Orgel spielen lernen. Weil die Orgel die Königin unter den Instrumenten sei, hatte die Lehmerin behauptet. Das einzige Problem waren die Pudscheks. Die wollten und wollten den armen kleinen Sebastian nicht auf der Orgel üben lassen. Sie wollten auch nicht, dass er während der Messe spielte. Nicht einmal bei einem Requiem durfte er einmal. Ich konnte das nicht verstehen. Also, dass der Sebastian so gerne während der Messe gespielt hätte. Aber noch weniger konnte ich verstehen, dass der Wanninger ihn nicht an die Orgel gelassen hatte.

Aber jetzt hatte sie es ja geschafft, die Lehmerin. Jetzt konnte der Wastl Orgel spielen, wann immer er Lust hatte. Und seine Mutter stolz auf der Kirchenbank sitzen.

Ich warf den letzten Apfel in Richtung Kompost, aber er zerplatzte schon vorher, weil ich schlecht gezielt und einen Baum getroffen hatte. Als ich hinter mir etwas hörte, zuckte ich schuldbewusst zusammen. Äpfel Richtung Kompost pfeffern, das tat man nicht. Ich war richtig erleichtert, dass der Schorsch vor mir stand und nicht Großmutter. Schorsch sah mich aber reichlich seltsam an.

»Lisa. Grüß dich«, sagte er etwas gequält.

»Schorsch. Grüß dich«, antwortete ich etwas genervt.

»Bei euch geht keiner ans Telefon.«

Ah ja.

Jetzt wollte ich wirklich nicht wissen, was uns der Schorsch in seiner Funktion als Polizist zu sagen hatte.

»Prüft ihr jetzt Alibis?«, fragte ich etwas freundlicher. »Meins? Das von Großmutter?«

Habt ihr auch das von der Lehmerin geprüft, wollte ich nicht fragen. Oder das vom gesunden Sebastian. So was sagte man nicht. Obwohl ich die Lehmerin höchst verdächtig fand. Es war zwar total übertrieben, gleich den Organisten zu erstechen, nur dass der Bub mal beim Hochamt spielen darf, aber wusste man es? Wusste man von der Lehmerin überhaupt irgendetwas? Vielleicht war der Wanninger ja auch der Vater vom Sebastian, und die Lehmerin konnte nicht mehr an sich halten.

»Ihr müsst einmal vorbeikommen. Nur Routine«, sagte er in einem Tonfall, als wäre ich für die letzten zehn Kettensägenmassaker verantwortlich.

Vielleicht hatte ich deswegen wieder mein elendes Pudschek-Gefühl. Vielleicht aber auch, weil der Wind wieder an uns riss.

»Wie war das eigentlich damals mit dem Pudschek?«, fragte ich statt einer Antwort.

Er sah mich wieder so an. Als wüsste er etwas, was alle wussten, nur ich nicht.

»Weißt du das nicht mehr?«, fragte er. »In dem Herbst. Der Sturm.«

Natürlich. Da war dieser eine Sturm mit dem netten Namen, den ich vergessen hatte.

»Beim Sepp seiner Scheune is des Dach wegg'flogen. Nur

weil a paar Schindeln g'fehlt ham. Und beim Schmalzl-Wirt hat's den Kamin wegblasen.«

Freilich. Dass ich das nicht mehr wusste. Wir waren alle zum Schmalzl gegangen und hatten uns gegenseitig angestoßen. Das war ein super Loch in dem Dach gewesen, und am Boden hatten lauter zerbrochene Dachziegel gelegen.

»Ein Tornado!«, hatte mich die Anneliese begeistert angestoßen. »Wups. Der Kamin. Einfach in die Luft. Und stell dir vor, wenn da unten einer g'standen wär.«

Der wär jetzt nämlich mauserltot, wenn ihm der Schmalzl-Kamin um die Ohren gesaust wäre. Wir hatten sehr pietätvoll auf die Scherben geguckt, die uns sehr düster und verdammt vorgekommen waren.

Und dann war der Schmalzl-Wirt mit einem Besen und einer Kehrschaufel gekommen und hatte gesagt: »Jetzt schleicht's euch.«

Und das hatten wir dann auch gemacht.

Ich sah plötzlich einen braunen Janker in unserem Vorgarten liegen. In meinen Ohren dröhnte laut ein ganz bestimmtes, verhasstes Geräusch, das eigentlich gar nicht so laut war. Tausend Blätter, die über die Straße wirbelten. Es klang so, als würde eine Mini-Bisonherde an unserem Haus vorbeigaloppieren. Die Birke vom alten Reisinger hatte sich so im Wind geschüttelt, dass die Äste gegen die Fenster und die Wand gepeitscht waren. Das war ein ständiges Klatschen und Fegen gewesen, wenn die dünnen Zweige gegen die Wand geschleudert wurden.

Und Großmutter hinter mir hatte gesagt: »Der greißliche Pudschek, der greißliche.«

Ich hatte damals die ganze Nacht wach gelegen und dem Klatschen der Zweige und der kleinen Bisonherde auf der Hauptstraße gelauscht. Und der Wanninger war auch da gewesen, und sein Blick war so maßlos entsetzt gewesen. Aber wieso? Ich wusste nur, er hatte nichts gesagt, sondern nur geguckt, und damals wusste ich ganz genau, was er sich in dem Moment gedacht hatte.

»Ja, genau. Der Sturm«, sagte ich dann nur, weil der Schorsch nichts mehr sagte. Als wäre damit die Frage beantwortet. War der Pudschek unter dem Schmalzl-Kamin gelegen? Daran müsste ich mich doch erinnern?

»Unser Telefon geht nicht«, log ich, weil der Schorsch immer noch nichts sagte.

»Ja, wie g'sagt. Du und deine Wawa, solltetst aufs Revier kommen.«

»Und wieso?«, fragte ich misstrauisch.

»Reine Routine«, sagte er in einem eigenartigen Tonfall.

Endlich hatte sich mein Blatt gewendet. Ich war in ausgesprochen guter Laune, als ich mit meinem Auto durchs Dorf brauste, um zur Redaktion zu fahren. Mein Chef hatte ein Einsehen gehabt und mir wieder grünes Licht für meine Arbeit gegeben. Vielleicht lag es auch daran, dass sich die Sekretärin eine Sehnenscheidenentzündung geholt und der Kare eine echt üble Bronchitis hatte. Da griff man gern auf die mordverdächtigen Volontärinnen zurück. Aber egal. Ich durfte jedenfalls einen richtig langen Artikel über das Rauchverbot in Gaststätten schreiben. Nicht nur so eine kleine Spalte über den Kaninchenzüchterverein.

Als ich gerade bei der Kirche vorbeirauschte, stellte sich mir und meinem Auto die Langsdorferin mit ihrem Gehwagerl in den Weg und winkte. Die Langsdorferin sieht fast nichts. Deswegen blieb mir nichts anderes übrig als anzuhalten, auch wenn ich wusste, was mir dann blühte.

»Fahrst mi heim«, sagte sie auch prompt und ließ sich

schwer atmend auf den Beifahrersitz plumpsen. »Meine Fiaß.«

Ihre Füße waren das Standardthema. Wobei Füße nicht nur die Füße an sich sind, sondern auch die Beine. Wenn man Glück hatte, musste man sie nur nach Hause fahren. Wenn man Pech hatte, hatte sie noch Erledigungen zu machen. Heute war nicht mein Tag. Außerdem war es total umständlich, so ein blödes Gehwagerl in ein kleines Auto hineinzubekommen.

»I muass no zum Metzger«, sagte sie auch prompt und deutete in die Gegenrichtung, als ich schließlich das Gefährt verstaut hatte. »Wartst scho, gell, Mädl?«

Ich wäre im ganzen Dorf unten durch, wenn ich die Langsdorferin vor der Metzgerei absetzen und einfach weiterfahren würde. Da könnte ich auch gleich in der Nacht Jagd auf kleine Kinder machen.

Ich blieb im Auto sitzen, beobachtete durch die angelaufenen Scheiben, wie die Langsdorferin ihre Bestellung aufgab. Eigentlich hatte ich überhaupt keine Zeit. Ich war plötzlich eine wichtige Person in unserer Redaktion. Vielleicht hätte ich den Zwischenstopp nutzen können, um ein wenig zu ermitteln, wer uns den Orgelschlüssel vor die Tür geworfen hatte. Das lag jetzt zwar schon ein paar Tage zurück, aber vielleicht hatte doch jemand etwas gesehen. Außerdem hätte ich die Recherche in der Metzgerei nutzen können, um mir ein Meinungsbild über das Rauchverbot zu verschaffen.

Aber eigentlich hatte ich keine Lust, mich der öffentlichen Meinung auszusetzen. Die Gefahr war zu groß, dass jemand sagte, ich sollte lieber dafür sorgen, dass Großmutter unbewaffnet ihr Weihwasser holte. Oder mich fragte, was ich um Himmels willen am Vormittag beim Schorsch gemacht hatte. Ich sah mir meine Fingerspitzen noch einmal an, ob sie schwarz waren.

Das mit dem Orgelschlüssel lag mir ziemlich schwer im Magen. Nichts war belastender als Orgelschlüssel vor dem Gartentürl. Ich hatte mir schon eine ganze Weile den Kopf darüber zerbrochen, wer ihn da verloren haben könnte. Es kam eigentlich nur der Mörder infrage. Aber mir fiel partout nicht ein, wie ich weiter ermitteln konnte. Das mit den Fingerabdrücken machte ja die Polizei. Und wie ich den Schorsch kannte, kam der nur zu dem blöden Schluss, dass ich der Mörder sein musste, nur weil meine Fingerabdrücke drauf waren.

Aber es mussten ja noch andere Fingerabdrücke drauf sein. Um das herauszufinden, hatte ich nicht viele Möglichkeiten. Ich könnte Max befragen. Den blöden Sturschädel, den blöden. Der würde garantiert mit nichts rausrücken.

Missmutig sah ich wieder aus dem Fenster und beobachtete den Schneider. Er hatte die Garage offen stehen und arbeitete gerade in der Einfahrt. Herr Schneider war ein Werkzeugfetischist. Er hatte in seiner Garage eine riesige Wand, an die für jedes Gerät, das dort hängen konnte, der Schattenriss gezeichnet war. Gerade fehlte ein Werkzeug, dessen Schattenriss ungefähr aussah wie ein steinzeitlicher Speer zur Mammutjagd. Neugierig spähte ich hinüber. Interessant. Was konnte das sein?

Schneider hatte einen verbissenen Gesichtsausdruck. Immerhin wusste ich jetzt, wie der Schneider es fertig brachte, dass kein Gras, Löwenzahn und Moos zwischen seinen Pflastersteinen wuchs. Es gab da extra Pflastersteinspeere. Mit zornigen Stößen stieß er das Teil in die Fugen, dass der Dreck nur so flog. Mich überlief ein leichter Grusel, als ich mir vorstellte, dass der Wanninger mit so viel Schwung ein Messer in den Rücken bekommen hatte.

Hinter der Schaufensterscheibe vom Metzger sah ich verschwommen eine ganze Reihe Leute stehen, die sich angeregt unterhielten. Bis die Langsdorferin wieder herauskam, konnte es also dauern. Vielleicht besprachen sie gerade die Alibis sämtlicher Rosenkranztanten. Und ich bekam nichts mit. Wahrscheinlicher war es, dass sie gerade mit der hochexplosiven Frage beschäftigt waren, wer an Allerheiligen auf welches Grab ›gehen‹ würde. Als würde man an diesem Tag über die Gräber spazieren. Nein. Man stand eigentlich ganz ordentlich vor dem Grab, las tausendmal die Daten, die auf dem Grabstein standen. Und es war sehr wichtig, dass sich möglichst viele Leute um einen Grabstein scharten. Nichts war schlimmer als die mitleidsvollen Blicke zum Nachbargrab, wo sich nur ein Einziger scharte, während man selbst zu zehnt war.

Ärgerlich auf die ganze Welt lehnte ich mich zurück. Mutter wäre einfach weitergefahren. Mutter hätte auch einfach weggeschaut, wenn sich die Langsdorferin vor ihr Auto gestellt hätte. Andererseits bestand natürlich die Gefahr, dass in der Metzgerei Informationen ausgetauscht wurden, die ich aus der Langsdorferin herauskitzeln konnte. Und wenn ich weiterfuhr, hatte ich das Nachsehen. Da ich einfach zu feige war, hineinzugehen, war es bestimmt nicht schlecht, auf sie zu warten und sich eine Zusammenfassung anzuhören.

Der Schorsch, fiel mir plötzlich ein. Der hatte ja auch mit dem Fall zu tun. Und aus dem was rauszukitzeln war bestimmt viel einfacher als aus Max. Ich musste mir nur ein nicht allzu blödes Interviewthema ausdenken.

Ich beobachtete eine Weile die angelaufene Metzgersscheibe und stellte mir vor, was die Kathl gerade erzählte. Es sah sehr emotionsgeladen aus. Das sprach eigentlich dagegen, dass es um den Wanninger-Mord ging. Denn wenn etwas emotionsgeladen war, dann die Sache mit dem Gräberstehen.

Zum Beispiel bei der Kathl, als der Alois noch gelebt hatte. Der musste auf den Friedhof bei der nächsten Kirche, weil dort sein Vater lag. Das ging ja noch. Aber dann die Frage, wo sollen die Kinder hingehen? Zu den Großeltern väterlicher- oder mütterlicherseits? Irgendwann löst sich so ein Problem natürlich. Irgendwann waren die Kinder so groß, dass sie Gräberstehen spießig fanden und lieber vor dem Fernseher lagen. Dann ging Alois wegen seines ›ewigen Bieselns‹ nicht mehr zum Grab seines Vaters, sondern zu dem von Kathls Eltern, weil wir beim Leichenhaus eine Toilette haben. Irgendwann ging er dann auf gar keine Gräber mehr, weil ihn der Harndrang ständig quälte.

In unserer Familie gab es da keinen Streit. Großmutter und ich scharten uns, seitdem Mutter uns verlassen hatte, immer zu zweit um den Grabstein meiner Urgroßmutter. Und ich hätte nicht einmal im Traum daran gedacht, mich vor einen Fernseher zu legen, obwohl ich inzwischen ja sogar einen hatte. Aber das Verweigern vom Gräberstehen war eine ernste Angelegenheit. Da konnte man sich leicht einen abgestorbenen Arm einhandeln. Oder zumindest eine verfaulte Zehe, oder so.

Ich hatte plötzlich das Gefühl, dass ich eine wichtige Spur gefunden hatte. Gräberstehen, versuchte ich mir selbst auf die Sprünge zu helfen. Allerheiligen. Allerheiligen. Allerheiligen. Ich wusste, ich war kurz davor, mich an etwas sehr Wichtiges zu erinnern.

Allerheiligen?

Früher hatte Großmutter Allerheiligen viel mehr zelebriert. Inzwischen ging sie zwar mit, aber sie überließ es mir, ein Gesteck auf das Grab zu stellen. Die Sache mit der Küche ließen wir beide ausfallen. Sonst hatte Großmutter vor Allerheiligen nämlich auch in der Nacht schön durchgeheizt und auf den Tisch den »Seelenstrietzel«, den Allerheiligen-Spitz, gestellt. Den durfte man vor Allerheiligen nicht einmal anschauen, denn er war für unsere Verstorbenen gedacht. Und wenn man davon zu früh aß, wurde einem die Zunge schwarz. Oder der Tod kam durch die Tür, oder keine Ahnung. Jedenfalls stand dann immer der gruselige Seelenstrietzel da und trocknete in der vollkommen überheizten Küche aus. Wo doch Hefeteig am besten frisch schmeckt.

Meist wurde ich zwei Tage vorher schon einmal auf den Friedhof geschickt, um den Grabstein zu polieren. Mir fiel wieder ein, wie sehr ich das gehasst hatte. Und zwar nicht wegen der Tätigkeit, sondern wegen des Pudschek-Grabs. Das hatte ich total verdrängt, die Sache mit dem Pudschek-Grab. Damals hatte ich keine Lust zum Grab zu gehen, so sehr fürchtete ich, dass auch an unserem Grab solch unheimliche Dinge passieren könnten. Denn ich hatte das Weiblein mindestens drei Mal gesehen. Sie war winzig klein und hatte einen alten braunen Mantel und einen selbst gestrickten grässlichen Hut auf dem Kopf. Jedes Mal stand sie eine Weile vor dem Grab und brummelte dumpf vor sich hin. Was das war, konnte man von unserem Grab aus nicht hören. Aber dumpfes Gebrummel war meistens ein Gebet, das man monoton und ohne Betonung herunterrattern konnte. Ich hatte dann an einem imaginären Fleck am Grabstein herumgekratzt und nur verstohlen zu der Frau hinübergeschielt. Nach dem Gebrummel hatte sie sich immer kurz umgesehen. Anscheinend vergewisserte sie sich, dass ihr keiner zusah. Da sie mich, halb versteckt hinter dem Grabstein, nicht sehen konnte, holte sie ein Taschentuch aus ihrer Handtasche.

Meine Putzbewegungen waren immer langsamer geworden. Mit einer schnellen Bewegung klappte sie das Tuch auseinander, holte etwas hervor und warf es mit einer zornigen Handbewegung auf den Grabstein. Wieder hörte ich das bedrohliche Murmeln, das sich etwas gesteigert hatte. Dann drehte sich die alte Frau um und eilte hastig zwischen den Gräbern davon.

Ich versuchte mich zu erinnern, wer das gewesen sein könnte. Ich hatte zwar von Urgroßmutters Grab einen guten Blick auf das Pudschek-Grab, weil man wegen dem Pudschek eine neue Gräberreihe hatte anfangen müssen. Aber ich hatte das Weiblein immer nur von hinten gesehen. Damals wusste ich aber trotzdem irgendwie, wer es war. Jetzt nicht mehr.

Später hatte ich mich zu dem Grab geschlichen und neugierig geschaut, was auf dem Grab lag.

Es waren lauter schwarze kleine Steine gewesen.

Da hatte es mich gegruselt.

Meine Beifahrertür wurde aufgerissen, und die Langsdorferin wuchtete sich umständlich auf den Beifahrersitz. Sie sah ja kaum was. Aber mein Auto fand sie trotzdem immer.

»Eine Luft ist da drin. Zum Schneiden«, keuchte sie. »Ich sag's dir. Und die Fenster, die könnten s' auch mal wieder putzen. Da läuft die Suppn runter. Denen schimmelt noch alles zam.«

Ich betätigte den Anlasser und wendete das Auto.

»Der Schneider spinnt«, sagte sie dann, als sie ihn mit seinem Moospflanzlspeer sah. »'s letzte Mal im Chor hat er g'sagt …« Sie runzelte die Stirn. »Er hat g'sagt, den Deppen bring i um.«

Ich gab Gas. Ja. Das sagte man hin und wieder bei uns.

Besonders Leute, die sich Moospflanzlspeere anschafften, neigten zu cholerischen Äußerungen.

»Mei«, erwiderte ich.

»Er hat g'sagt, der Pudschek, der Depp«, erläuterte sie genüsslich und mit einem wohligen Schauer über die Erkenntnis, dass der Schneider ein potentieller Mörder sein könnte.

»Mei«, wiederholte ich mich und gab noch mehr Gas. Leute, die sich um ihre Pflasterfugen kümmerten, brachten keine Organisten um, das war so sicher wie das Amen in der Kirche. Leute, die sagten, den Deppen bring ich um, brachten normalerweise auch keinen um. Sonst wäre nämlich schon unser halbes Dorf ermordet. Allerdings rammte der Schneider den Speer vielleicht doch ein bisschen zu energisch in den Boden.

»Der Wanninger«, sagte sie dann nur noch und schwieg.

»Ja. Der Wanninger«, wiederholte ich und hoffte, dass sie weitersprach. War das alles, was sie beim Metzger erfahren hatte? Der Laden war bummvoll gewesen und keiner war herausgekommen. Bestimmt nicht deswegen, weil sich keiner entscheiden konnte, was es zum Mittagessen geben sollte.

»Der arme Wanninger«, setzte ich anzüglich hinzu, als kleinen Denkanstoß, dass sie ihr Wissen mit mir teilen konnte. Und in der Hoffnung, sie würde nicht lang und breit über das Gräberstehen reden.

Als ich schnell zu ihr hinübersah, sah sie aus, als würde sie gerade »der greißliche Wanninger der greißliche« denken. Dann nickte sie aber. »Dass des mit den Orgelspielern bei uns immer so a schlimms End nehmen muss«, seufzte sie schließlich, als wäre schon der zehnte Organist erstochen worden.

»Der Troidl war auch drin. Er hat g'sagt …« Sie machte

eine bedeutungsschwangere Pause. »Der Wanninger ist bissen worden.«

Gebissen? Der Wanninger?

»Von einem Hund?«, fragte ich nach. Meiner war's jedenfalls nicht. Und der Gummi-Quietschenten-Köter von der Resi bestimmt auch nicht.

»Von einem Menschen«, antwortete sie dramatisch auf Hochdeutsch. Sie sah sehr zufrieden aus.

Ich versuchte, nicht gegen den nächsten Laternenmast zu fahren. Von einem Menschen? Jemand hatte den Wanninger gebissen? Das war ja wohl die Höhe!

Der Max. Der Depp. Der hatte doch den Bericht aus der Pathologie bestimmt schon ewig. Und was musste ich machen, um an die Ergebnisse zu kommen? Ich musste die Langsdorferin durch die Gegend fahren und hoffen, dass sie beim Metzger die nötigen Details erfuhr. Ich konnte mir gut vorstellen, was er mir sagen würde, wenn ich ihm das vorhielt. Dass er mir doch unmöglich die Ergebnisse aus der Pathologie mitteilen konnte. Unmöglich.

Also wirklich. Die ganze Ortschaft wusste es, nur ich nicht, weil ich mit dem Herrn Kommissar ins Bett ging. Das war doch keine Logik, oder?

»Und wohin?«, bohrte ich weiter, obwohl ich mich damit natürlich als unwissend outete und die Langsdorferin im Ort verbreiten würde, dass es in meiner Beziehung bereits erste Unstimmigkeiten gab. Wobei sie damit natürlich recht haben könnte. Spätestens heute Abend würden wir große Unstimmigkeiten haben. Hatte man Töne!

»In die Hand«, erklärte sie in geheimnisvollem Tonfall.

Ja, pfui Teufel.

»Und wer hat ihn gebissen? Der Mörder? Vor dem Tod? Nach dem Tod?«

Die Langsdorferin sah vorwurfsvoll aus. »Wärst halt selber mit reingangen. Ich kann doch ned an alles denken.«

Fand ich schon. Wenn man eine richtige Ratschkatl war, dann sollte man schon an alles denken. Und wann der Biss stattgefunden hatte war ungemein wichtig. Obwohl das natürlich vorher wie nachher reichlich pervers war.

»Vielleicht wissen die des noch ned«, mutmaßte sie, um ihre Ehre zu retten.

Schmarrn. Natürlich wussten die das. Die Pathologen, würde der Kreiter sagen, des sind Hund. Die krieg'n alles raus. Da brauchst nicht meinen.

Während ich die Langsdorferin nach Hause brachte, dachte ich nur daran, was dieser Handbiss zu bedeuten hatte. Nachdem ich sie abgeliefert hatte, kochte noch einmal mein Hass auf Max hoch. War das die Möglichkeit!? Das wusste er doch bestimmt schon zwei Tage! Wir hatten jeden Tag … na ja. Also Kontakt gehabt. Auch wenn wir uns hauptsächlich nonverbal beschäftigt hatten, hätte er doch wenigstens eine Andeutung machen können. Wir waren zwar abgelenkt gewesen, aber mir an seiner Stelle wäre dabei nie entfallen, dass ich den Autopsiebericht bekommen hatte.

Ich fuhr viel zu schnell in die Kurven. Ich fuhr immer zu schnell, besonders in die Kurven, wenn ich abgelenkt war. Außerdem dachte ich viel zu viel an andere Dinge. An den Blick von der Lehmerin, als ihr gesunder »Wastl« nun endlich während der Messe orgeln durfte. Dieser Blick, der besagte, dass sie es nun geschafft hatte. Dass sie stolz war. Und dass alle Mühen gerechtfertigt waren, die sie bis jetzt auf sich genommen hatte.

Ich bremste heftig, als ich Großmutter am Straßenrand sah. Was rannte sie in letzter Zeit eigentlich so häufig ins Dorf und in die Kirche?

Großmutter riss die Autotür auf, ließ sich auf den Beifahrersitz fallen und stöhnte ein wenig. »Weißt du, wo unsere Weihwasserflasche ist?«, fragte sie statt einer Begrüßung.

»Kauf halt eine neue«, sagte ich statt einer Antwort.

Sie warf mir einen Blick zu, als hätte sie mich der Blasphemie überführt. Es soll ja schon Leute gegeben haben, die während einer Gotteseingebung jemanden umgebracht haben. Natürlich nicht Großmutter. Großmutters Gotteseingebungen waren immer friedlicher Natur. Ich habe noch nie gehört, dass sie so etwas gesagt hatte wie: Der Wanninger ist der personifizierte Satan.

»Weißt du, wie der Orgelschlüssel vor unser Gartentürl kommt?«, fragte ich.

»Wird ihn halt einer verloren haben«, sagte sie. »Geh, Mädl, fahr zu. Ich hab die Suppn auf dem Herd vergessen.«

Großmutter stieg aus, und ich fuhr wieder los. Kein Wunder, dass es kein Taxiunternehmen in unserem Dorf gab. Die Leute hatten ja mich. Aber jetzt würde mich keiner mehr aufhalten. Ich würde auf der Stelle zum Schmalzl-Wirt fahren und ein richtig tiefschürfendes Gespräch über das Rauchverbot mit ihm führen. Das war zwar ähnlich gruselig wie eine Leiche zu finden, aber halt dummerweise mein Job.

Der Pudschek ist tot, dachte ich, während ich übertrieben Gas gab. Damals ging das durchs ganze Dorf. Warum nur fiel mir beim Pudschek immer der Wanninger ein? Denn der Pudschek war ja gar nicht ermordet worden. Oder doch? Ich versuchte mich zurückzuversetzen, mich an die Gesprächsfetzen zu erinnern, dieses Getuschel. Aber mir fiel nur ein, wie es in der Kirche damals gewesen war. Die donnernden Predigten von unserem alten Pfarrer. Und die Einsätze vom Pudschek an der Orgel.

Der Pudschek, der macht's nimmer lang, hatte es immer geheißen. Ich hatte angenommen, dass Gott ihn zu sich rufen würde. Aber das war damit nicht gemeint. Er hatte einen verkrümmten kleinen Finger, weil eine Sehne verkürzt war. Das hatte ich erst jetzt verstanden, denn früher dachte ich immer, er hätte einen Krampf in der Hand, vom vielen Orgelspielen. So wie ich manchmal einen Krampf bekam, wenn ich einen Deutschaufsatz schreiben musste. Dann war jeder Buchstabe die reinste Qual. Beim Pudschek war das ähnlich, denn sein Orgelspiel wurde immer schlimmer, er spielte schon derart falsch, weil er von der linken Hand nur drei Finger benutzen konnte. Und eine Qual war es nicht nur für ihn, sondern auch für uns, die Zuhörer. Die Gemeinde versuchte zwar, mit Leibeskräften diesen Missstand zu verschleiern, indem jeder durch möglichst lautstarken, röhrenden Gesang die Orgel zu übertönen suchte. Aber das machte das akustische Erlebnis nicht unbedingt besser.

»Mei«, hatte Großmutter oft gesagt. »Den hat der liebe Gott g'straft mit seinem Finger.«

Und dann stellte ich mir immer vor, wie der liebe Herrgott den Pudschek beim Ringfinger packte und ihn verdrehte, wie das der Toni mit dem kleinen Finger vom Hans immer machte, bis der arme Hans quietschte. Und dabei sprach Er dann: »Du greißlicher Pudschek, du. Dein Orgelspiel ist nicht zu ertragen.« Oder so ähnlich. Und seitdem hatte der Pudschek vermutlich einen verkrümmten Ringfinger.

Anneliese hatte darüber nur gelacht und gefragt, wo ich so einen Schmarrn gelesen hätte. Der Herrgott wutzelte einem nicht die Finger zusammen, wie der blöde Toni, sondern der schickte seine heiligen Heerscharen mit flammenden Schwertern und schlug einem Körperteile ab.

Ich hatte damals beeindruckt geschwiegen. Anneliese konnte einen manchmal richtig verblüffen. Gerade, wenn es um göttliche Strafen ging, schien sie sich wirklich auszukennen. Allerdings war die oberste Instanz bei göttlichen Strafen noch immer Großmutter. Sie kannte wahrscheinlich mehr göttliche Strafen als der liebe Gott selbst.

Was der Pudschek wohl angestellt hatte, dass ihm solche Strafen auferlegt worden waren?

Vielleicht hatten wir ja einen Organistenhasser. Jemanden, der gerne jeden niedermachen würde, der Gesang mit Orgelspiel übertönt. Zum Beispiel die Bet, mit ihrer Gitarre. Kam nie zum Zug. Vor zwölf Jahren hatte sie wahrscheinlich endlich den Mut gefasst, den Pudschek um die Ecke zu bringen. Der Wanninger hatte zwar keinen eingeklappten Finger, aber seine modernen Stücke waren auch eine Zumutung. Und da hat die Bet vermutlich nachgeholfen.

Es war nicht richtig, dass ich dabei ständig an die Bet dachte. Schließlich war sie so gut, dass jedem normalen Menschen davon schlecht wurde. Und im Gegensatz zu manch anderer Rosenkranztante hatte sie über die Organisten nie so richtig geschimpft.

Wer hatte ihn gehasst? So sehr, dass er ihm ein Messer in den Rücken gerammt hatte?

Na ja. Da fielen mir schon wieder die Rosenkranztanten ein. Er hatte zum Beispiel oft viel zu schnell Orgel gespielt. Besonders das »Heilig, heilig, heilig«, das alle mit der nötigen Inbrunst singen wollten, spielte er grundsätzlich zu schnell. Für das Tremolo von der Langsdorferin blieb dann überhaupt keine Zeit mehr. Dann musste man sich entscheiden, mit wem man mitsang. Entweder mit der Orgel oder mit der Gemeinde, denn der Wanninger war meist schon mit dem Stück fertig, während alle noch sangen. Vielleicht hatte sich ja einer gedacht, jetzt reicht's, greißlicher Wanninger greißlicher.

Obwohl natürlich fast alle Rosenkranztanten moderne Stücke schrecklich fanden, versuchte ich Großmutter in Schutz zu nehmen. Um ehrlich zu sein, fiel mir aber keine ein, die mit solcher Inbrunst gegen diese Orgelstücke gewettert hatte wie Großmutter.

Ich schob mich in die verräucherte Wirtsstube vom Schmalzl-Wirt. Hinter dem Tresen stand seine Schwiegertochter und sah mich mürrisch an. Direkt über ihr hing ein riesiger, glänzender Fischkopf mit weit aufgerissenem Maul. Bevor ich etwas sagen konnte, kam hinter mir der Xaver Troidl herein. Er schob sich so schnell hinter einen Tisch, dass ich nur einen kurzen Blick auf seine Kleidung erhaschen konnte. Er hatte einen Mantel an, darunter etwas, das wie ein Rock aussah, und seltsame Schuhe. Ich starrte eine Weile in seine Richtung, aber er sah mich nicht an.

Das ist unhöflich, hörte ich meine Großmutter im Geiste. Man starrt andere Leute nicht an. Aber was sollte man sonst machen, wenn es einen interessierte, was der Kerl anhat? Trug er nicht etwas weites Flatterndes unter seinem Mantel? Etwas, das verdächtig nach Rock aussah?

Als ich mich wieder zur Schmalzl-Schwiegertochter umdrehte, war sie verschwunden, obwohl der Troidl als Gast da war. Ich starrte eine Weile unschlüssig auf den Fischkopf und verkniff es mir, in die Knie zu gehen, um unter dem Tisch sehen zu können, was der Troidl trug. Schließlich war es spannend zu wissen, ob er nicht doch ein Transvestit war, der im Kleid zum Essen ging. Aber er weigerte sich beharrlich, aufzustehen und den Mantel abzulegen. Die Schuhe, die er anhatte, sahen jedenfalls aus wie die Dinger, die die Leute im Hallenbad tragen.

Schließlich kam die Schmalzl-Schwiegertochter wieder, in einer Hand einen Teller gemischten Braten und zwei Knödel, in der anderen einen Krug Bier. Anscheinend aß der Troidl immer dasselbe und musste gar nicht mehr bestellen.

Dann kam der Schmalzl-Wirt und sah mich mürrisch an.

»Was halten Sie von dem Rauchverbot in Gaststätten?« fragte ich brav und zückte den Bleistift. Das war ungefähr so, als würde man den Kreiter fragen, was er davon halten würde, wegen ein paar blöder Kiebitze seine Wiese vier Wochen später zu mähen. Der Kreiter würde rot anlaufen und zu schreien anfangen.

Der Schmalzl-Wirt fing nicht zu schreien an, jedenfalls nicht sofort. Er sah mich an, als hätte ich ihn gefragt, was er über Dimensionslöcher und die Zeit-Raum-Problematik denke. Die Schmalzlin war sofort in die Küche zurückgekehrt, um zu diesem Thema keine Meinung äußern zu müssen. Die Meinung des Schmalzl-Wirts zum Rauchverbot war dagegen ziemlich ausführlich, langatmig, sehr negativ und überhaupt nicht geeignet, zitiert zu werden. Das einzige zitierfähige Wort war »Spielverderber« gewesen. Zudem lief er nach einer Weile richtig rot an, wie es auch dem Kreiter passiert wäre.

Ich beschloss spontan, dass das Interview lang genug war. Kurz überlegte ich noch, ob ich auch den Troidl interviewen sollte, als Zeitzeugen, oder so. Aber der Troidl sah derart stier in seinen gemischten Braten, dass ich die Idee verwarf. Mehr als vier Zeilen war der Artikel ohnehin nicht wert, musste ich mir eingestehen.

Der Schmalzl ging zum Troidl hinüber und ließ mich einfach stehen. Ich konnte es mir nicht verkneifen, wieder in Troidls Richtung zu schauen. Aber man konnte wirklich nicht sehen, was er anhatte. Der Schmalzl zuckte kurz mit dem Kinn nach oben.

»Und, wie ist dein Quick?«, fragte er als Einstieg.

Der Troidl verzog seinen Mund und wiegte den Kopf bedächtig hin und her. »Dreißig«, sagte er knapp, als würde das alles sagen. »Und deiner?« Er zuckte auch mit dem Kinn kurz nach oben.

»Vierzig«, sagte der Schmalzl missmutig und kurzangebunden.

Daran musste ich mich noch gewöhnen. Dass Männer ab einem bestimmten Alter Blutwerte austauschten, statt sich übers Wetter zu unterhalten. Oder wie die Bayern wieder Fußball gespielt hatten.

Ich starrte eine Weile schlecht gelaunt auf den Rücken vom Schmalzl. Journalistik war wirklich kein Honiglecken in unserem Dorf. Wenn der Kare gekommen wäre, hätte der Schmalzl ihm bestimmt ein Bier spendiert und zitierfähig geredet. So ein Depp.

»Des Bier, des treibt«, sagte der Troidl und stand auf, um auf die Toilette zu gehen.

Ich drehte mich schnell um. Na prima. Blutwerte waren ja noch o. k. Aber über ihre Ausscheidungen wollte ich wirklich nichts wissen. Da mich keiner mehr beachtete, ging ich nach draußen, um meine Lungen nicht noch mehr durch Passivrauchen zu schädigen, und wartete darauf, dass mir etwas einfiel.

Quick, fiel mir ein. Das hatten sie bei Pudscheks Tod auch gesagt. Mei, der hat halt Marcumar g'nommen. Oder so ähnlich. Dass mir einmal der Schmalzl gedächtnismäßig auf die Sprünge helfen würde, wer hätte das gedacht.

Marcumar? Ich machte mir eine Notiz in mein Heftchen, in dem nur wild umkringelt »Interview Rauchverbot« stand. Was war Marcumar? Vielleicht sollte ich noch einmal in die Redaktion fahren und ein bisschen im Internet surfen.

Als ich draußen eine Weile frierend stand, noch immer unschlüssig, was ich zur Bereicherung meines Artikels machen könnte, kam der Troidl raus. Der Troidl. Mir fiel wieder ein, dass er dem Metzger mit dem Kopf voraus in den Bauch gerannt war, und ging ihm aus dem Weg. Ich hatte keine Lust, mich über seinen Rücken zu erbrechen. Er ging aber zielstrebig und wortlos auf seinen Traktor zu und kletterte hinauf. Ich starrte ihm ungeniert auf die Beine.

Mann. Oh. Mann.

Er trug kein Kleid unter seinem olivgrünen Parka. Es war ein blaurot gestreifter Bademantel. Ich musste mich darauf konzentrieren, den Mund nicht offen stehen zu lassen. Der Troidl wieder.

Ich konnte das ja gut verstehen. Manchmal hatte man Tage, da lief man den ganzen Tag im Schlafanzug herum und konnte sich nicht aufraffen, endlich mal die Zähne zu putzen. Bei mir zu Hause ging das natürlich nicht, denn Großmutter nörgelte so lange an einen hin, bis man endlich die nötigste Morgenhygiene hinter sich gebracht hatte. Und im Schlafanzug zum Schmalzl-Wirt zu gehen war natürlich vollkommen undenkbar. Geh, Mädl. Wie schaut denn des aus!

Komisch. Echt. Das schaut echt komisch aus.

Aber der Troidl hatte schon lange keine Großmutter mehr. Und seine Frau war auch nicht mehr da. Vielleicht, weil er ständig im Schlafanzug herumlief. Jedenfalls lebte er alleine auf seinem Hof und ging anscheinend hin und wieder zum Schmalzl, um wortlos seinen gemischten Braten zu essen und Quick-Werte auszutauschen.

Ich sah ihm zu, wie er sich in den Sattel seines alten Lanz Bulldogs schwang. Die Bet würde wieder sagen, da fehlt die ordnende Hand einer Frau. Die hätt nämlich g'sagt, so gehst ma du ned aus dem Haus. Denn ein klein bisschen erinnerte er an die Leute auf dem Gang eines Krankenhauses. Dort, wo man mit gelben Beutelchen spazieren ging. Mutig stellte ich mich neben seinen Bulldog. Wer Journalist werden will, muss Mut zeigen. Der durfte sich nicht davon abschrecken lassen, dass jemand im Bademantel auf einem Traktor saß. Der durfte nicht die Panik kriegen, wenn das Wort »Nichtraucher« eine cholerische Aneinanderreihung von unnennbaren Schimpfwörtern auslöste.

»Was is?«, fragte er mürrisch.

»Was halten Sie von einem Rauchverbot in Gasthäusern?« Ich betrachtete seine nikotingelben Finger und dachte mir selbst eine Antwort aus. Ob irgendjemand schon einmal die Feinstaubbelastung beim Schmalzl-Wirt gemessen hatte? Vielleicht bekam man ja allein vom Passivrauchen schon so gelbe Finger.

Der Troidl sah mich eine Weile an. Ich zwang mich, stur in seine Augen zu schauen und mir einzureden, dass Badeschlappen schließlich besser zu einem Bademantel passten als Gummistiefel.

»Orgelspielen ist weniger g'sund«, sagte er schließlich, und sein Blick hatte etwas Berechnendes.

Ich vergaß zu schlucken. Nicht schwächeln, Lisa, befahl ich mir und fixierte ein geplatztes Blutäderchen in seinem linken Auge.

»Wie meinen Sie denn das?«, fragte ich nach. Ich kam mir ziemlich mutig vor. Schließlich riskierte ich, dass er mir den Kopf in den Bauch rammte.

»Da könnte ich dir was zeigen«, sagte er dann noch. Der

Rest des Kommentars ging in dem lauten Motorengeräusch unter. Er tuckerte, ohne sich noch einmal umzusehen, davon.

Ich stand frierend vor dem Schmalzl-Wirt und sah dem alten Bulldog hinterher. Er könnte mir was zeigen? Ich hatte ein wirklich komisches Gefühl. Ich musste zweimal schlucken, damit der ganze Speichel aus dem Mund weg war. Eins wusste ich sicher, der Troidl war ein schlechter Verlierer. Und er konnte nicht so lange schreien und springen wie der Metzger. Und seine Frau, die war plötzlich weg gewesen. Ich wollte mir von einem Mann, der im Bademantel zum Schmalzl-Wirt ging, und dessen Frau plötzlich weg gewesen war, nichts zeigen lassen. Es könnte etwas sein, was kein Mensch sehen will.

6

Der goldene Oktober war vorbei, ein eisiger Windstoß jagte den nächsten. Wir hatten uns zitternd und frierend vor »unseren« Gräbern versammelt, und Großmutter schien neben mir immer kleiner und bleicher zu werden. Neben unserem Grab war die Stange, an dem die Gießkannen aufgehängt wurden. Sie schlenkerten wild im Wind und schlugen mit einem billig klingenden Geräusch aneinander.

»Wir gedenken unserer Toten«, sagte der Pfarrer. »Wir gedenken der Menschen, die im vergangenen Jahr aus unserer Pfarrei von uns gegangen sind.«

Während der Pfarrer alle aufzählte, die zu Gott gegangen waren, versuchte ich auf Durchzug zu schalten. Schließlich hatte ich einen guten Teil der Leute selbst tot aufgefunden.

»Und tragisch und viel zu früh aus unserer Mitte gerissen, der Josef Wanninger.« Der Pfarrer machte eine bedeutsame Pause. In der Gemeinde kam ein dumpfes Gebrummel auf, die Meinungen schienen zweigeteilt. Die einen fanden auch, dass es tragisch und viel zu früh war. Die anderen fanden das anscheinend nicht. Mein Blick huschte von einem zum nächsten, um zu sehen, ob jemand besonders verdächtig aussah. Am verdächtigsten sah meine Großmutter aus, deren Gesichtsausdruck mehr als zufrieden war. Nicht wegen dem Wanninger, sondern weil unser Grabstein schön geputzt war. Mein Blick schweifte weiter, um einen Vertreter der Polizei zu finden. Da sah man es wieder. Die Polizei. Der Schorsch, der faule Krippl. Wo er hier Beweise hätte sammeln können, dass es grad so krachte. Oder der Max. Nun, dem Max sei es verziehen, der hatte keinen Toten auf dem Friedhof. Aber der Schorsch. Der hatte ein Grab mit seinen Urgroßeltern und seinen Großeltern. Und ausgerechnet in diesem Jahr, wo es seine Pflicht war zu ermitteln, lag er wahrscheinlich am Kanapee. Auch die vom CIA waren nicht da. Wie wollten die diesen Fall lösen? Wenn die dachten, dass ich ihnen half, dann hatten sie sich geschnitten. Schließlich hatten sie noch immer unsere Weihwasserflasche.

Da war ich eisern. Solange wir die nicht wieder hatten, würde ich ihnen keinen einzigen Hinweis geben.

Ich seufzte laut auf, denn die Hinweise, die ich hätte geben können, waren etwas dürftig.

Großmutter brummelte neben mir die Litanei für die Verstorbenen. »Herr erbarme dich«, sagte sie mit einem zornigen Unterton. Vielleicht dachte sie auch gerade an unsere Weihwasserflasche. »Christus erbarme dich.«

»Gottvater im Himmel«, hörte man die Stimme von Anneliese durch den Lautsprecher.

»Erbarme dich unser.«

»Vater, Sohn, Erlöser der Welt«, sagte Anneliese. Mit Anneliese musste ich dringend über den Wanninger reden, fiel mir ein. Und am besten noch über den Troidl Xaver. Vielleicht konnte sie mir wertvolle Hinweise geben, ob er irgendeine psychische Störung hatte. Nun gut. Andererseits war es höchst unwahrscheinlich, dass jemand ohne psychische Störung in Bademantel und Badelatschen zum Schmalzl ging.

»Erbarme dich unser«, sagte Großmutter finster. Ihre gute Laune war verflogen, seitdem die Lautsprecher eingeschaltet worden waren.

Ich sagte nichts. Ich schielte vorsichtig zum Grab vom

Pudschek. Da stand niemand. Ob dieses Jahr wieder irgendwelche unheimlichen Weiblein Steinchen auf das Grab geworfen hatten?

Inzwischen war der Pfarrer losgegangen, um die Gräber zu segnen. Ihm voran gingen Ministranten, von denen man als Erstes nur das Kreuz sah, das der vorderste trug. Das Nächste, was man sah, war der schwarze Umhang des Pfarrers. Jeder Windstoß fegte unter ihm hinweg und blähte ihn über die Köpfe der Ministranten, die hinter ihm gingen. Es sah geradezu makaber aus. Dazu die blecherne Stimme des Pfarrers aus den Lautsprechern. Der Lautsprecher neben uns hatte schon den Geist aufgegeben, und man hörte nur ein wildes Summen und metallisches Kreischen, als wäre der kollektive Tinnitus der Gemeinde hörbar gemacht worden. Die Gemeindemitglieder kämpften um ihre Schirme. Die ersten kalten Regentropfen schienen die Stimmung noch satanischer zu machen. Und das auf einem katholischen Friedhof.

Als der Pfarrer an unserem Grab vorbeikam und großzügig Weihwasser in unsere Richtung sprengte, sah er bereits aus wie eine verzweifelte Krähe, die den Anschluss an ihren Schwarm verpasst hat. Der Umhang war verrutscht, die Haare standen zerzaust in alle Richtungen ab, auf seiner Brille waren Wassertropfen zu sehen.

»Aus der Tiefe rufe ich, Herr zu dir, Herr, höre meine Stimme!«

»Wende dein Ohr mir zu, achte auf mein lautes Flehen!«, brummelte Großmutter dumpf und fügte dann laut hinzu: »Lautsprecher. Die ganze Elektronik macht mich krank. Aber auf mich wollt keiner hören. Ich hab's auf der Pfarrgemeinderatssitzung gesagt. Die Lautsprecher, die bringen uns alle ins Grab.«

Und das ausgerechnet auf dem Friedhof. Ich sah uns alle

tot umfallen, einen nach dem anderen, und das an Allerheiligen. Ins Grablöchl rein, wie meine Großmutter zu sagen pflegt. Eigentlich eine praktische Sache.

»Beim Pudschek steht nie jemand«, flüsterte ich.

»Der Pudschek ist auch seit zwölf Jahren tot. Mich wundert's, dass des Grab ned scho längst ausbaggert ham«, grummelte sie vor sich hin. »Aber wahrscheinlich is der a Wachsleiche. Die müssen s' liegen lassen.«

»Hä?«, fragte ich, Großmutter warf mir einen missbilligenden Blick zu.

»Wie bitte«, verbesserte sie mich.

»Was ist eine Wachsleiche?«

»Die Mare ham s' doch auch ausgraben und wieder eingraben, weil s' noch genauso war, wie sie s' reintan ham.«

Gruselig.

Großmutter sah nicht aus, als fände sie das gruselig. Sie sah aus, als würde sie sich darüber Gedanken machen, wer das alles wieder zahlte.

»Beim Wanninger steht auch keiner«, flüsterte ich ablenkend zurück. »Und der ist noch ned lang tot.«

»Der greißliche Wanninger, der greißliche«, war alles, was Großmutter einfiel. Anneliese warf mir einen bösen Blick zu, den ich souverän ignorierte. War ich die Hüterin meiner Großmutter?

»Den hat auch keiner leiden können«, setzte sie hinzu. »Die Bet, die hat ihn ned leiden können. Und der Metzger. Mei, hat der immer g'scholtn.« Großmutter lächelte zufrieden. »Und dann natürlich der alte Bügermeister. Mei, ham die sich ang'schrien. Des war nimma schön.«

»Der war's«, schlug ich leise vor. Endlich eine heiße Spur. Dass Großmutter mit den wichtigen Fakten immer so spät herausrückte!

»Ach geh, Mädl«, rügte mich Großmutter. »Der alte Klaus. Der hat doch scho Jahre Parkinson. Der kann scho nimmer allein essen, so zittert der.« Sie warf mir einen bösen Blick zu. »Der arme Mann.«

O.k. War nur eine Theorie. Der schied also aus.

»Aber vielleicht hat er ja jemanden angestiftet«, erläuterte ich meine Gedanken weiter. »Seine Frau vielleicht.«

Großmutter ging auf diesen seltsamen Gedankengang nicht ein. Anscheinend war er viel zu abstrus. Na gut, mit dem Gehwagerl zur Orgel hinaufzukommen war etwas schwierig.

»Aber, weißt, wer ihn noch ned leiden hat können?« Sie sah triumphierend aus. »Der alte Mesner Gschwendner. Ewig hat er g'scholten. Dass der Wanninger immer liest, während dem Gottesdienst.« Sie machte eine dramatische Pause. »Stell dir des mal vor!«

Als ich noch Register gezogen hatte, war das noch nicht so. Da hatte er nur miesepetrig dagesessen und auf den Spiegel geschaut, durch den er den Pfarrer beobachten konnte. Aber dass der Mesner ihn deswegen gehasst hatte, konnte ich mir sehr gut vorstellen. Der Mesner hatte ja ständig so einen bösen Blick draufgehabt. Ich hatte das immer auf Anneliese und mich bezogen, aber im Nachhinein fand ich es sehr realistisch, dass die dem Wanninger gegolten hatten.

»Manchmal hat er dann verpasst, wann er weiterspielen hätt sollen. Stell dir das vor. Der Pfarrer hat genickt und genickt, sich geräuspert und geräuspert. Und was macht der Wanninger?«

Pornos anschauen, dachte ich mir.

»Liest in der *ADAC Motorwelt*«, empörte sich Großmutter. »Ist doch kein Wunder, wenn der Mesner schimpft. Macht ma doch auch nicht.«

Na ja.

Die Rosl drehte sich um und schüttelte den Kopf. Dabei bewegten sich ihre Lippen, als würde sie uns lautlos schimpfen. Mannomann. Das gab wieder Strafpunkte. Ich fixierte die Schrift auf unserem Grabstein und tat so, als würde ich die Rosl nicht sehen.

»Aber der Mesner ist tot«, erinnerte ich Großmutter leise.

»Was sagst?«, fragte sie laut.

Jetzt drehte sich auch die Bet um und schüttelte den Kopf.

»Der Mesner ist doch tot«, wiederholte ich trotzdem. »Der kann ihn schlecht erstochen haben.«

Sie sah mich bedeutungsvoll an. Wahrscheinlich war es der Geist des Mesners, der keine Ruhe finden konnte. Bevor er es dem Wanninger nicht heimgezahlt hatte.

»Manchmal hat er sogar gegessen. Da hat's dann hinter uns geknuschpert und getan. Naa. Des war nimma schön.«

Ich sah sie misstrauisch an. Davon hatte ich nie etwas mitbekommen. Und Anneliese und ich hätten darüber bestimmt stundenlang gekichert. Daran müsste ich mich erinnern. Aber Großmutter hatte recht. Der Wanninger war nicht so beliebt, wie man hätte meinen können. Zum Beispiel der Stammtisch beim Schmalzl-Wirt. Wanninger war der Einzige, der SPD wählte. Wie konnte er nur. Man munkelte sogar, dass er eine eigene Ortsgruppe gründen wollte. Was daran gescheitert war, dass eine Person selbst bei uns im Dorf noch keine Gruppe bildete. War er auf Stimmenfang gegangen? Wie man in unserer Gemeinde auf Stimmenfang gehen konnte, war mir zwar nicht ganz klar, weil sich kein Mensch bei uns fangen lassen würde. Aber das musste nichts heißen. Außerdem hatte ich von Wahlen keine Ahnung, weil ich nie zum Wählen ging. Wenn man nicht CSU wählte, hatte man das Gefühl, dass einen alle anstarrten.

Meine Ermittlungen waren eine Katastrophe. Alle Verdächtigen waren tot oder im Besitz von Gehwagerln, hatten Parkinson oder einen Schlaganfall überlebt. Ich sah mir die Bet genauer an. Die war wenigstens fit. Aber ob so gute Menschen Organisten erstachen und bissen, war immer noch die Frage.

Inzwischen warf auch die Resi böse Blicke nach hinten. Echt. Bös schauen, aber ihren blöden Köter nicht unter Kontrolle kriegen.

»Was schaut s' denn so, die alte Bixn?«, fragte Großmutter. »Nicht amal auf'n Friedhof kannst gehen, ohne dass s' bös schaun.«

Wo sie recht hatte, hatte sie recht.

Großmutter hätte jetzt gesagt, dass meine Beziehung zu Max ein Glücksgriff ist. Man wusste schließlich nie, wann man Beziehungen zur Staatsgewalt brauchen konnte.

Bis jetzt hatte mir mein direkter Draht zur Staatsgewalt allerdings wenig gebracht, weil Max von Vetternwirtschaft ja leider nicht viel hielt.

Ich fuhr eine Runde um die Kirche. Sexuell gesehen war meine Beziehung zu Max ein Glücksgriff. Ob das weiterhin so blieb, wenn ich auf eigene Faust ermittelte, wusste ich nicht so genau. Ermittlungstechnisch war Max nämlich etwas eigen. Aber ich würde von ihm lernen, dachte ich erbost. Das mit dem Pathologiebericht zum Beispiel würde ich ihm so schnell nicht verzeihen.

Großmutter würde jetzt sagen, überleg dir das gut, Mädl. Das sagte sie nämlich auch dann, wenn sie gar nicht wusste, um was es ging. Das hatte alles seine Vor- und Nachteile.

Richtig. Denn Max besaß durchaus auch gute Seiten. Er konnte kochen. Er erwartete nicht, dass ich für ihn Einzelsocken zu Paaren sortierte oder die Fenster seiner Wohnung putzte. Außerdem war er überhaupt nicht pervers. Er machte guten, herkömmlichen Sex, bei dem man weder gefesselt noch geschlagen wurde. Und das war mir im Moment sogar lieber, als eine gute Beziehung zur Staatsgewalt zu haben.

Ich redete mir gut zu, während ich zum zweiten Mal an der Kirche vorbeifuhr.

Um ehrlich zu sein, war es auch nicht die Beziehung zu Max, die mich so unschlüssig machte, sondern dass meine einzige konkrete Spur der Troidl Xaver war. Denn neben den Leichenfunden gab es noch so ein paar Dinge, die ich ausgesprochen gruselig fand. Dazu gehörte, mutterseelenallein zum Troidl Xaver rauszufahren, der auf einem einsamen Hof wohnte und entweder ein Transvestit war oder durchgeknallt oder beides und der mir etwas zeigen wollte.

Während ich das dritte Mal um die Kirche rotierte, beschloss ich, dass ich ganz koordiniert ermitteln musste. Und ein wichtiges Indiz war der Biss, den durfte ich auf gar keinen Fall aus den Augen verlieren. Allerdings bedeutete das, dass damit schon mal alle Frauen als Täterinnen wegfielen. Die grausten sich sicher davor, den Wanninger zu beißen. So wie es aussah, blieb mir tatsächlich nichts anderes übrig, als mit dem Troidl anzufangen.

Die Zufahrt zum Troidl-Hof führte an jeder Menge Fahrzeugen vorbei, die allesamt mit Planen zugedeckt waren. Am Ende des Wegs sah ich den alten Bulldog stehen. Der Troidl war also zu Hause. Ob das Glück war oder nicht, wusste ich noch nicht.

Ich ließ mein Auto neben den Bulldog rollen und sah auf

die Haustür. Über einen guten Aufhänger, wieso ich ausgerechnet den Troidl besuchen sollte, hatte ich noch nicht nachgedacht. Angestrengt überlegte ich mir eine journalistische Mission, die nicht mit dem Rauchverbot und den Anonymen Alkoholikern zusammenhing. Bestimmt fühlte sich der Troidl total geschmeichelt, wenn ich so tat, als würde ich ihn interviewen. Wenn es nicht gerade um das Rauchverbot und die Anonymen Alkoholiker ging. Aber ich stand momentan auf der Leitung. Bestimmt ergab sich das dann. Spontan.

Eine Weile blieb ich noch im Schutz des Autos sitzen und betrachtete das alte Haus. Direkt neben der Eingangstür stand eine finstere Fichte, in der noch die elektrische Weihnachtsbeleuchtung des letzten Jahres hing. Die Lichterkette, die über den großen Baum verteilt war, sah aus, als hätte ein Hurrikan schon die meisten Kerzen heruntergerissen. Und die Mülltonne, die direkt vor dem Küchenfenster stand, sah auch sehr praktisch aus. Man musste nur das Fenster öffnen und den Müllbeutel hinausschleudern.

Sein BMW, den er bestimmt schon seit ein paar Jahren nicht mehr gefahren hatte, parkte direkt auf einem uralten Perserteppich. Das passte zu der Weihnachtsbeleuchtung in der schiefen Fichte und sah unglaublich apart aus. Hinter dem Haus kam ein alter senfgelber Hund hervor. Ich blieb vorsichtshalber noch ein Weilchen im Auto sitzen. Um den Hals trug er ein Sabberlätzchen, das nicht mehr taufrisch wirkte.

Schließlich traute ich mich doch aus dem Auto und blieb eine Weile vor dem Gartenzwerg stehen, der mitten auf dem Hof stand. Zwerg war etwas untertrieben. Er war so groß wie ein dreijähriges Kind und hatte einen diabolischen Gesichtsausdruck. Er sah weniger nach Dekoration als nach

Abschreckung von Gesindel aus. Außerdem wirkte er so, als hätte er einen übersteigerten Sexualtrieb.

Der Hund betrachtete mich schweigend und ließ sich dann auf einen sonnigen Fleck fallen, wo er sofort zu schnarchen anfing. Neben dem hässlichen Gartenzwerg stand ein Weckglas mit toten Wespen. Aus wie vielen Sommern diese Leichen stammten, konnte man nicht mehr sehen. Die Bet hätte gesagt, da fehlt die Hand einer Frau.

Der Anblick war so grauenhaft, dass ich beschloss, dass die Hand einer Frau nicht ausreichen würde. Während ich mir noch überlegte, ob ich nicht doch den Rückzug antreten sollte, ging vor mir die Tür auf, und der Troidl kam heraus. Normalerweise sagt man, dass sich Hunde und ihre Herrchen über die Jahre so annähern, dass sie am Schluss eine gewisse Ähnlichkeit miteinander haben. Der Troidl sah überhaupt nicht aus wie sein senfgelber stinkender Hund. Er hatte sich offensichtlich seinem Gartenzwerg angepasst, denn sein Gesicht trug den gleichen grimmigen, diabolischen Ausdruck, selbst die Nasenform war ähnlich. Immerhin war er heute nicht im Negligé, sondern richtig angezogen. Dafür war ich ihm richtig dankbar.

Er sah mich griesgrämig an und hob mit einer zuckenden Bewegung das Kinn. Das hatte nichts mit Parkinson zu tun, sondern war nonverbale Kommunikation. Man konnte es übersetzen mit: Hallo, Lisa, nett dich mal wieder zu sehen.

»Ich bin wegen dem Wanninger da«, sagte ich. Ich musste mich beherrschen, nicht auch das Kinnzucken zu bekommen.

Er grunzte nur griesgrämig.

»Wir machen eine Reportage über sein Leben in unserem Dorf«, log ich und versuchte nicht zu hyperventilieren. Ich machte eine kleine Pause, denn ich wollte den Troidl nicht unbedingt daran erinnern, was er das letzte Mal gesagt hatte.

Jetzt, wo ich so ganz alleine vor ihm stand, verlor ich doch ein wenig den Mut.

»Er ist doch g'storbn«, fügte ich hinzu, weil der Troidl weder zuckte noch etwas sagte.

»Der Depp, der greißliche«, sagte der Troidl griesgrämig. »Und wo krieg ich des Geld her, des er mir schuld'?«

Ah ja. Er zuckte wieder mit dem Kinn, diesmal in Richtung Haustür.

Oh. Oh.

Vielleicht war das nicht unbedingt das, was ich an so einem schönen Herbsttag sehen wollte. Tapfer stapfte ich hinter ihm her, in der Hoffnung, dass er sich nicht hinsichtlich seines Sexualtriebs an seinen Gartenzwerg angepasst hatte.

In dem engen Hausgang stand ein schmales Schuhkästchen, das schon völlig aus dem Leim ging. Darauf fand man alles, was das Herz begehrte. Von einem einzelnen Winterhandschuh bis zu diversen Schlüsseln, Rechnungen, Feuerzeug und Zigaretten, einem Schraubenzieher. Es türmte sich vielleicht einen halben Meter hoch, und ich hatte Bedenken, daran vorbeizugehen. Vielleicht kam das Ganze durch den Luftzug zum Einsturz. Außerdem hatte ich keine Lust, das Zeug aufzuheben. Ich wollte es nicht einmal mit spitzen Fingern anfassen, um ehrlich zu sein.

Es roch nach Altmänneressen. Gulasch aus der Dose vielleicht, vermischt mit dem Geruch von saurem Hering. Vielleicht waren es aber auch nur die großen runden Blechdosen, in denen früher Brathering gelegen hatte und die sich jetzt neben diesem Kästchen stapelten. Dem Troidl schien das nichts auszumachen.

Er ging ins Wohnzimmer und machte ein Schranktürchen auf, aus dem sofort Papier herausgequollen kam. Zielsicher nahm er ein Album heraus und begann darin zu blättern.

Schließlich hielt er mir das Album hin, begleitet wieder von diesem Kinnzucken. Ich sah auf die Bilder. Sie waren allesamt total unscharf. Sein Kinnzucken wurde noch ausdrucksstärker. Als ich noch immer nicht verstand, wurde er griesgrämig: »Des is er. Der Hundsmiserabliche.«

Ich versuchte, den Wanninger auf dem Bild zu erkennen. Es waren mehrere Leute abgebildet, Frauen und Männer. Und man erkannte keinen einzigen davon. Meistens erkannte man nicht einmal, ob es ein Mann oder eine Frau war.

»Des war mei Weib«, erläuterte der Troidl, als würde das alles sagen.

Ich erkannte auf dem unscharfen Foto niemanden. Im Hintergrund war aber die Kirche zu sehen. Unsere Kirche. Das immerhin erkannte man deutlich, weil der Fotograf auf den Hintergrund scharf gestellt hatte und nicht auf die Leute. Ich hatte noch immer nicht kapiert, weshalb er mir dieses Foto zeigte.

Dann klappte er das Album wieder zu und stopfte es zusammen mit all dem herausgequollenen Papier zurück in den Schrank.

Er bekam wieder das Kinnzucken, und diesmal schien es zu heißen, dass ich keine weiteren Informationen bekommen würde.

Ich war so froh, wieder aus dem Haus zu kommen, dass ich keine Fragen zu seiner Frau und dem Wanninger stellte, sondern in mein Auto flüchtete. Als der Wagen über den matschigen Hof schoss, kam ich mir selbst ausgesprochen feige und entwürdigend ängstlich vor. Vielleicht war er aber der Mörder, versuchte ich mir selbst recht zu geben. Und dann war es allemal besser, das Weite zu suchen.

Wo ich jetzt schon so richtig mit meinen Ermittlungen in Fahrt war, wollte ich noch einen kleinen Abstecher zum Schorsch machen. Vielleicht konnte ich ihm ja ein paar Fakten über den Orgelschlüssel aus der Nase ziehen. Ich parkte ziemlich schief neben dem Polizeiauto und rannte fast hinein, um nicht den Mut zu verlieren. Eigentlich wollte ich nämlich gar nichts aus dem Schorsch herauskitzeln.

Als ich ihn vor seinem Kaffee sitzen sah, bezweifelte ich auch bereits, dass ich wirklich wertvolle Hinweise erfahren würde.

»Servus, Schorsch«, sagte ich so freundlich wie ich konnte.

»Servus, Lisa«, sagte der Schorsch nicht besonders deutlich, weil gerade das letzte Stück einer Quarktasche in seinem Mund verschwand. »Und, was ist bei euch passiert?«

Bei uns?

»Passiert?«, fragte ich misstrauisch.

»Ja. Was willst du zur Anzeige bringen?«, fragte der Schorsch ziemlich hochgestochen und genervt. »Den ganzen Tag nichts als Anzeigen. Als hätte ich sonst nichts zu tun. Grad war erst die Reisingerin da.«

»Ich habe damit nichts zu tun«, erklärte ich fest und fragte mich, was um alles in der Welt unsere Nachbarin, die hauptsächlich damit beschäftigt war, ihren Müll in unserer Tonne fremdzuentsorgen, der Polizei zu melden hatte.

Er sah etwas verzweifelt zum Himmel. »Damit hat wahrscheinlich nur eine greißlich Katz was zu tun.«

Katze? War er jetzt am Durchknallen?

»Wir haben keine Katze«, stellte ich richtig.

»Hab ich auch gar nicht gesagt. Aber die Reisingerin meint, dass irgendwelche Einbrecher in ihren Beeten herumtrampeln.«

Einbrecher bei Reisingers. Ich ließ für eine Sekunde meinen Mund offen stehen, dann klappte ich ihn hastig zu.

»Nein. Ich will keine Anzeige machen«, sagte ich und setzte mich grazil auf den Rand seines Schreibtisches. An dieser Stelle hatte ich geplant, dass Schorsch so hingerissen von meinen Beinen sein würde, dass er jede meiner Fragen bedenkenlos beantwortete. Wenn man allerdings vorher dem Troidl einen Besuch abgestattet hatte, trug man ziemlich viel Dreck an den Schuhen, und das schaute nicht besonders erotisch aus.

»Sondern?«, fragte der Schorsch missmutig und beachtete mich gar nicht.

»Ich mache eine Serie über … innovative Polizeiarbeit«, erklärte ich und bemerkte, dass sich schon ziemlich viel Lehm von meinen Schuhen auf dem polizeilichen Fußboden verselbstständigt hatte. »Und da dachte ich mir, der Schorsch, der ist da der erste Ansprechpartner.«

Mein Ansprechpartner sah mich ziemlich misstrauisch an. Vielleicht hatte er erwartet, dass Max diese Rolle übernehmen würde.

»Zum Beispiel. Mit so Fingerabdrücken. Wie macht ihr das?« Ich strahlte ihn an.

»Des Zeug kommt ins Labor«, sagte der Schorsch kurz angebunden.

»Und dann?«

»Dann kommt's wieder zurück.« Er trommelte leicht genervt auf die Tischplatte. »Ich hab jetzt keine Zeit für so einen Schmarrn.«

»Und wo hebt ihr das dann auf? In Ordnern? Oder im Computer?«, fragte ich und lächelte ihn möglichst nett an.

»Des lassen wir dann durch den Computer durch. Und

dann wissen wir, wer's war. Wenn wir die Fingerabdrücke von dem Täter haben«, verbesserte er sich rasch.

Ich versuchte nebenbei zu lesen, was Schorsch vorher in den Rechner eingegeben hatte. Tatsächlich, die Reisingerin hatte zur Anzeige gegeben, dass jemand in ihren Blumenbeeten umhergegangen war. Vermutlich aus Spionagezwecken. Anscheinend hatte sie sich zu oft mit meiner Großmutter unterhalten.

»Und das speichert ihr dann im Computer«, stellte ich fest und blinkerte ein wenig mit den Augenlidern.

»Was denn sonst«, sagte der Schorsch gereizt. »Hast du was im Auge?«

»Nein«, sagte ich seufzend. »Aber das mit den Fingerabdrücken ist schon eine feine Sache, oder? Aber auch schwierig. Denk ich mir. Zum Beispiel bei so einem Orgelschlüssel.«

Aah. Ich war zum Ermitteln einfach nicht geeignet.

»Da ist doch wenig Platz für Fingerabdrücke. Sieht man da, wer den schon alles in der Hand gehabt hat ...«

Schorsch grinste plötzlich von einem Ohr zum anderen. »Also deinen Fingerabdruck sieht man prima.«

Na toll.

Hinter mir ging die Tür auf.

»Wer hat denn da so viel Lehm verloren ...«, fragte Max' Stimme.

»Die Lisa«, erklärte Schorsch. »Die ist anscheinend voll durch den Letten gegangen.«

Heute war einfach nicht mein Tag.

Als ich ins Hause kam, roch es im Flur, als hätte unser Haus zu brennen angefangen und würde langsam vor sich hinkokeln. Ich ließ alles, was ich in der Hand hatte, auf unser

Schuhkästchen fallen und rannte in die Küche. Großmutter saß am Küchentisch und drückte an ihrem Strahlenapparat herum. Sie murmelte Bibelsprüche, die ich nicht verstand. In Verbindung mit dem Apparat bekam man aber eher den Eindruck, dass sie Hexensprüche übte. Mit einem Satz war ich beim Herd und schaltete ihn aus. Das Apfelmus, das dort vor sich hinblubberte, hatte bestimmt schon eine dicke Kohleschicht am Topfboden gebildet. Dickflüssige Blasen des zähen Muses hoben sich alle paar Sekunden nach oben und platzten auf. Jede Menge heiße, apfelmusdurchtränkte Luft schoss aus diesen kleinen Vulkanen empor, und einer dieser Spritzer erwischte mich am Arm. Ich warf einen Deckel auf den Topf und schob ihn eilig von der glühenden Platte.

Sie hatte es anscheinend geschafft, die Äpfel klein zu schneiden und in den Topf zu geben. Ich sah meine ganzen Nachmittagspläne den Bach hinuntergehen.

»Großmutter«, sagte ich, während ich mir fluchend die Finger verbrannte. »Du darfst nicht kochen, während ich weg bin.«

»Apfelmus muss man ständig rühren«, sagte sie zu mir, sah aber nicht auf.

»Ja genau. Du hättest es rühren müssen. Rühren.«

Sie sah nun doch auf, ihr Blick war verständnislos. Die Küche roch bestialisch. Es würde Tage dauern, bis der Geruch sich verzogen hatte. Und bis dahin hatte Großmutter bestimmt schon den nächsten Topf einkokeln lassen. Ich ließ mich verzweifelt auf einen Küchenstuhl fallen. Gab es Kindersicherungen für Herde? Babysitterinnen für Großmütter? Irgendwann würde sie uns das Haus über dem Kopf anzünden mit ihrer ständigen Kocherei. Ich rieb meinen Arm, dort, wo mich der Apfelmusspritzer verbrannt hatte. Großmutter sah mich traurig an, und ich bekam ein schlechtes Gewissen. Jeder konnte einmal was vergessen, oder? Und so oft passierte es ja nun auch nicht. Sie beugte sich wieder über ihre Bedienungsanleitung. Nur weil ich so eine Versagerin in Ermittlungssachen war, musste ich meine schlechte Laune nicht an Großmutter auslassen.

Immerhin wusste ich jetzt, dass der Schorsch seine Ermittlungsdaten auf seinem Rechner aufhob. Notfalls konnte ich also immer noch bei der Polizei einbrechen und versuchen, dem Computer das zu entlocken, was der Schorsch nicht preisgeben wollte.

»Der Schorsch hat jetzt einen Laubsauger«, sagte ich ablenkend.

»Der Schorsch sollt sich besser um seine Arbeit kümmern«, sagte Großmutter, ohne aufzusehen.

Arbeit? Wenn Laubsaugen keine Arbeit war, dann wusste ich auch nicht.

»Da hat doch der Fischer Loisl vor Kurzem angerufen, dass er verfolgt wird.«

Wer den Fischer Loisl verfolgte, der musste hochgradig pervers sein. Jemanden zu verfolgen, der sich die meiste Zeit volltrunken an Hauswänden entlangtastete, war nicht ganz normal. Aber von dem Gerücht hatte ich auch schon gehört. Wenn sich der Schorsch weigerte, ihn nach Hause zu fahren, was er seit den Panikattacken vom Loisl meist machte, ging der Loisl mitten auf der Straße und schrie jeden Baum an: »Ich seh dich schon, komm hervor, du elendiger Krippl! Mich kriegst ned!« Manchmal hörte man ihn angeblich auch schreien: »Ich bin bewaffnet! Kommt s' nur her!« Ob das bei einem Serienmörder half, war fraglich. Jeder wusste, dass der Loisl unbewaffnet war und leicht in die Knie ging. Die Rosenkranztanten waren jedenfalls der Meinung, dass es ziemlich herzlos von der Polizei war, den Loisl nicht nach Hause zu eskortieren.

»Weißt, was der Schorsch g'macht hat? Setzt sich in den Streifenwagen und schaltet das Blaulicht ein.«

Stimmt. Das war die totale Verschwendung von Steuergeldern. Er hätte dem Fischer Loisl sagen sollen, er soll sich nicht so anstellen und heimgehen.

»Dann war der Kerl natürlich weg, der den Loisl verfolgt hat.«

Genauso wie all die weißen Mäuse, Nikoläuse und kosmischen Buckelzirpen, die um den Loisl gehüpft sind.

»Und des war natürlich Absicht, von dem Schorsch«, klärte mich Großmutter auf. »Der hat sich denkt, ich fahr doch ned hin und lass mich von irgendeinem Kerl hauen, der den Loisl verdreschen will.«

Das würde ich auch nicht wollen. Aber ich konnte mir gut vorstellen, dass der Schorsch ungemein scharf drauf war, endlich mal die Sirene auf volles Rohr zu schalten. Das passierte bei uns nämlich fast nie, dass die Sirene notwendig war. Weil sowieso nie etwas passierte, wenn nicht gerade ein Organist erstochen wurde.

Da wurde dann natürlich wegen jeder Kleinigkeit das Blaulicht eingeschaltet. Wenn der Rechen vom Kreiter umfiel, beispielsweise, und die Rosl dabei erschrak, dann war das ein Fall für die Sirene.

Großmutter motterte weiter vor sich hin. »Da schalt ich lieber die Sirene ein, hat er sich bestimmt gedacht, dann sind s' alle weg, bis ich komm.«

Ich nickte nur. Über solche Kleinigkeiten sollte man sich nicht streiten. Und man sollte sich nicht mit den Außerirdischen anlegen, die den Loisl verfolgten. Dann lieber die Sirene an.

»Und die Bet, die hat mit dem armen Loisl überhaupt kein Mitleid. G'schaut hat s' wieder. Wie der Teufel vom Dreiwegener Kreuz«, schimpfte sie weiter. »Wenn er halt Angst hat, der arme Bub. Vor dem Massenmörder.«

Dem Massenmörder, der bei uns alle paar Tage einen Organisten umlegte. Wenn ihm die Organisten ausgingen, waren die Straßengrabenlieger dran. Ich verdrehte unauffällig die Augen.

»Ich war grad beim Troidl«, sagte ich so in den Raum hinein. »Der ist auch arm dran, grad wie der Loisl, so ganz ohne Frau.«

Sie sah von der Bedienungsanleitung ihres Strahlenapparats nicht auf, murmelte nur etwas vor sich hin und drückte dann auf eine Taste.

O.k. Anscheinend hatte sie keine Lust, meinen Wink mit dem Zaunpfahl zu verstehen. Eigentlich hätte an dieser Stelle die Erklärung kommen können, wieso Troidls Frau nicht mehr auf seinem Hof wohnte. Dann eben nicht. Mich störte mehr, dass ich in letzter Zeit das Wort »Dreiwegener Kreuz« öfter hörte, als mir lieb war. Letzte Nacht war aus ihrem Gemurmel schon wieder dieser Teufel herauszuhören gewesen. Der Teufel vom Dreiwegener Kreuz, das war so etwas wie – ja, vielleicht wie die Geschichte mit dem Fischer Loisl. Wenn einer besoffen war, dann immer wie der Fischer Loisl. Mei, so ein Loisl, hieß es dann. Und jeder wusste, was Sache war. Total voll bis oben hin. Und wenn jemand ganz besonders grimmig aussah, dann sah er aus wie der Teufel vom Dreiwegener Kreuz. Das Kreuz stand an einer Stelle, wo drei Wege aufeinandertrafen. Das war schon immer die größte Gruselstrecke im Wald. Großmutter liebte es natürlich, diese Strecke zu gehen, bei dem Kreuz mitten im Wald stehen zu bleiben und die eingeschnitzten Figuren zu betrachten. Und eine dieser Gestalten war eben der Teufel, der so grimmig aussah, dass ich nach jedem Spaziergang eine Woche lang Albträume hatte. Sein Gesicht war grob geschnitzt und so fratzenhaft, dass jedes normale Kind Albträume bekommen hätte. Und dann ich erst, wo ich mich doch ständig gruselte.

Nicht so Großmutter. »Der Teifel, der greißliche«, sagte sie stets zufrieden. »So ein greißlicher Teifel.« Dieser »greißliche Teifel« hat sie immer so sehr erfreut, dass sie ihn in allen Leuten wiederfand, die sie nicht leiden konnte.

Ganz oben am Kreuz saß ein kleiner Engel. Der sollte eigentlich mild und lieblich schauen. Aber das war nicht so recht gelungen, weil er eine ziemliche Ähnlichkeit hatte mit dem Teufel, der unter ihm saß. Ich dachte immer, das hatte damit zu tun, dass der Schnitzer nur solche Fratzen schnitzen konnte. Großmutter dagegen hatte mir erklärt, dass auch in den Engeln oft die Teufel steckten. Das verstand ich nicht so ganz, aber meine Großmutter nickte dabei immer, als würde sie an eine bestimmte Person denken. »Des verstehst du noch ned«, hieß es dann. Und meistens sagte sie darauf so etwas wie, dass der Schein oft trügt.

»Der Teifel vom Dreiwegener Kreiz«, murmelte sie erneut, immer noch über ihren Strahlenapparat gebeugt. Ich verbiss mir die Fragen zu Troidls Frau. Wenn Großmutter in dieser Stimmung war, würde sie sowieso nicht antworten. Dann wollte ich lieber die Sache mit dem Marcumar klären.

»Ich muss noch mal los«, sagte ich zu Großmutter.

In der Redaktion brannte noch das Licht. Wer war denn da so fleißig? Ich stieß die Tür auf und sah den Kare am Computer sitzen. Er zuckte so schuldbewusst zusammen, dass es mir fast leid tat. Nicht einmal am Abend konnte man ungestört auf Pornoseiten surfen.

»Servus«, sagte ich und warf meine Tasche neben den freien Computer. Was für eine angenehme Stimmung. Der Kare, sicher kein Mörder, und nur dabei, seinen normalen sexuellen Interessen nachzugehen. Interessierte sich nicht für geschnitzte Teufel, ließ keine Ehefrauen verschwinden und ärgerte sich nicht über Orgelmusik. Es roch nicht nach Gulasch, nur ein klein wenig nach alter Leberkässemmel, und es gab keine Gartenzwerge. Außerdem saß mir keine Großmutter im Nacken, die ständig fragte, ob diese enorme Strahlenbelastung vor dem Schlafengehen gesund sei.

»Servus«, sagte er und grinste verlegen. Oder vielleicht doch nicht verlegen. »Was willst denn du noch hier?«

»Surfen«, sagte ich kurz angebunden und schaltete den Computer ein. Sollte er doch meinen, ich würde mir Lesben-Seiten runterladen. Das war jedenfalls seine Meinung von mir gewesen, bevor ich mit Max zusammen gekommen war. Denn alle Solofrauen, die auf seine Baggerei nicht ansprangen, waren Lesben. Also eigentlich alle. Um seine Chancen bei Frauen noch weiter zu verschlechtern, hatte er sich an seinen Golf einen Aufkleber gedruckt mit der Aufschrift: worldweidweb.der-Abschlepp-Kare.de. Wenn ich mal Inspiration für einen wirklich guten Artikel brauchte, würde ich auf dieser Seite nachschauen.

»Zu so später Stunde?«, fragte er anzüglich. Der Kare wieder.

Es war beunruhigend, wie die Leute in meiner Umgebung ihren Gesichtsausdruck an ihr Lieblingsding anpassten. Der Troidl war wie sein Gartenzwerg. Und der Metzger sah aus wie die Würstln, die er immer an Weihnachten verschenkte. Und der Kare beispielsweise sah immer mehr wie sein scheußlicher chinesischer Karpfenglotzfisch aus. Ich hoffte nur, dass ich nicht immer mehr wie mein Hund wurde, mit seinen wirklich unvorteilhaft buschigen Augenbrauen. Vielleicht war das aber auch noch das Beste, was mir passieren konnte. Genauso bestand die Möglichkeit, dass ich in zehn Jahren aussah wie der Strahlenapparat meiner Großmutter.

»Ich lade mir Pornos runter«, schlug ich mit ernster Miene vor, während ich Google startete.

»Ehrlich?« Er starrte mich mit offenem Mund an. »Der Chef wenn dich erwischt, des is kein Spaß ned.«

Das hatte er wohl aus eigener Erfahrung gelernt, mutmaßte ich, bedankte mich jedoch artig für die Warnung und gab das Wort »Quick-Wert« ein. Ich hoffte, dass der Kare das nicht lesen würde. Er würde es garantiert für etwas Schweinisches halten. Während er hinter mir hustete und rotzte, gab ich das Wort »Marcumar« in das Suchfeld ein.

Marcumar, las ich. *Phenprocoumon hemmt die Synthese der Vitamin-K-abhängigen Gerinnungsfaktoren in der Leber, wobei die nötige Gamma-Carboxylierung der Glutamylseitenketten nicht mehr möglich ist.*

Hää?

Die Faktoren II, VII, IX und X werden zwar ins Blut abgegeben, sind aber nicht funktionstüchtig.

Aha.

Gelegentlich treten unerwünschte Wirkungen auf wie Übelkeit, Erbrechen, Magenschmerzen, Appetitlosigkeit, Diarrhoe, Verstopfung, verstärkter Haarausfall.

Und was hatte das jetzt mit dem Troidl, dem Schmalzl und dem Pudschek zu tun? Ich las die Sätze noch einmal, in der Hoffnung, dass sich dann etwas klärte. Der Schmalzl-Wirt sah nicht so aus, als würde er unter Übelkeit, Erbrechen und Appetitlosigkeit leiden. Allerdings hatte der Troidl wenig Haare. Aber wegen einer Glatze ist wohl noch keiner gestorben.

Kare sah mir über die Schulter.

»Verstehst du das? Was Marcumar und Quick ist?«, fragte ich schließlich. Ich kann's nicht leiden, wenn mir jemand über die Schulter guckt. Und ich kann's nicht leiden, wenn ich etwas nicht schneller kapiere als der Abschlepp-Kare.de.

»Klar.« Anscheinend enttäuscht, dass ich mich doch nicht für Pornos interessierte, setzte er sich auf die Schreibtischkante neben mich.

»Mein Großvater musste Marcumar nehmen. Das ist ein Blutverdünner. Und den Quick-Wert musste er ständig messen, damit man wusste, wie stark das Blut verdünnt war.«

Der Wahnsinn. Der Kare hatte also doch was im Hirn. Vielleicht sah er sich im Internet auch nicht nur Sex-Seiten an.

»Blutverdünner?«, fragte ich dann doch nach. »Wieso sollte er sein Blut verdünnen?« Das klang doch eigenartig.

Er zuckte mit den Schultern. »Nach seinem Schlagerl.« Das ist ein kleiner Schlaganfall. So einer, nach dem man noch lebt und nur ein paar Sprachstörungen hat. »Damit das Blut durch die verstopften Adern passt.«

Hm. Das klang logisch. Der Schmalzl sah nämlich so aus, als wäre er ganz nah dran an einem Schlagerl. Er hatte immer ein hochrotes Gesicht und war irgendwie tonnenförmig. Der Troidl hingegen sah nicht nach einem Schlagerl aus. Aber vielleicht verstopften die Adern auch, wenn man nicht dick war und hohen Blutdruck hatte. Und der Pudschek?

»Oder, wennst an Herzkasperl g'habt hast«, fügte er noch hinzu und hustete wieder ziemlich ekelig.

Das war ein leichter Herzinfarkt.

An einem Schlaganfall war der Pudschek jedenfalls nicht gestorben, das wusste ich sicher. Wieso ich das wusste, fiel mir im Moment nicht ein, aber ich war mir sicher. Schließlich war ich ja irgendwie an seinem Tod schuld … Mein Herz fing zu rasen an. Aber Aufregung konnte auch einen Herzinfarkt verursachen. Vielleicht hatte ich den Pudschek so geärgert, dass er einen Herzkasperl bekommen hatte? Vor meinen Augen hüpften hell leuchtende Punkte auf und ab.

»Mit Sex ist es dann schlecht«, mutmaßte der Kare. »Wenn du dich zu heftig anstößt, kannst verbluten.« Das Grinsen in seinem Gesicht hatte etwas Gartenzwerghaftes.

Genau das Thema, über das ich heute Abend mit ihm plaudern wollte. Woher wusste er das nur? Bevor er noch weitere schweinische Details über seinen Großvater ausplaudern konnte, schaltete ich den Rechner aus.

»Ich muss dann weiter«, sagte ich freundlich. Immerhin hatte er mir den Quick-Wert erklärt. Und mein Herzschlag war auch wieder ganz normal. Ich packte schnell meine Tasche und überließ Abschleppkare seinem Computer.

»Ja. Da ist die Bet hing'fallen.« Großmutter legte einen Finger auf die Bibelstelle, die sie gerade gelesen hatte. »Mei, und g'schrien hat s'. Und keiner da. Von den Erwachsenen. Und der Pudschek, keinen Finger hat er gerührt. Einfach weiter. Stell dich nicht so an, hat er gesagt. Stell dich nicht so an. Ich seh's noch heute vor mir. Die kleinen Hausschuhe, die sie anhatte. So dunkelbraun und hellbraun kariert, und zwei kleine Schnallen über dem Fuß. Dort wo sie gerutscht war, lag kein Schnee mehr, da sah man, dass es glatt war. Und dann gab's ja auch kein Telefon.«

Ich wusste, was jetzt kam. Dann musste man zur Post. Da war das einzige Telefon weit und breit. Und wenn man Glück hatte, erwischte man gleich den Doktor. Und der kam dann.

»Röntgen oder so. Das gab's da natürlich nicht«, sinnierte

meine Großmutter. Ich sah ihr an, dass sie gerade zusammenrechnete, was sich die Krankenkassen da alles gespart hatten. »Und der Doktor, der hat einmal angezogen, am Bein, dass die Bet ohnmächtig wurde. Und dann hat er gegipst. Gut, dass es wenigstens Gips gab.« Sie schwieg eine Weile. »Aber dem Pudschek, dem war das egal. Nein, dafür, dass er so oft in der Kirche g'sessen hat und immer Orgel g'spielt, hätt er eigentlich a besserer Mensch sein sollen.«

Wie das wieder zusammenhängen sollte. Vielleicht hatte er genauso wie der Wanninger immer *ADAC Motorwelt* gelesen, oder noch Schlimmeres, und hatte die Kernaussagen des christlichen Glaubens deswegen komplett überhört. Kann doch passieren. Während der Predigten hat schon mancher Konzentrationsschwächen gehabt.

»Und dem Troidl seine Frau?«, kam ich wieder auf das ursprüngliche Thema zurück. Es war eigentlich die ganze Zeit um die Frau Troidl gegangen. Aber Großmutter hatte elegant die Feststellung, dass der Pudschek das Ehepaar Troidl nicht so besonders leiden hat können, genutzt, um über die Bet und den Pudschek zu sprechen. Anstatt über den Troidl Xaver und seine Frau. Vielleicht war ich gerade dabei, einen alten Mordfall zu entdecken. Ich sah plötzlich all die alten Maschinen vom Troidl vor mir, die er mit schwarzen und grünen Planen abgedeckt hatte. Traktoren, die nicht mehr liefen, Anhänger, die nicht mehr angehängt wurden, Rübenschnitzler, kaputte Heuwender, Hammerhäcksler. Alles verrostet, alt und kaputt.

Was mich aber wirklich stutzig machte, war, dass alles zugedeckt war. Wieso hatte sich darüber noch keiner Gedanken gemacht? Vielleicht war der Troidl ein Massenmörder. Er hatte mit seiner Frau angefangen und arbeitete sich langsam durch unser Dorf hindurch. Für diese Theorie sprach auch das Verhalten vom Loisl. Gut. Der Loisl war die meiste Zeit des Tages betrunken, und man konnte sich nicht hundertprozentig darauf verlassen, was er sagte. Aber seit Neuestem fühlte er sich ja verfolgt und traute sich nicht mehr nach Hause zu gehen. Wenn das nicht verdächtig war. Das hatte auch erst seit dem Wanninger-Mord angefangen, da war ich mir sicher.

Die Planen. Eigentlich wäre es meine Pflicht gewesen, einmal unter sämtliche Troidl'schen Planen zu schauen. Vielleicht lag die alte Troidlin drunter, und alle dachten, sie wäre nur mit einem anderen Mann durchgebrannt. In Wirklichkeit hatte der Troidl einen Fuhrpark voller Leichen am Hof stehen, und die Troidlin hatte ihn entlarvt. Dann musste er sie natürlich auch umbringen.

Klang logisch. Mir wurde ganz schlecht, weil ich so wagemutig gewesen war, mit dem Troidl ins Haus zu gehen. Einem Mann, der mit Bademantel zum Schmalzl geht, ist alles zuzutrauen.

»Ist die tot, seine Frau?«, fragte ich nach, als Großmutter nicht reagierte. Aber sie schien geistig vollkommen woanders zu sein. »Hat die dem Wanninger seinen Janker geflickt?«, fügte ich listig hinzu. Das war überhaupt die Idee des Jahrhunderts. Sie hatte sich um den Wanninger gekümmert, der Troidl war total ausgerastet und hatte die Troidlin umgebracht. Und dann den Wanninger. Wieso er für diese Entscheidung zwölf Jahre gebraucht hatte, konnte ich mir noch nicht erklären. Vielleicht hatte er wieder einmal Fotoalbum geguckt, und da war ihm halt der Hut hoch.

»Ach. Papperlapapp. Hätt er besser aufpasst«, beantwortete Großmutter schließlich meine Frage, sah mich aber misstrauisch an. »Was is? Hast zu wenig g'essen?«

»Essen?«, krächzte ich hervor. Also wirklich. Wer beim

Gedanken an Massenmörder noch essen konnte, war doch pervers. Und was meinte sie mit aufgepasst? Ich starrte sie eine Weile fasziniert an. Aufgepasst? Wieso musste man auf seine Ehefrau aufpassen? Dass sie keine Planen hochhob?

»Aufpassen?«, bohrte ich nach.

»Dass sie ned abhaut«, fügte sie erklärend hinzu, sah dann wieder in die Bibel. »Iss a Scheibn Brot, dass d' nimma so kasig ausschaust.«

Vielleicht doch kein Massenmörder. War sie mit dem Wanninger durchgebrannt? Wohl kaum. Schließlich war der Wanninger hiergeblieben. Hatte der Wanninger seines Nächsten Weib begehrt? Ich fragte mich, wie ich das formulieren konnte, ohne dass Großmutter mir eine scheuerte. Das war nicht so unwahrscheinlich, denn sie war sich trotz meinem Alter ihres Erziehungsauftrags noch immer sehr bewusst.

»Des hat kein Taug ned«, sagte sie und blätterte in der Bibel. »Wenn du von jemandem zur Hochzeit geladen bist, so setze dich nicht obenan. Denn es könnte einer eingeladen sein, der vornehmer ist als du. Denn wer sich selbst erhöht, soll erniedrigt werden; und wer sich selbst erniedrigt, der soll erhöht werden.«

»Hat er gegen das fünfte Gebot verstoßen?«, fragte ich einfach weiter, als hätte sie nicht aus der Bibel vorgelesen.

»Ach geh, Mädl. Immer bringst die Gebote durcheinander«, schimpfte Großmutter.

Da hatte sie wohl recht.

»Hätte er ihr's erlaubt, dann wär sie geblieben«, sagte sie dann noch, las weiter in der Bibel und sah nicht mehr auf.

Ich starrte sie an. Erlaubt? Er hätte ihr erlauben sollen, dass sie mit dem Wanninger ins Bett geht? Dass sie ihm den Janker flickt? Oder was? Das mit dem Bett konnte nicht ihr

Ernst sein. Großmutter gab kein Wort mehr von sich, und ich sank in mich zusammen. Nichts, was mir weiterhalf.

Der Wanninger hatte Schulden beim Troidl. Troidls Frau und der Wanninger waren zusammen auf einem unscharfen Foto zu sehen, was den Troidl ärgerte.

Der Orgelschlüssel hatte vor unserem Haus gelegen.

Und die Metzgerschürze in Bets Mülltonne.

Außerdem gab es jemanden, den es vor nichts grauste und der bereit war, den Wanninger zu beißen.

Vielleicht war es doch ein bisschen weit hergeholt, das mit dem Massenmord. Denn ich konnte mir gut vorstellen, dass Troidls Frau allein wegen seinem Schuhkastl das Weite gesucht hatte. Ich hätte auch keine Lust gehabt, in diesem Haushalt die ordnende Hand zu spielen.

Ich lehnte mich zurück, etwas frustriert, weil ich Großmutter zu keinen klaren Aussagen bringen konnte, und stellte mir vor, wie Max' Wohnung langsam zu Troidls Haus mutierte und von mir erwartet wurde, dass ich dem ganzen Dreck mit Akupads zu Leibe rückte. Was für eine gruselige Vorstellung. Am sichersten war es wohl, erst gar nicht zu heiraten. Man wusste nie. Die Ehe hatte manch eigenartige Wirkung. Anneliese beispielsweise hatte 20 Kilo zugenommen. Und das Töpfern angefangen. Außerdem beschäftigte sie sich zwanghaft mit Resopalplatten.

»Was hätte er ihr denn erlauben sollen?«, fragte ich noch einmal nach. Aber Großmutter stierte immer noch in ihre Bibel und murmelte vor sich hin. Natürlich würde ich keine Antwort bekommen. Vielleicht sollte ich es einmal bei Anneliese versuchen. Sie wusste ziemlich gut über das Dorfleben Bescheid.

Ich sah Großmutter weiter beim Bibellesen zu und schloss schließlich die Augen.

So war das im Herbst. Man saß zusammen in der lautlosen Küche, nur die Küchenuhr tickte erbarmungslos. Hin und wieder hörte man eine Buchseite, die leise flüsternd umgeblättert wurde, ein herbstlicher Seufzer in der beginnenden Stille. Dann gab es nur uns zwei, Großmutter und mich, in unserer Küche, während die Natur draußen schlief. Und all der Streit und das Getratsch draußen waren so weit weg, vielleicht nur ein Gewisper wie fallendes Laub. Es war, als würde unsere Küche noch enger werden, unsere Welt noch kleiner und ich noch einsamer. Da wünschte ich mir dann, es würde draußen wieder die Sonne scheinen und ich nicht mein eigenes Gesicht in der dunklen Spiegelung des Fensters sehen. Das war Herbst. Dass man meinte, alles würde kleiner und enger. Als gäbe es die Natur gar nicht mehr, und auch keine anderen Leute. Und diese Stille, in der das Tropfen eines Wasserhahns zum Paukenschlag wurde.

Ich riss die Augen wieder auf und räusperte mich. Aber so war es nicht. Wenn ich wollte, konnte ich aufstehen und zu Max fahren. Max war zwar jetzt sicher nicht zu Hause, aber ich könnte mich bestimmt nützlich machen und irgendetwas putzen.

Ich beschloss, dass es viel angenehmer war, mich meinen Herbstdepressionen hinzugeben. Das würde mich bestimmt auch der Aufklärung dieses Falles näher bringen, als es das Putzen konnte. Depressionen brachten doch immer noch die besten Gedanken. Als glücklicher, ausgeglichener Mensch wäre ich nie darauf gekommen, dass der Troidl auch ein Massenmörder sein könnte. Ein höchst perverser Massenmörder, der seine Opfer auch noch biss.

Eine Gänsehaut lief über meinen Arm.

7

Ich habe ein sehr altes Auto, dem jede Zusatzausstattung fehlt. Zum Beispiel alle Airbags, die man sich denken kann. Kein Fahrer-Airbag, Beifahrer-Airbag. Kein Seitenaufprallschutz, oder was es sonst noch so geben mag. Manchmal mag das ja von Vorteil sein. Zum Beispiel hat vor Kurzem die Kreiterin vor lauter Lass-mich-auch-mit so scharf bei einer Kreuzung gebremst, dass es ihr den Airbag um die Ohren geblasen hat. Sie war davon allerdings hellauf begeistert gewesen. Was da alles hätte passieren können, ohne diesen Airbag. Was für einen Schutz man hatte, durch diesen Airbag. Dass sie durch diesen Airbag in die Hose gemacht hatte, hatte sie unter den Tisch fallen lassen. Das hatte unser Automechaniker dann allen erzählt, dieses Schwein. Er hat den Airbag wieder repariert und bemerkt, was der Kreiterin noch passiert war.

Nun gut. Mein Auto hatte das jedenfalls nicht. Wobei natürlich eine Standheizung zum Beispiel etwas Feines wäre. Jedenfalls, wenn man im Herbst seine Ermittlungstätigkeit aufnahm und verdächtige Objekte beschattete. Dann fror man nicht so elendiglich.

Ich hatte beschlossen, beim Tatort anzufangen. Was Besseres fiel mir nicht ein. Außerdem war ich zu feige, den Troidl Xaver noch einmal zu befragen oder wenigstens mal unter eine der vielen Planen zu gucken. Ich fror schon einige Zeit. Allein der Anblick des dichten Nebels, der alles in eine milchige Suppe tauchte, ließ mich frösteln.

Es passierte rein gar nichts. Außer, dass ich immer dringender aufs Klo musste. Die Häuser von Kathl und Bet lagen dunkel und verlassen im Nebel. Was für eine gruselige Vorstellung auch. Allein in einem Haus direkt neben der Kirche, wo Organisten umgebracht wurden.

Ich gruselte mich schon wieder. Wenn man sich vorstellte, wie oft der Mörder hier schon vorbeigekommen war. Vermutlich hatte sich die Bet eingesperrt und verbarrikadiert. Der Kathl traute ich eher zu, dass sie sich ihre Gymnastikkeule neben die Haustür gestellt hatte, um sich zu verteidigen. Gruselig.

Dann kam er.

Ich erkannte ihn sofort, obwohl er nur eine milchige Gestalt im Nebel des Grauens war. Unbehaglich sank ich noch tiefer in den Autositz und spitzte nach draußen. Natürlich erkannte man den Metzger auch als Schattenriss. Wieder einmal zeigte es sich, dass Leute, die nicht von hier waren, keine Chance hatten, den Fall zu lösen. Jeder kannte den Metzger von hinten, jedenfalls alle, die in unserem Dorf wohnten. Auch mit dickem Anorak. Verkleidet. Vermummt. Und im Nebel.

Es war seine charakteristische Armhaltung. Er sah immer so aus, als trüge er etwas unter dem Arm. Dabei trug er nie etwas bei sich. Ich habe nie herausbekommen, wieso er so ging. Wahrscheinlich konnte er es nicht leiden, dass seine muskulösen Arme am Körper scheuerten. Oder er wollte nur so tun, als hätte er derart viele Muskeln, dass er die Arme nicht anlegen konnte.

Max hätte wahrscheinlich nicht die leiseste Ahnung, wer da vor ihm lief. Jetzt stellte sich nur die Frage: War das wirklich der Metzger? Oder war es der Mörder, der ganz raffiniert die Haltung vom Metzger nachahmte? Die Gestalt im Nebel steuerte auf die Kirchentür zu.

Hm.

Jeder wusste, dass der Metzger nie in die Kirche ging. Darüber schimpfte das ganze Dorf. Immerhin bezahlt er Kirchensteuer, sagten die einen. Aber den Hardlinern war das furchtbar egal.

»Und dann liegen s' alle bei uns am Friedhof, die ganzen Leut, die nie zur Beichte gegangen sind«, hatte erst kürzlich die Bet geflüstert, mit einem bedeutungsvollen Blick auf die Metzgerei.

»Ach geh, was sollt der denn beichten?«, hatte damals Großmutter gefragt. »Den ganzen Tag steht er in der Metzgerei.«

Die Rosenkranztanten hatten sich verschwörerisch angesehen. Jede wusste, dass um sechs Uhr der Laden zu machte. Und was der Metzger dann machte, wer wusste das schon genau. Es war erwiesen, dass Leute, die routinemäßig Tiere töteten, eine geringere Hemmung hatten, Messer einzusetzen. Oder nicht? Das sagten die Rosenkranztanten zwar nicht, aber diese Meinung schien wie eine kollektive Sprechblase über ihnen zu schweben. Keine nahm an, dass er einfach nach Hause ging zu seiner Alten.

Vielleicht wollte die Bet auch nur davon ablenken, dass die Schürze bei ihr in der Mülltonne gelegen hatte.

Aber es war eindeutig jemand, der im Schattenriss wie der Metzger aussah. Und er sah über die Schulter – ich rutschte noch tiefer hinter das Steuer – und drückte dann die Kirchentür auf.

Puuh. Er verschwand. Endlich konnte ich wieder atmen.

Oh läääääck, hätte Anneliese gesagt. Ich musste an die blutige Schürze denken, die man bei der Bet in der Mülltonne gefunden hatte. Trotz der Schürze hatte ich es nicht glauben können. Aber jetzt. Wo er in die Kirche ging.

Der Metzger. Wieso ging er ausgerechnet jetzt in die Kirche? Wollte er Spuren beseitigen? Aber schließlich war die Spurensicherung schon längst da gewesen. Es gab nichts mehr zu beseitigen. Eigentlich wäre das der geeignete Moment gewesen, um etwas wirklich Mutiges zu tun. Nämlich das Auto zu verlassen, hinüber zur Kirche zu schlendern und nachzugucken, was der Metzger denn da machte. Ich spürte aber so eine gewisse Muskelschwäche, die mich bewegungslos ans Steuerrad fesselte. So ein Mist auch. Aber wer weiß, was er mir angetan hätte. Metzger hatten doch mehr Messer als nur eines. Und ich dann, vollkommen hilflos mit meiner psychischen Muskellähmung. Nein. Ich sah auf die Uhr, um wenigstens zu wissen, wie lange er gebraucht hatte, um alle Spuren zu beseitigen.

Mein Auto wurde von einem nagelneuen Audi A6 überholt. Ich versuchte mich in Luft aufzulösen. Oh je. Ich kannte nur einen Audi A6 in Daytonagrau. Das war Max. Was tat er hier, zu nachtschlafender Zeit? Na ja, gut, es war erst kurz nach sechs Uhr, aber da hätte er doch genauso gut woanders sein können.

Vielleicht erkannte er mein Auto nicht.

Tatsächlich fuhr er an mir vorbei, ohne mich zu bemerken. Was mich ehrlich wunderte, weil es in unserem Ort eigentlich nur eine Person gab, die einen uralten, verrosteten, roten Ford Fiesta fuhr. Max hatte einmal angemerkt, dass sich jeder andere Mann schämen würde, eine Freundin zu haben, die so ein Auto fuhr. Er hatte mich gefragt, ob ich nicht gerne einen Z3 hätte. »Ach Unsinn«, hatte ich ihm geantwortet. »Damit ich auffalle wie ein bunter Hund.«

Ich starrte wieder auf die Kirchentür. Ich wollte wenigstens nicht verpassen, wie der Metzger wieder herauskam.

Neben mir klopfte es an die Scheibe. Ich schrie wie am Spieß, starrte Max in die Augen. Er verdrehte die Augen gen Himmel, als wünschte er sich ein wenig Beistand.

»Sag mal, was machst du da?«

»Ich beschatte den Metzger«, erklärte ich beleidigt. Was musste er mich auch so erschrecken. »Woher wusstest du, dass ich das bin?«

»Dein Auto fällt auf wie ein bunter Hund«, erklärte er, ging um mein Auto herum und setzte sich auf den Beifahrersitz.

Dann küssten wir uns eine Weile, was der Beschattungsarbeit nicht besonders zuträglich war.

»Und, was hast du bisher herausgefunden?«

Ich drückte meinen Zeigefinger auf die Lippen, als ich die nächste Gestalt sah, die durch den Nebel irrte.

»Wer ist das?«, flüsterte Max, als auch diese Person vor der Kirchentür stehen blieb, sich umsah und dann eintrat.

Diesmal verdrehte ich die Augen. Ehrlich wahr. Wie sollte so jemand so einen komplizierten Fall lösen! Er erkannte nicht einmal die wesentlichen Personen. Von hinten. Im Nebel.

»Das ist die Lehmerin«, klärte ich ihn schließlich auf.

»Ach«, machte er nur skeptisch.

»Ja. Das war die Lehmerin.« Schon seit ich sie kannte, hatte sie eine dunkle Handtasche mit einem unglaublich langen Riemen. Und statt diesen Riemen über der Schulter zu tragen, wickelte sie sich ihn ein paar Mal um die Hand.

»Da tut s' immer so g'schnappert«, pflegte Großmutter zu sagen. »Und dann wickelt sie sich so ein. Des macht ma doch ned.«

Ich musste ihr beipflichten. Es sah so aus, als würde sie ständig damit rechnen, überfallen zu werden. Entweder hatte sie Angst, dass ihr jemand die Handtasche wegriss. Oder sie wollte sie zu Selbstverteidigungzwecken einsetzen.

»Die Lehmerin und der Metzger.«

Max sagte nichts dazu. Typisch. Allein das Wort Lehmerin hätte ihn wachrütteln müssen. Schließlich war sie eine der Hauptverdächtigen. Zumindest für mich.

»Stell dir das mal vor. Was machen die da so lange in der Kirche?«

»Beten?«, schlug Max vor.

Diesmal sagte ich nichts dazu. Der Metzger in der Kirche, das war ungefähr ein Gedanke, als würde die Bet Stringtangas tragen und als Prostituierte arbeiten.

»Vielleicht haben sie auch Sex«, flüsterte er mir verführerisch ins Ohr.

Niemals. Wenn der Metzger mit mir Sex haben wollte, würde ich ihm meine Handtasche über den Kopf ziehen, das war gewiss. Und ich konnte mir nicht vorstellen, dass die Lehmerin anders dachte.

»Willst du noch mit zu mir?«, sagte er so dicht an meinem Ohr, dass mir ein erotischer Schauer über den Rücken huschte. »Ich habe eingeheizt.«

Das war verführerisch. Besonders, wenn man in einem kalten Auto saß.

»Kurtisanentechnisch? Oder nur zum Aufwärmen?«, fragte ich nach, ließ jedoch die Kirchentür nicht aus den Augen.

»Hm.« Ich spürte seine Lippen an meinem Hals. »Das eine muss das andere nicht ausschließen. Ich würde mal sagen, das Kurtisanentechnische wärmt dich schon auf …« Ich spürte, wie ich schwach wurde.

»Ich weiß nicht. Nachdem du mich so schmählich behandelt hast«, wandte ich ein. Ein bisschen sollte er doch leiden. Eigentlich hatte ich beschlossen, mich mindestens eine ganze Woche zu verweigern. Angesichts des kalten Autos verkürzte ich diese Zeitspanne auf zehn Minuten. Ich wollte schließlich ihn bestrafen und nicht mich.

»Schmählich behandelt?«, forschte er nach, während seine Hand etwas tat, das mich ganz schwach werden ließ.

»Da geh ich mit dir ins Bett und muss zum Metzger gehen, um Details aus dem Autopsiebericht zu erfahren!«, fuhr ich ihn an.

»Unverschämt«, brummte er an meinem Hals.

»Jawohl. Was sollen die Leute von mir denken?« Vielleicht dachten sie, ich bin schlecht im Bett, oder so etwas. Oder ich kann nicht kochen. Frauen, die nicht kochen konnten, hatten es ja immer etwas schwerer mit Männern. Das wusste jeder bei uns im Dorf. Ich konnte mir lebhaft vorstellen, dass dieses Gerücht auch von mir kursierte.

»Wo du extra mit mir ins Bett gehst, nur um Details zu erfahren.« Er schien zu grinsen, während seine Lippen meinen Schal immer weiter nach unten schoben.

»Zum Beispiel könntest du mir sagen, was mit dem Loisl wirklich los ist«, erwiderte ich. »Danach könnten wir uns ja kurtisanentechnisch aufwärmen.«

»Ah ja. Bestechung eines Beamten«, grinste er offen.

»Loisl«, erinnerte ich ihn.

»Er fühlt sich verfolgt.«

Von einer höheren Macht wahrscheinlich.

»Vom Mörder. Er meint, er hätte vielleicht etwas gesehen.«

»Und, was hat er gesehen?«, fragte ich begierig nach.

»Das sagt er nicht. Er will schließlich nicht als Leiche enden.«

»Aber wenn er den Mörder verrät, wird der festgenommen«, wandte ich ein. »Habt ihr ihm das nicht gesagt?«

»Der Fischer spinnt«, antwortete Max nur.

»Der Loisl spinnt nicht«, verbesserte ich ihn. Wahrscheinlich hatten sie dem Loisl nicht angekündigt, ihn ins Zeugenschutzprogramm aufzunehmen und zwei Beamte nur mit seinem Schutz zu beauftragen. Dann hätte er bestimmt gesprochen. »Er trinkt nur mehr, als seinem Gesundheitszustand zuträglich ist.«

»So könnte man das auch nennen.«

»Wer ist denn der Hauptverdächtige?«, versuchte ich seine momentane Ablenkung auszunutzen.

»Du«, wisperte er hinter meinem Ohr, dass mich ein erotischer Schauer überlief.

»Ich?« Ich drückte ihn weg, obwohl mir dieser Gedankengang nicht neu war. »Du spinnst ja.«

»Du warst direkt neben der Leiche, als der Pfarrer euch fand«, erklärte er ernsthaft, während seine Hand unter den BH einer potentiellen Mörderin schlüpfte.

»Direkt vor deinem Haustürchen liegt das verloren geglaubte Schlüsselchen zur Orgelempore«, fuhr er fort, seine Stimme klang plötzlich ungemein abgelenkt.

»Es wird gemunkelt, dass der Wanninger dein Vater ist«, fügte er hinzu.

Ich drückte ihn empört von mir. »Du spinnst ja wohl! Wer behauptet denn so etwas!«

Er zuckte nur mit den Schultern, als Zeichen dafür, dass ich mehr aus ihm nicht herausbekommen würde.

»Du weißt, dass er nicht mein Vater ist!«, fauchte ich ihn an. Zugegeben, das ärgerte mich mehr als der Verdacht, dass ich eine Mörderin sein könnte. Das war schon bei meiner ersten Leiche so gewesen: Kaum war der Mesner tot gewesen, war es für jeden im Dorf einsichtig, dass er mein Vater sein musste. Als wäre es vollkommen logisch, dass mein Erzeuger früher oder später eines gewaltsamen Todes sterben würde. Beim nächsten Mordopfer würde ich von Anfang an auf einem Vaterschaftstest bestehen.

Er erwiderte nichts darauf. Was sollte er auch. Schließlich wusste ich selbst nicht, wer mein Vater war. Im Grunde hätte es der Wanninger sein können. Wer weiß, vielleicht war das auch der Grund, weshalb dem Troidl seine Frau verschwunden war. Geschwängert vom Wanninger, wollte sie nicht mehr beim Troidl bleiben. Ich hatte es jedenfalls ziemlich satt, dass jeder Ermordete in unserem Dorf bezichtigt wurde, mein Vater zu sein.

»Er ist nicht mein Vater«, stellte ich noch einmal richtig, damit sich das ja nicht in Max' Gedächtnis festsetzte.

Max hatte anscheinend kein Interesse an meiner Herkunft, sondern versuchte, mir einen Knutschfleck am Hals zu verpassen. Bevor ich ihn zurechtweisen konnte, nahm ich eine Bewegung bei der Kirche wahr.

Da öffnete sich die Kirchentür. Heraus trat, muskelstrotzend und selbstbewusst, jemand, der im Schattenriss aussah wie der Metzger. Und er hatte etwas unter dem Arm. Eindeutig. Jetzt hatte er dieses Etwas im Arm. Und es war sehr schwer und sperrig, er konnte es kaum schleppen.

Ich sah eine Weile sprachlos der massigen Gestalt des Metzgers hinterher, wie er schwankend im Nebel verschwand. Was hatte er da aus der Kirche geholt?

»Du musst ihn festnehmen!«, zischte ich Max zu. »Der hat die heilige Maria gestohlen.«

»Unsinn«, sagte Max und arbeitete weiter an meinem Knutschfleck.

Ja. Die heilige Maria war größer und schlanker. Was gab

es in der Kirche zu klauen, das schwer, unhandlich und sperrig war? Das Tabernakel! Heiliger Bimbam, dafür gab es bestimmt 2000 Jahre Hölle!

»Du musst ihn aufhalten!«, zischte ich wütend. »Du bist doch Polizist. Lass dir zeigen, was er da hat!«

Max stöhnte auf. Es war nicht ganz ersichtlich, ob es ein genervtes oder ein erotisches Stöhnen war. Der Metzger war auf jeden Fall weg. Und nur, weil Max ein testosterongesteuerter Triebtäter war. Zornig schob ich ihn weg.

»Der Fall wird für immer ungelöst bleiben, so wie du dich benimmst«, erklärte ich ihm böse.

»Ich nehme die Hauptverdächtige einfach fest. Dann kann da schon mal nichts anbrennen«, grinste er vollkommen unbeeindruckt und öffnete die Autotür.

Meine ermittlungstechnischen Ideen hielten sich in Grenzen. Ein paar Tage lang hatte ich rein vergnügungssüchtig beschlossen, hin und wieder bei Max vorbeizuschauen. Das hatte mich in dem Fall überhaupt nicht weitergebracht, ich hatte nur eine neue Sexstellung gelernt, die unglaublich unbequem war. Max hatte sich auch nicht erweichen lassen, ermittlungsrelevante Fakten an mich weiterzugeben. Mir blieb praktisch gar nichts anderes übrig, als selbst aktiv zu werden, dachte ich mir böse. Auch auf Großmutter war kein Verlass. Sie machte höchstens kryptische Äußerungen oder war ganz und gar unkooperativ. Deswegen hatte ich mich entschlossen, Anneliese einen Besuch abzustatten und meine Lieblingshauptverdächtige, die Lehmerin, näher zu durchleuchten.

»Ja, der Sebastian«, sagte Anneliese und grinste mich an. »Weißt noch? Damals, der Durchfall?«

Wir lachten beide, obwohl mir nicht zum Lachen zumute war.

Denn die Lehmerin war mehr als verdächtig. Geheimes Treffen mit dem Metzger. Verschwörung in der Kirche. Vermutlich hatte sie ihm heimlich das restliche Geld gegeben, um ihn für den Auftragsmord an dem Wanninger zu entlohnen. Natürlich! Dass ich darauf nicht früher gekommen war! Dem Sebastian war das nicht zuzutrauen. Mit einem Messer zur Orgel zu schleichen und den Organisten umzubringen. Nein, nein, dafür war er viel zu gesund. Aber der Metzger und die Lehmerin, das Dream-Team! Sie hatte die Motivation und er das Messer. Und die Schürze. Und den Orgelschlüssel hatte sie dann bestimmt vor unsere Tür geworfen, die g'schnapperte Bixn, die g'schnapperte. Sie hatte sich bestimmt gedacht, die Wilds, die sind doch sowieso verdächtig ohne Ende, waren sie schon beim letzten Mord, da kommt's auf einen Mord mehr oder weniger nicht an. Und bei der Lisa weiß man ja eh nie. Die lernt ihren Vater kennen, und schon bringt sie ihn um.

Mein Lachen klang wahrscheinlich ziemlich künstlich. Wenn man alle Fakten zu einem großen Ganzen zusammenbringen will, ist man schon beschäftigt. Schließlich musste ich Informationen sammeln, um die Lehmerin zu überführen. Oder den Troidl. Oder den Metzger. Oder meinetwegen einen verrückten Fremden.

Annelieses Gelächter hatte den Grund, dass vom kleinen Lehmer das Gerücht kursierte, er hätte einmal in der Schule Durchfall gehabt. Und dass er es nicht bis zum Klo geschafft hatte. Seine Lehrerin, die alte Fischerin, hatte ihn dann mit einer Aldi-Tüte (für die dreckige Wäsche) und einer ihrer Leggings, die sie während des Sportunterrichts trug, nach Hause geschickt. Stell dir das vor, hatte Anneliese damals gewispert. Jetzt wisperte sie das nicht mehr. Sie grinste nur kurz und beugte sich dann wieder über ihre Resopalmuster.

Stell dir das vor. Die Fischerin war nämlich ziemlich korpulent. Und dann diese schwarze riesige Sporthose und die Vorstellung, der kleine »Wastl« Lehmer in dieser legendären Hose. Er hatte sie bestimmt mit beiden Händen festhalten müssen.

Aber zur Aufklärung meines Falles trug das nicht gerade bei.

Anneliese hielt zum wiederholten Mal ein kleines Brettchen neben ihre Spüle. »Was hältst du davon?«, fragte sie mit schief gelegtem Kopf, als könnte sie dann besser das Muster beurteilen. »Sieht doch schick aus.«

Ich konnte das Wort Resopal nicht mehr hören, ohne ständig ein unnatürliches Sausen im Gehirn zu bekommen. Vor allen Dingen das ständige Wiederholen der Wortkombination Resopal und praktisch. Oder pflegeleicht. »Da wischt du einfach drüber«, sagte Anneliese ständig. Das erzeugte so ein komisches Geräusch bei mir im Kopf.

Wahrscheinlich hatte sie jetzt schon seit Wochen Resopalmuster in Schneidebrettchenform dabei und turtelte mit ihrem Angetrauten darüber. Granitoptikresopal, das hat doch was. Das Comicresopal, da sehen wir uns bestimmt satt dran. Und natürlich das Resopal mit dem Londoner U-Bahnplan. Kicherkicher.

Das hätte ihr Pfarrer natürlich nicht mehr mitgemacht. Resopalplatten. Selbst für mich war das ein bisschen viel. Und dann erst für einen Geistlichen.

»Was sagt der Thomas dazu?«, fragte ich ablenkend, um ihr keine Meinung zum Resopal sagen zu müssen. Thomas war Annelieses Mann. Aber um genau zu sein, hätte es mich mehr interessiert, was der Pfarrer zu der Resopalfrage dachte. Man muss nämlich wissen, dass der Pfarrer jahrelang ein Fleisch mit Anneliese gewesen war. Und der Thomas mehr so der Alibi-Mann. Und plötzlich war's nichts mehr mit dem Pfarrer, und man hörte nur noch ein ewiges Resopalgeturtel.

»Ja. Mei.« Sie grinste mich an. »Alles, was ich schick finde, find' er auch schick.«

Ich hatte den Verdacht, dass er wahrscheinlich auch schon das Resopalohrensausen hatte. Die Neugierde zwang mich nun doch, die unerhörte Frage zu stellen.

»Und der Daschner?« Das war scheinheilig. Schließlich konnte es nur eins bedeuten, wenn sie mit Thomas turtelnd resopalisierte. Nichts Gutes für den Pfarrer.

»Des hat kein Taug ned«, antwortete sie undeutlich und hob den Blick nicht von den Mustern.

»Wieso taugt das nichts?«

»Er ist der Pfarrer.« Anneliese verdrehte die Augen nach oben, vielleicht um göttlichen Beistand zu bekommen. Die letzten acht Jahre hatte es sie keineswegs gestört, dass er Pfarrer war. Und es hatte sie auch nicht gestört, sich von ihm zwei Kinder machen zu lassen. Was jetzt dieses elende Geturtel mit ihrem Ehemann sollte, konnte ich nicht verstehen. Das war inkonsequent. Aber da ich letzte Nacht auch ziemlich inkonsequent gewesen war, verkniff ich mir einen Kommentar. Ich sah auf die drei verschiedenen Granitoptikplatten, die sie mir zuschob. Allerdings musste man zu meinem Schutz sagen, dass der Sex wirklich gut gewesen war. Und genau genommen, was ging es mich an, wenn der Metzger sämtliche Märtyrergebeine mitgehen ließ und die Beichtstühle demontierte? Außerdem konnte es genauso gut sein, dass der Metzger und die Lehmerin überhaupt nichts mit dem Mord zu tun hatten. Sondern stattdessen eine gut florierende Kirchenkunst-Diebstahlgruppe gegründet hatten. Allerdings wäre das wieder ein Mordmotiv. Wenn der Wanninger sie beim Stehlen erwischt hatte, dann war es nur natürlich, dass sie ihn zum Schweigen bringen mussten. Ich schüttelte mich vor Grauen. Anneliese sah mich vorwurfsvoll an, da sie meinen Gesichtsausdruck falsch interpretierte.

»Das macht dich total fertig, Lisa«, verteidigte sie mit finsterer Miene, dass sie mit dem Pfarrer Schluss gemacht hatte. »Diese Heimlichkeit, die ganze Zeit. Er hat schon Magengeschwüre. Und ich bekomme Depressionen. Und wenn ich mir dann noch anhören muss, wenn all die alten Weiblein unsere vorbildliche Ehe loben ... Ich komme mir so schlecht vor.«

Ah. Ja. Ich schob ihr das hellste Muster zu. Ich würde Max mit Sexentzug bestrafen, wenn er mir jemals Resopalmuster vorlegte. Ausgenommen, auf den Brettchen wäre etwas wirklich Gutes zu essen.

»Das gefällt mir auch am besten«, Anneliese nickte jetzt wieder begeistert. »Die dunklen machen die Küche so klein.«

Mir wurde übel. Dunkles Resopal macht die Küche klein. Querstreifen machen dick.

»Schon komisch, dass der Sebastian jetzt gleich Orgel spielen darf«, brachte ich das Thema wieder auf den Wanninger-Mord zurück. Das war zwar keine elegante Überleitung, aber es war eine. »Ist das nicht irgendwie ... pietätlos?«

»Ach geh«, sagte Anneliese nur und suchte in einer Schublade nach etwas. Sie sah mich nicht an.

»Vielleicht war's ja er«, setzte ich zaghaft hinzu.

Anneliese wühlte weiter in der Schublade und brummte etwas von: »So ein Unsinn.«

Was war daran Unsinn? Er hatte zumindest ein Motiv. Ich fand es sehr einleuchtend, dass man von dieser Quark-und-Gemüse-Ernährung eine Psychose bekommen musste. Und bei so einer Mutter auch zu allem fähig war, eingeschlossen das Erstechen von Organisten.

»Wenn, dann war's seine Mutter«, erklärte sie sich dann. Ich sah entsetzt ihren Rücken an, während sie sich umdrehte und grinste. »Oder glaubst du, der Sebastian bringt so was fertig?«

Schwer zu sagen. Gegenüber seiner Mutter konnte er sich auf jeden Fall nicht durchsetzen. Er aß noch immer jede Menge Quark und spielte brav Orgel, wenn seine Mutter das so wollte. Aber wenn sie ihm jetzt gesagt hatte, pass auf, Sebastian, morgen gehst in die Kirch' und machst ein End' … Außerdem konnte man sich dann auch erklären, wieso Großmutter ihn nicht gesehen hatte. So grauweiß, wie er aussah, fiel er unter den aberhundert grauweißen Heiligen gar nicht weiter auf.

»Schmarrn«, sagte sie schließlich und schüttelte den Kopf, als wäre es seltsam von mir, so etwas zu glauben.

»Und wer soll denn sonst Orgel spielen?«, kam sie schließlich auf meine Frage zurück. »Du vielleicht?«

Wir sahen uns ein paar Sekunden zu lange an.

»Stimmt des, dass du Fingerabdrücke hast abgeben müssen? Und deine Wawa auch?«, fragte sie.

In unserem Dorf blieb nichts geheim. Ich fragte mich nur, wer die undichte Stelle bei der Polizei war. Der Schorsch wahrscheinlich. Vielleicht streute er aber auch selbst diese Gerüchte, nur damit er in aller Ruhe ermitteln konnte. Ich musste mal ein ernstes Wörtchen mit Max reden. Um genau zu sein, hatte ich bereits ein ernstes Wörtchen mit Max geredet.

Also mehr geschrien. Ich hatte mehrere ernste Wörter geschrien, wobei jedes dritte Wort so ähnlich wie »Depp« klang. Das war für unsere Partnerschaft zwar nicht unbedingt stabilisierend, aber immerhin war ihm klar geworden, dass das mit den Fingerabdrücken von Großmutter und mir eine ganz schlechte Idee gewesen war. Und dann noch den Schorsch vorbeischicken, der sich dumm stellte und so tat, als wäre das alles Routine. Fingerabdrücke nehmen war keine Routine. Das wusste auch jemand wie ich, die ich noch nicht lange einen Fernseher hatte.

Es konnte doch keiner mit normalem Verstand davon ausgehen, dass Großmutter oder ich mit dem Wanninger-Mord zu tun hatten. Max hatte zwar immer wieder beteuert, dass er überhaupt nicht an den Ermittlungen beteiligt war und dass er natürlich davon ausging, dass weder Großmutter noch ich damit zu tun hatten. Aber trotzdem könne er sich unmöglich in die laufende Entwicklung einschalten. Wir würden doch bestimmt durch die Sache mit den Fingerabdrücken entlastet.

»Was heißt hier entlastet«, hatte ich geschrien, »natürlich sind meine Fingerabdrücke darauf.« Schließlich hatte ich das blöde Teil doch aufgehoben. Ob sie auch mal an den Schorsch gedacht hätten. Der hatte die Schlüssel ebenfalls in der Hand gehabt.

Großmutter war da viel cooler gewesen. »Die vom CIA wieder«, hatte sie nur gesagt und war sogar mit zur Polizei gegangen. »Da hast keine Chance ned. Die wenn dich ins Guantanamo Bay einliefern wollen, dann machen die des. Da kannst froh sein, wenn s' ned in dein Haus kommen und vorher alles zertrümmern.«

Mir blieb der Mund offen stehen. Wie kam sie denn auf so etwas? Hatte sie etwa heimlich im Fernsehen einen Gruselschocker angesehen? Ich wusste nur, dass der Schorsch ganz schön Ärger von mir bekommen würde, wenn er auf die Idee kommen sollte, unser Inventar zu zertrümmern.

»Ich muss dann mal«, sagte ich schlechtgelaunt zu Anneliese.

»Bye, bye«, hörte ich hinter mir und ließ die Tür zufallen.

Bye, bye. Meine Freundschaft mit Anneliese durchlief gerade eine harte Bewährungsprobe. Wenn Anneliese nicht mehr bayerisch sprach, bedeutete das nichts Gutes. Das mit den Resopalplatten war ja bestimmt vorübergehend, wobei diese intensive Beschäftigung mit Einbauküchen höchst seltsam war. Man wusste nie genau, zu was sich das bei Anneliese auswuchs. Momentan erschien sie vielleicht wieder sehr angepasst, hantierte ständig mit Tupperschüsselchen herum, wusch alte Joghurtbecher aus und verbrachte ihre Nachmittage bei Bibelkreisen oder Recyclinghöfen. Aber je mehr sie sich in so etwas hineinsteigerte, desto misstrauischer wurde ich. Die letzten Jahre war ich der festen Meinung gewesen, sie und ihr Mann wären das klassische Ehepaar, das bis zu ihrem fernen Tod vor dem Flachbildfernseher liegen würde. Dass Anneliese acht Jahre lang eine Affäre mit dem Pfarrer haben könnte, von ihm Kinder bekommen würde und den ganzen Tag an leidenschaftlichen Sex dachte – das konnte man doch nicht ahnen. Ich wusste es schließlich auch erst, seit ich angefangen hatte, Leichen zu finden.

Etwas Gutes hatte der Besuch immerhin gehabt. Ich hatte erfahren, was mit Troidls Frau passiert war. Anneliese wusste nämlich immer bestens Bescheid über sämtliche Tauf-, Heirats- und Sterbefälle. Sogar die, die schon länger zurücklagen.

»Der hat die Anna Hirschinger g'heirat'«, hatte sie mir verraten. »Aber glücklich war die Ehe ned.«

Wen wundert's. Anneliese hatte wie immer eine andere Meinung. Angeblich war die Anna im Kirchenchor, den der Wanninger geleitet hatte. Und sie war eine wirklich gute Sängerin gewesen, das konnte ich bestätigen. Und wiederum angeblich hatte der Wanninger ihr eingeredet, dass sie so gut sei, dass sie den Sprung nach oben schaffen könnte.

Daraufhin war sie gegangen. In einen wirklich guten Chor. Oder hatte eine Gesangsausbildung gemacht. Und irgendwann, in vielen, vielen Jahren, würde sie als alternde Diva zurückkommen, zum Troidl. Das hatte jedenfalls die Mutter von der Anna gesagt. Meiner Meinung nach war das höchst unwahrscheinlich. Wenn man einmal den Sprung aus einem Haushalt mit einem solchen Schuhkastl geschafft hatte, kam man sicher nicht als alternde Diva zurück und beschäftigte sich mit dem Unrat auf Möbelstücken.

Wenn das mal nicht ein richtig gutes Motiv für einen Mord war. Vielleicht etwas spät, aber manche Leute hatten eben kein so schnelles Reaktionsvermögen.

Ich drehte mich um und starrte auf die Tür. Ein selbst gemachter Türkranz. Ein selbst getöpfertes Türschild. Ein buntes Haus mit zwei Kindern und Mama und Papa. Darunter stand in geschwungener Schrift: Hier wohnt die Familie Meier.

Nicht, dass es mich etwas anging. Aber ich musste daran denken, dass bei dem letzten Todesfall, in den ich involviert war, Anneliese von Anfang an mehr gewusst hatte, als die Polizei je erfahren würde. Aber ich wollte ihr natürlich nichts unterstellen.

Der Wind pfiff über die Fischweiher. Ausnahmsweise trabte mein Hund brav vor mir her. Alles Berechnung. Dass er sich besser fühlte, war rein subjektiv. Allein die Erwartung, einen toten Fischkadaver zu finden, gab ihm mächtig Aufwind. Ich beobachtete ihn misstrauisch und versuchte, immer möglichst dicht an ihm dranzubleiben. Das war nämlich eines der großen Probleme, wenn man im Herbst diesen Spaziergang machte. Dann waren die Fischweiher abgelassen, und wenn man Pech hatte, lag irgendwo noch ein toter Fisch herum, den der Troidl hatte verrecken lassen. Und so kleine Krippln waren dem Troidl total wurscht, die lagen manchmal in rauen Massen auf dem Trockenen.

Wenn mein Hund so einen vor mir entdeckte, hatte ich ein echtes Problem. Denn im Falle eines wirklich widerwärtigen Geruchs setzte sein Gehör komplett aus. So ein schrilles Kreischen eines Frauchens, das Nein brüllte, ging komplett unter in dem Feuerwerk der Gefühle, das ihm zuschrie: Tu es!

Dann versagten ihm regelmäßig die Knie. Und nur, wenn ich direkt bei ihm war, konnte ich verhindern, dass er sich in epileptischen Zuckungen auf dem Kadaver wand. Jeder Dreck war nichts gegen toten Fisch, das bekam man aus einem Hundefell einfach nicht raus. Ich dachte etwas über die biologische Bedeutung dieses Phänomens nach – vielleicht war es ja Geruchstarnung oder so etwas? Man konnte sich als Hund dann ganz leicht an allen Gartenzäunen vorbeischleichen, ohne dass ein anderer Hund wüst bellend auftauchte. Denn jeder Hund dachte sich dann, ach, ist ja gar kein Hund. Da kommt ein toter Fisch gerannt. Oder so ähnlich.

Jedenfalls blieb ich aus gutem Grund direkt neben meinem Hund und suchte mit den Augen den Weg und das Ufer ab, um rechtzeitig eingreifen zu können. Und nur deswegen sah ich das Teil. Es war schlammverschmiert, aber trotzdem noch so weiß, dass es aus dem schwarzen Schlamm herausleuchtete.

Ich beobachtete die Fischreiher auf der anderen Seite, die edel und vornehm am Rande standen. Hin und wieder erhob sich einer elegant in die Lüfte und winkte mit seinen riesigen Schwingen. Die meiste Zeit standen sie jedoch bewegungslos und aristokratisch herum und ignorierten die Welt um sich. Ich versuchte eine Weile auch, die Welt um mich herum zu ignorieren. Aber mir fehlte eindeutig ein spezielles Fischreiher-Gen dazu. Denn es gelang mir nicht zu vergessen, was da vor mir lag, wie es hierhergekommen war und was es bedeuten könnte. Und was ich jetzt machen sollte.

Besonders über den letzten Punkt stritt der innere Schweinehund mit mir. Meine gute Seite dachte an göttliche Strafaktionen und schwarz gewordene Zungen und Ohrwascheln. Meine schlechte Seite dachte daran, dass ich nicht den gleichen Fehler machen sollte wie beim Orgelschlüssel. Manchmal war es einfach besser, die Dinge wie ein Fischreiher zu handhaben. Regungslos am Ufer stehen und in eine andere Richtung schauen. Ich probierte es eine Weile. Aber mit meinen Augen war etwas nicht in Ordnung, es war, als wären sie metallisch. Und das Teil im Schlick ein Magnet.

Natürlich hatte ich gleich gewusst, was es war. Und eigentlich auch, von wem es stammte.

Die g'schnapperte Bixn, hörte ich meine Großmutter.

Man muss wissen, dass der Kreiter nur einen Sohn hat, den Hans. Hans Kreiter. Seine Mutter hatte im Krankenhaus entbunden, was die Ursache allen Übels war, wie Großmutter immer behauptete. Jahrelang war er im Dorfgedächtnis nur der Dorfdepp gewesen. Bis eines Tages die Volkshochschule in der Stadt in ein anderes Gebäude umzog. Da durfte er mithelfen. Kisten schleppen, das konnte er. Zwar nicht besonders gut, weil er meistens vergaß, wohin mit dem Zeug, und es dann irgendwo stehen ließ.

Deswegen – das ist zwar nicht überliefert, aber so malte

ich es mir aus – kam er auch dazu, einen Kurs zu belegen. Wahrscheinlich ist er versehentlich in einen Raum hinein, hat dort seine Kisten abgestellt und ist einfach geblieben. Wie der Kurs hieß, weiß auch keiner. Vermutlich »Recycling von unbrauchbaren Gegenständen zu Kunstobjekten«. Oder »Entrümpeln der Garage leicht gemacht, in 10 Abenden«. Jedenfalls wurden dort sehr originelle Dinge produziert.

Der Hans blieb tatsächlich in dem Kurs und kam mit einem Kunstwerk zurück, das man locker in die Pinakothek in München hätte stellen können. Wenn es der Hans hergegeben hätte. Hätte er aber nie.

Das Kunstwerk sah aus, als hätte man einer Mörtelmischmaschine Flügel aus alten Handrührgeräten angeschweißt. Die Mama vom Hans, die Kreiterin, wollte das Teil nicht im Haus haben. Der Papa vom Hans, der Kreiter, wollte es nicht im Garten haben. Aber er verlor den Streit. Seitdem steht die geflügelte Mörtelmischmaschine im Vorgarten, direkt neben dem gefliesten Häuschen für die Mülltonne, das die Mama vom Hans jeden Donnerstagmorgen mal durchwischt.

Die Anzahl der Kunstwerke wuchs von Jahr zu Jahr. An eines konnte ich mich besonders gut erinnern, weil es ein Teil war, das selbst meine Toleranzgrenze für Kunst überschritt.

Der Großteil des Werks bestand aus dem Klostuhl seiner verstorbenen Großmutter. Es war nicht irgendein Stuhl, sondern ein selbst gemachter. Der alte Kreiter hatte selbst ein Loch gesägt. Anscheinend hatte er nicht gewusst, dass Stühle aus der Gründerzeit eigentlich etwas wert waren.

»Der greißliche Stuhl, der greißliche«, hatte er zu meiner Großmutter gesagt. »Des dunkle Holz. Der g'schnitzte Krampf.«

Jedenfalls saß seine Mutter dann auf einem antiken Klostuhl.

Das Makabre an dem Kunstwerk war nicht der Stuhl an sich, sondern dass Hans auch noch das Gebiss seiner Großmutter recycelt hatte. Direkt auf der gedrechselten Lehne war das Gebiss angeklebt, das obszön in den Himmel schrie.

»Des kannst ned machen«, hatte die Rosl zur Kreiterin gesagt. »Die Mare«, das war die Großmutter, »die dreht sich im Grab um.«

»A geh!«, hatte die Kreiterin geantwortet – jedenfalls erzählte man sich das beim Metzger. »Die Zähn ham ihr eh nimma passt. Die wär uns schon amal beinah dastickt, wega dene Zähn.« Weil sie nämlich beim Essen beinahe auch das Gebiss mit verschluckt hatte. Und dann hatte die Kreiterin der Schwiegermutter bis in die »Gurgl« runterlangen müssen, um die Zähne wieder hervorzufischen.

»Und g'scholten hat s' dann«, hatte die Kreiterin böse erzählt, die sich darüber ärgerte, dass sie ihrer Schwiegermutter das Leben gerettet hatte und dafür nur beschimpft worden war. »Dann hamas wegg'räumt.« Das Gebiss. In die Schublade mit dem gesammelten Kreiter'schen Krimskrams. Ganz hinten rein, dass weder der Hans noch die Oma das Gebiss finden konnten, um es wieder einzusetzen. Darum hatten sie auch vergessen, das Gebiss mit in den Sarg zu geben. Sie hatten der alten Kreiterin nämlich den Mund schon zugebunden gehabt und ihn dann nicht mehr aufgebracht, um die Zähne einzusetzen. Versucht hatten sie es natürlich schon, weil die Kreiters keine Hemmungen haben, aber es hat nicht mehr funktioniert. Irgendwann hatten sie das Gebiss dann vollkommen vergessen. Bis der Hans es wiederfand. Jedenfalls hatte ich mir dieses Gebiss ein paar Mal angesehen. Diese morbide Schaulust trieb das ganze Dorf ein paar Wochen am Kreiter'schen Kunstpark vorbei, bis sich alle daran gewöhnt hatten.

Ich sah nicht auf das Gebiss, das dort im Matsch lag. Vielleicht wollte ich gar nicht wissen, ob es die Zähne der Maria Kreiter waren. Vielleicht hätte ich es auch einfach liegen lassen sollen. Ich dachte an den Hans und an seine manchmal etwas verquere Art, mit Recht und Gerechtigkeit umzugehen. Ich versuchte mich zu erinnern, ob der Wanninger und der Hans etwas miteinander zu tun gehabt hatten. Ich versuchte mich an die Kreiter Maria zu erinnern. Die Mare, hatte Großmutter immer gesagt. Während ich die Augen aufeinanderpresste, hatte ich den Eindruck, dass mir zur Mare jede Menge Geschichten einfallen würden, wenn mir nur nicht so eiskalt wäre.

Mein Hund hatte es doch noch geschafft, einen Fischkadaver zu finden. Der tote Fisch war zwar sehr klein, aber nicht weniger geruchsintensiv. Ich beschloss, das Gebiss als Beweisstück im Weiher zu lassen und als Erstes meinen Hund zu baden.

Früher hatte ich abgelassene Weiher geliebt. Es hat mich immer unglaublich glücklich gemacht, keine Ahnung, wieso. Schön sahen die Weiher nämlich nicht aus. Denn wenn kein Wasser im Weiher war, sah man nur den schwarzen Boden, der von einem teerigen Schlick bedeckt war. Dieser Schlick war es vermutlich, der uns immer so anzog. Er war eine echte Herausforderung, denn die schwarze Masse gab immer mehr nach, als man dachte. Eine Weile ging das immer gut, aber dann wurde man wagemutiger und traute sich weiter hinein. Und der letzte Schritt war immer ein Schritt zu weit.

Es hatte sich jedenfalls nichts geändert. Die Pappeln wisperten noch immer mit ihren tausendblättrigen Stimmen. Und noch immer roch es nach totem Fisch und faulen Eiern.

Und Max, der neben mir stand, wirkte nicht so, als würde ihn dieser Geruch glücklich machen. Ich starrte auf die feucht glitzernde schwarze Oberfläche des Teichgrunds. Tierspuren durchzogen die gemaserte Fläche.

Während ich beobachtete, wie der Blomberg zur Rettung des Gebisses schritt, bedauerte ich schon meine Blödheit, Max angerufen zu haben. Max hatte einen Blick drauf, als wäre er damit gestraft, eine Freundin zu haben, die Gebisse fand.

Der Blomberg hatte anscheinend in seiner Jugend nicht genügend Möglichkeiten gehabt, Naturerfahrung zu sammeln. Jedenfalls hatte er keine Erfahrung mit abgelassenen Weihern. Denn er war überhaupt nicht vorsichtig und versank mit beiden Beinen bis zu seinen strammen Waden in dem schwarzen Schlaaz. Ich war sehr stolz auf mich, dass ich darüber nicht lachte.

Alles ging sehr schnell, und keiner fragte mich etwas. Danach durfte ich mit Max nach Hause fahren und sogar selbst ans Steuer, was irgendwie verdächtig war. Anscheinend dachte Max, dass ich sowieso nicht mehr lange auf freiem Fuß sein würde, und wollte mir eine richtig coole Fahrt im Audi gönnen, bevor die Gefängnistore hinter mir zuschlugen. Ich beschloss, das nächste Gebiss einfach im Weiher vom Troidl liegen zu lassen. Ich fuhr mit leicht überhöhter Geschwindigkeit in die Kurven, um Max an meinem Ärger teilhaben zu lassen.

An der Hauptstraße sah ich schon die Bärbel Hirschinger draußen stehen. Das ist unsere Friseuse, und die macht das mit dem Waschen-Schneiden-Legen wahrscheinlich schon seit 100 Jahren. Sie kann nicht besonders viele Frisuren, aber die Frisuren, die sie kann, macht sie dafür alle vollkommen identisch. Das finden die Rosenkranztanten ganz toll, weil man sich darauf verlassen kann, dass es immer gleich aussieht.

Besonders von hinten sind die meisten Frauen im Dorf nicht einwandfrei zu identifizieren. Beispiel Beerdigung. Da ich meist ganz hinten stehe, sehe ich vor mir nur eine Front von grau-geschneckelt (über 50), oder im Nacken kurz, Deckhaar lang (bis 50). Gar nicht so einfach.

Die Bärbel winkte mir energisch zu, und Max bat mich, anzuhalten. Das tat er nur, weil er keine Ahnung von unserem Dorfleben hatte. Er würde sich bestimmt in den nächsten zehn Minuten mindestens zehnmal denken, dass er besser weitergefahren wäre. Aber nach seinem Verhalten in der letzten halben Stunde hatte ich keine Lust, ihn vor dieser Erfahrung zu bewahren.

»Die Langsdorferin wär jetzt fertig«, sagte sie zu mir, dann lächelte sie Max so gewinnend an, als wollte sie einen neuen Kunden werben.

So, Max, das hast du nun davon. Aber ich fand, dass ihm das nur recht geschah, nachdem er so verbittert neben dem Gebiss gestanden und mich nicht angesehen hatte.

»Die Langsdorferin«, sagte ich und kostete die Situation aus. Wer wusste schon, wie lange ich noch in der Lage war, Langsdorferinnen heimzufahren. Im Gefängnis würde ich mir bestimmt wünschen, ich könnte einmal die Woche die Langsdorferin durchs Dorf kutschieren. Jetzt dachte ich mir mehr, dass mein blöder Hund bestimmt die Situation ausnutzte und sich halb nass und noch immer stinkend auf meinem Bett wälzen würde. »Da muss ich jetzt rein«, erklärte ich Max. «Die Langsdorfer Resi sieht nämlich kaum was.«

Max sah aus wie kurz vor dem Koma.

»Die findet sonst nie heim«, erklärte ich. »Und ihre Schwiegertochter, die geht doch ganztags arbeiten und kann sie nicht holen.« Sagte jedenfalls die Bärbel, wenn man sie danach fragte. Und meist sagte sie noch so etwas wie die faule Bixn, die faule. Wenn ich mit dem Langsdorfer verheiratet wäre, würde ich auch ganztags arbeiten gehen. Als ich ausstieg, beugte sich die Bärbel zu Max runter.

»Mei, der Herr Kommissar«, sagte sie, und ihr Lächeln wurde noch breiter. »Ham S' ihn scho?«

Max sah aus, als hätte ein Außerirdischer seinen Menschenkopf abgeschraubt.

»Nein«, antwortete ich für ihn. »Noch keine konkrete Spur.« Wie ich ihn kannte, verstand er erst jetzt die Frage. Haben Sie ihn schon, den Mörder vom Wanninger. Wie konnte man nur einen Kommissar in unser Dorf schicken, der nicht einmal die Fragen der Einwohner verstand? Genauso wie der Blomberg. Die zwei meinten vielleicht, ich hätte sie nicht durchschaut, aber dieser hilfesuchende Blick zum Schorsch verriet alles. Wieso sollte man sonst hilfesuchend den Schorsch anschauen.

Ich ging unter dem Schild »Uschi's Haircutting Studio!« in den Laden. Das Schild war neu. Den alten Strohblumenstrauß hatte sie ebenso weggeworfen wie das blau-gebleichte Bild einer Friseurwerbung. Wieso sie sich ausgerechnet Uschi nannte, wusste keiner, weil sie ja Bärbel hieß. Die einzige Ursula, die wir kannten, war die Ursula Spreitzer, Gott hab sie selig, das war die Großmutter vom Schorsch und nicht unbedingt ein Vorbild für die Zunft der Friseure. Außerdem hatte sie jeder Urschel genannt, und nicht Uschi. Aber so war das wahrscheinlich mit der Innovation, man musste es nicht unbedingt verstehen.

Die Langsdorferin saß frisch onduliert auf ihrem Stuhl und wartete. Sie hatte sich eine Zeitung knapp vor die Augen gehalten und runzelte angestrengt die Stirn. Anscheinend erkannte sie nicht, was es war. Die Bärbel reichte mir den Mantel.

»Der Kommissar ist ein fescher Bursch«, raunte sie mir zu. »Auf den würd' ich aufpassen.«

Aufpassen? Dass er nicht wie der Wanninger erstochen wurde? Dass er nicht auf und davon ging, weil ich ständig ältere Damen nach Hause fuhr? Oder dass er nicht das Weite suchte, weil ich immerzu in Mordfälle verwickelt war?

»Was is denn des?«, fragte mich die Langsdorferin.

Ich half ihr mit dem Mantel und warf einen Blick auf die überdimensionalen nackten Brüste, die sie eben betrachtet hatte. Man sah eine unbekleidete, üppige Blondine, die sich auf einem Leopardenfell räkelte. Porno-Zeitschriften gehörten anscheinend auch zu Bärbels neuem Image. Vermutlich hatte ihr jemand geraten, Männer mit gewissen Zeitungen zu ködern.

»Oh je«, sagte ich nur. »Ich fahr' dich heim.«

»Der Kommissar wartet draußen«, fügte die Bärbel hinzu.

Max sah noch immer sehr intergalaktisch aus, als wir draußen ankamen.

»Was war des, hast du g'sagt?«, fragte die Langsdorferin noch einmal vom Rücksitz aus. »Ein Ufo?«

»Nein. Das waren die Riesenbrüste von so einer nackerten Blondine«, erklärte ich, um Max etwas aufzuheitern.

»Ganz nackert?«, fragte sie interessiert, während ich die Tür zuknallte.

»Nicht ganz.« Ich startete den Motor. Immerhin hatte sie einen winzigen Stofffetzen untenrum angehabt. Max musste jetzt auch grinsen und legte mir seine Hand auf den Oberschenkel. Na also.

»Und du wirst grad verhaftet?«, fragte sie weiter. Im Rückspiegel sah ich, dass sie die Augen zusammenkniff, um besser sehen zu können, was Max' Hand auf meinem Schenkel machte.

»Klar. Er hat mich schon mit Handschellen ans Lenkrad gefesselt, damit ich nicht fliehen kann«, erklärte ich ihr. »Wir sind gerade auf dem Weg zum Gefängnis. Ich fahr dich nur schnell heim, dann geht's gleich weiter.«

Sie war begeistert und lehnte sich entspannt in den Sitz. »Aber sie war's nicht«, erklärte sie an Max gewandt. »Die Lisa war ja damals gar ned in der Kirch'.« Sie verzog etwas unzufrieden den Mund. »Die Lisa geht sowieso recht wenig in die Kirch'.«

Woher sie das wusste, weiß ich auch nicht. Schließlich sah sie fast nichts. Ob es eine Strichliste gab, wer wie oft in der Kirche war? Der Bet würde ich das wirklich zutrauen.

Max drehte sich abrupt um. »Sie waren auch in der Kirche?«

»Freilich«, sagte sie und kniff die Augen noch mehr zusammen. Mich überlief ein eisiger Schauer. »Am Vormittag geh ich immer in die Kirch'. Und die Lisa war ned drin.«

»Und wer war in der Kirche?«, fragte ich, während ich mit überhöhter Geschwindigkeit um die Kurve geigte. Jetzt würde sich der Fall auflösen. Und dann sollte der Max noch mal sagen, dass unser Dorfleben nicht funktionierte. Und dass das mit der Anonymität in der Stadt wunderbar sei. So ein Unsinn. Es gibt nix Schöneres, als wenn man nach Ewigkeiten jemanden findet, der einem ein Alibi liefert.

»Mei. Die Wild Anna war da. Die wollt a Weihwasser.« Sie machte eine Pause. »Ich bin ja bald heim. Des Getöse hat kein Mensch ausgehalten. Ich hab mir denkt, mei, jetzt setzt er sich auf die Orgel. Und des soll schön sein.«

Sie schüttelte missbilligend den Kopf. »Dann hab ich mir

das Knie ang'stoßen. Weil ich rauswollt. Und die Wild Anna hat mich am Arm genommen und hat g'sagt, renn ned gegen den Beichstuhl. Den ham s' erst vor Kurzem g'richt. Weil der Wanninger mit der Leiter dagegeng'rannt ist.«

Wir schwiegen eine Weile. Der Wanninger wieder. Haut mit der Trittleiter die Beichtstuhltür ein. Das war doch schon wieder ein Motiv.

Irgendetwas stimmte an der Sache nicht. Mir war nur noch nicht aufgefallen, was es war. Die Langsdorferin und Großmutter. Der Beichtstuhl. Der Wanninger, der sich auf die Orgel setzt. Großmutter hatte nichts von der Langsdorferin erzählt. Aber das war eher normal. Wenn man sie danach fragen würde, würde sie bestimmt nur unwillig den Kopf schütteln und sagen, freilich, die Langsdorferin war da. Wieso hätt' ich des sagen sollen? Die is doch jeden Morgen in der Kirch'. Wär beinahe gegen den Beichtstuhl gerumpelt. Is des so wichtig? Die rumpelt immer wieder wo gegen. Auch Max schwieg. Er hatte seinen undurchdringlichen Polizistenblick. Jetzt konnte ich nur noch hoffen, dass die Langsdorferin als Zeugin durchging. Sie war schließlich nicht ganz blind.

Junge Frau findet wichtiges Beweisstück in Troidl'schem Fischweiher, hatte der Abschlepp-Kare seinen Artikel betitelt. *Im Mord an Organisten steht die Polizei noch immer vor Rätseln.*

So ein Depp, der Kare. Als hätten wir in unserem Dorf momentan mehrere Morde aufzuklären. Er hatte aus dem Internet ein Bild eines Gebisses heruntergeladen, das man jetzt in Übergröße bewundern konnte. Was dachte er sich überhaupt? Dass seine Leser keine Gebisse kannten, oder was? Die größte Frechheit war das kleine Foto daneben.

Denn darauf war ich von hinten zu sehen. Und jeder würde wissen, dass ich das von hinten war. Und ich sah aus, als hätte ich einen unglaublich breiten Hintern. Ob man die Zeitung deswegen verklagen konnte? Ich konnte doch unmöglich so einen Hintern haben!

»Da schaust aber dick aus«, sagte Großmutter hinter mir und sah mir über die Schulter. »Vielleicht solltest weniger Schokolade essen.«

»Das ist nur eine ungünstige Perspektive«, verteidigte ich mich.

»Und das Land trug in den sieben Jahren reiche Fülle«, fiel meiner Großmutter dazu ein, »und Josef sammelte die ganze Ernte der sieben Jahre, da Überfluss im Lande Ägypten war.«

Ich dachte lieber nicht darüber nach, was sie mir damit sagen wollte, sondern sah wortlos in die Zeitung.

War es ein Ritualmord?, stand groß und kursiv in einem kleinen Kasten. *Der Biss gibt einem zu denken. Sollte ein Profiler zu Rate gezogen werden?* Profiler? Der Kare. Woher hatte er nur diese Ideen! Kare hatte mir ja gestanden, dass er gerne über die Todesliste geschrieben hätte, aber er hatte Schreibverbot bekommen. Damit die Bevölkerung nicht irre wird.

Der Kare. Der hatte sie echt nicht mehr alle. Eine Todesliste. Und das nur, weil der Loisl wie ein verschrecktes Huhn durch die Gegend rannte. Ein bisschen eigenartig war die Sache mit dem Loisl natürlich schon. Neulich hatte er der Kathl erzählt, dass es ein Massenmord werden würde. Weil's doch eh jeder wisse.

Als hätte irgendein Ritualmörder oder Massenmörder Interesse am Loisl! Ausnahmsweise hatte unser Chef mit seinem Todeslisten-Schreibverbot das Richtige getan. Andererseits, wenn es stimmte, was der Loisl sagte … Ein Ritualmörder, der unsere Dorfbevölkerung dahinmeuchelte. Und jeder wusste es, nur ich wieder nicht. Mich überlief eine Gänsehaut, obwohl ich wusste, dass der Loisl total daneben war.

»Der hat sich schon den ganzen Verstand wegg'soffen«, sagte Großmutter, als ich ihre Meinung zur Todesliste hören wollte. »Und die Bet, des is die gleiche.«

»Was? Die trinkt auch?«

»Geh, Mädl. Denk doch mit«, sagte sie kopfschüttelnd. »Die hat auch gemeint, dass das eine richtige Epidemie wird. Mit diesen Messerstechereien.« Sie senkte die Stimme. »Und sie meint, der Daschner ist der Nächste.«

Unser Pfarrer? Mir blieb der Mund offen stehen. Jetzt hatten wir schon keinen Mesner und keinen Organisten mehr. Das war der Untergang der katholischen Kirche.

Großmutter schüttelte mit einem lauten Tststs den Kopf, dann sah sie wieder in die Bibel.

… eine rituelle Tötung, die in einer vorgegebenen und stereotypen Weise und mit einer kommunikativen Funktion irgendeiner Art durchgeführt wird, las ich weiter. Am liebsten hätte ich jetzt »tststs« gesagt. Man sollte dem Kare das Googeln verbieten. Ständig kopierte er sich Sachen aus dem Internet heraus, der faule Sack, der faule. Aus Rache wegen des unpassenden Fotos von meinem Hintern würde ich ihm das nächste Mal Klebstoff zwischen die Tasten Steuerung und Copy tropfen. Dann hatte das endlich ein Ende mit der Abschreiberei aus dem Internet!

»Schau, der Metzger wird fünfzig«, sagte Großmutter hinter mir, als könnte ich nicht selbst lesen. »Da sollt er des endlich g'lernt ham, mit seine Wiener.«

Den faden.

Hans, na, das wäre ja gelacht, hätten wir nicht an Dich

gedacht! Fünfzig Jahre sind es wert, dass man dich besonders ehrt. Für kommende Zeiten, soll Glück dich begleiten. Mach weiter so, des passt scho so! Deine Elisabeth mit der Gitti und der Lotte.

Mach weiter so, des passt scho so. Was war denn das für eine Aussage. Ich beschloss, noch heute eine Verfügung zu schreiben, um festzuhalten, was ich zu Max' 50. Geburtstag alles nicht schreiben würde. *Des passt scho so* war so ein Satz.

»Der Metzger«, sagte Großmutter und drehte sich um, »also, wenn ich der Metzger gewesen wäre, ich hätt den Pudschek damals umgebracht.« Dann ging sie hinaus in den Flur. »Des Weihwasser is scho wieder aus. Hast du unsere Flaschen g'sehen?«, hörte ich sie im Flur schimpfen. Ich zog den Kopf ein, tat so, als hätte ich nichts gehört.

Wenn sie der Metzger wäre? Ein Erinnerungsbrei zog vor meinem inneren Auge vorbei. Der Metzger, wie er meine Mutter bediente. Ihr in den Ausschnitt schaute. Meine Mutter, wie sie dabei lachte und Wurst bestellte. Der Troidl, der nicht so lange brüllen konnte wie der Metzger.

Der Metzger und der Pudschek? Dazu hatte ich gar keine Einfälle. War der Pudschek vielleicht Vegetarier gewesen? Der Metzger. Der Metzger und der Pudschek, der Metzger und der Wanninger. Es hing bestimmt alles zusammen. Es wurde Zeit, dass ich den Metzger überführte, bevor ich unschuldig im Gefängnis landete. Eine Spur! Ich hatte eine Spur!

»Was ist mit dem Metzger?«, fragte ich, aber im selben Moment hörte ich die Haustür zuschlagen und war alleine im Haus. Ich musste nur noch herausfinden, was es mit dem Metzger und dem Pudschek auf sich hatte. Dann wäre der Fall geklärt, da war ich mir ganz sicher. »Fünfzig Jahre sind es wert, dass man dich besonders ehrt«, dachte ich bei mir und wusste schon, dass ich aus Großmutter nichts herausbekommen würde. Und aus dem Metzger auch nicht. Und dass das mit dem Ermitteln sowieso Käse war, wenn man sich nix traute, als seinen nächsten Bekanntenkreis zu interviewen. Außerdem musste ich mich mental auf den Advent vorbereiten, beschloss ich.

8

Es roch, wie es immer roch, wenn die Sonne im Winter auf das braune Holzhäuschen schien. Im Gegensatz zu früher fielen mir aber all die kleinen Unzulänglichkeiten auf. Die Fensterrahmen, einst weiß gestrichen, waren leicht ins Gräuliche verfärbt. Die Farbe hatte schon überall Risse und war gesprenkelt von winzig kleinen, grauen Flechten. Das Fenster blieb nur noch zu, weil ein Nagel so hingebogen war, dass er das Aufschwingen verhinderte. Ja, diese Nägel überall. Das war mir früher überhaupt nicht aufgefallen, dass in unserem Gartenhäuschen alles und jedes mit rostigen Nägeln befestigt war. Zum Beispiel hing eine Paketschnur an einem rostigen Nagel, mit einem Stift daran. Oder die geblümte Kittelschürze, die hier schon immer hing. Oder unser uraltes kleines Messerchen, das inzwischen so verrostet war, dass man damit bestimmt nichts mehr schneiden konnte.

Ich war schon so lange nicht mehr in unserem Gartenhäuschen gewesen, dass es mir vorkam, als wäre ich in einer ganz anderen Zeit. Natürlich konnte ich letztendlich dann doch nicht vergessen, in welcher Zeit ich war. Denn direkt hinter mir stand Blomberg, CIA-mäßiger als je zuvor. Und der Schorsch. Und der Max. Und keiner von ihnen sah mich richtig an.

Das war ein unglaublich schlechtes Zeichen. Wenn Schorsch hochdeutsch sprach und mich nicht ansah. Ich sah ihn vorsichtshalber auch nicht mehr an. Hoffentlich fiel ihnen gleich auf, dass man mit so einem uralten verrosteten Messerchen niemanden mehr erstechen konnte.

Eine ganze Weile hatte ich meine Ermittlungen auf Eis gelegt, in der Hoffnung, die Polizei würde ihren Mörder alleine finden. Aber man sah ja, wozu das führte. Jedenfalls nicht zur Ergreifung eines Mörders.

»Wir haben keine Leiche in unserem Häusl«, sagte ich schließlich zu Max. Er antwortete nicht. Wahrscheinlich war es verboten, Tatverdächtigen zu antworten.

Gestern waren wir noch im Bett gewesen, und er hatte keinen einzigen Hinweis darauf gegeben, dass die Polizei heute in unseren Garten einfallen würde. O. k. Vielleicht hatte er es zu dem Zeitpunkt noch nicht gewusst. Aber das war mir egal, er hätte mich warnen können. Wieso war er überhaupt hier? Soweit ich wusste, durfte er sowieso nicht mehr richtig mitspielen.

Bis auf die Befragungen von Großmutter.

Großmutter.

Sie verdächtigten doch wohl nicht allen Ernstes Großmutter? Aber aus welchem Grund sollte ansonsten Max dabei sein?

Blomberg sagte nichts, sondern streckte die Hand nach den Schlüsseln aus. Ich gab sie ihm, und er suchte nach dem Schloss. Max sah undurchdringlich auf den alten Hackstock neben der Tür.

Blombergs Männer versuchten, die Tür unseres Häuschens zu öffnen, während ich daneben stand und tat, als würde mich die Sache nichts angehen. Ausgerechnet das Gartenhäuschen. Wer kam denn auf so eine hirnrissige Idee. Aber da mit mir keiner sprach, sagte auch ich nichts, sondern sah gelangweilt auf die Holzbretter des Häuschens, die kleinen Fensterläden, die noch nie geschlossen worden waren, und das Holzgerüst, an dem im Herbst unsere dekorativen blauen Trauben hingen. Sie hatten ein Meer von Kernen im Inneren. Eigentlich bestanden sie nur aus Kernen. »Die kannst mitessen«, hatte Großmutter immer gesagt. Von wegen. Ich war mir sicher, dass ich die gleichen Symptome wie der kleine Lehmer bekommen würde, wenn ich diese Unmassen von Kernen im Gedärm hätte.

Und man sah ja, wohin das führte.

Ab heute würde ich wieder mit meinen privaten Ermittlungen beginnen. Wenn ich überhaupt konnte und nicht gleich in Untersuchungshaft kam.

Natürlich bekamen sie die Tür nicht auf. Die Tür musste man nämlich immer anheben, wenn man sie verschließen und öffnen wollte. Und vor allen Dingen half es nicht, wenn man versuchte, das Schloss zu öffnen – das war schon lange nicht mehr zu sperren. Schon mindestens zwölf Jahre lang nicht. Ich erbarmte mich und bog einen alten rostigen Nagel um, der oben an der Tür verhinderte, dass sie aufschwang. Max sah noch immer unverwandt auf ein Thermometer, dessen Skalierungsstriche schon verbogen waren. ›Apotheke zum Goldenen Löwen‹ stand darauf. Der Apotheker war schon lange tot. Eines vollkommen natürlichen Todes gestorben, nahm ich jedenfalls an. Aber wusste man es? So im Rückblick fragte ich mich wirklich, ob es nicht noch mehr ungeklärte Todesfälle in unserem Dorf gegeben hatte.

»Im Häusl ist nix«, sagte ich vor mich hin. Denn meine Meinung interessierte offensichtlich niemanden.

Dann gingen Blomberg und einer von der Spurensicherung in den Geräteschuppen, der so schmal war, dass eigentlich nur ein Mann darin stehen konnte. Ich stellte mich an die Tür und sah auch hinein. Ich wusste nicht, wann ich das letzte Mal hier drin gewesen war. War es letztes Jahr gewesen? Vorletztes Jahr? Oder noch länger zurück. Direkt hinter der Tür hing ein kleines Hackebeilchen, auf dem unmissverständlich braungetrocknetes Blut klebte. Blomberg zuckte mit dem Kinn, und der Mann von der Spurensicherung, bekleidet mit einem weißen Ganzkörperkondom, verpackte es ordentlich in eine Plastiktüte. Ich sah unser Hackebeilchen auf Nimmerwiedersehen in einer Asservatenkammer verschwinden.

»Brauchen Sie das noch?«, fragte Blomberg, als er meinen Blick sah.

»Nein«, antwortete ich und konnte nicht verhindern, dass ich mürrisch klang. Ich wich dem Blick von Max aus. Schließlich hatte ich nicht vor, in den nächsten Monaten Organisten, Mesner und Pfarrer niederzustrecken. Bei Polizisten war ich mir mittlerweile nicht mehr so sicher. Als mich Blomberg weiter so seltsam ansah, setzte ich erklärend hinzu: »Das haben wir nur zum Gockelschlachten gebraucht.«

Die Männer sahen mich an, als wäre ich verrückt.

»Nur die bösen Gockel«, erklärte ich weiter. »Die, die die Hennen immer über den Hof gehetzt haben. Bis sie keine Federn mehr hatten.« Als ich die seltsamen Blicke der Männer sah, fügte ich noch entschuldigend hinzu: »Aber wir haben keine Gockel mehr. Auch keine braven.«

Der Blomberg sah aus, als wäre er lieber in Amerika und beim CIA. Notfalls auch in Russland. Hauptsache nicht hier.

»Aber unsere Weihwasserflasche. Das wäre nicht schlecht, wenn wir die wieder hätten«, hakte ich nach, da es schon einmal um die Asservatenkammer ging. Großmutter hatte mich schon beschuldigt, sie zerbrochen zu haben. Und ich hatte mich nicht getraut zu sagen, dass sie in Wirklichkeit bei der Polizei war. Zu was brauchten die unsere Weihwasserflasche, fragte ich mich. Das hatte doch auf die Ermittlung überhaupt keinen Einfluss.

Oder doch?

Mir wurde wieder schlecht. Max verdrehte die Augen, als würde er unsere Weihwasserflasche unwichtig finden. Ich hoffte, dass dieses Erlebnis seine Potenz nicht beeinflussen würde.

Der Blomberg nickte wortlos und drehte sich wieder dem Schuppen zu. An einem rostigen Nagel hing eine Mausefalle, ebenfalls verrostet. Ein alter Laubrechen, verrostet. Eine Zange. Eine alte Zahnbürste mit schwarzen, ölig verschmierten Borsten. Ich sah auf den Boden und beschloss, mir nicht weiter anzusehen, was wir da drin noch alles aufhoben. Irgendwie war es mir doch etwas peinlich. Durch die Bretterwand malte die kalte Wintersonne helle Striche auf den durchgelaufenen Bretterboden, auf dem man jetzt die nassen Fußabdrücke von kondomumhüllten Männern sah.

»Was ist da drin?«, fragte Blomberg, der neben mich getreten war, und zeigte auf eine Kiste, die ganz hinten an der Wand stand. Wohl oder übel sah ich nun doch etwas genauer hin.

Es war eine alte Munitionskiste. Statt Scharnieren hatte sie Lederriemen, die sehr brüchig und hart aussahen. Ich konnte plötzlich nicht mehr schlucken. Die kenne ich nicht, wollte ich sagen. Aber mir blieben die Worte irgendwo tief unten im Kehlkopf stecken.

»Keine Ahnung«, sagte ich deshalb und atmete tief den Duft meiner Kindheit ein, den staubigen Geruch von sonnenbeschienenem Holz und vielen Spinnweben. In denen sich alles ansammelte. Gerüche, Erinnerungen, Gefühle. Gedanken.

Ich hatte eine freche Antwort auf den Lippen. Leichenteile. Da sammeln wir die ganzen Leichenteile, hätte ich gerne gesagt. Aber ich hatte plötzlich ein ganz ungutes Gefühl. Als könnte nichts so abstrus sein, als dass es sich nicht doch in dieser Kiste befinden könnte. Und der Polizistenblick von Max war plötzlich wachsam und warnend.

»Keine Ahnung«, wiederholte ich deshalb und sah Max immer noch nicht an. Ich würde sowieso nicht erkennen können, was er darüber dachte und was die beste Antwort war. Ich entschied mich für die Wahrheit. »Die gehört uns nicht.«

Das würde mir jetzt sowieso niemand glauben. Wieso sollte in unserem Gartenhäusl eine alte Kiste stehen, die uns nicht gehörte. Wieso fand ich eigentlich ständig Orgelschlüssel, Gebisse und alte Munitionskisten? Als der Polizist die Munitionskiste öffnete, verrutschte der Deckel. Er zog etwas heraus.

Einen alten Janker. Schlecht geflickt, hörte ich meine Großmutter im Geiste. Das muss er selbst gemacht haben. Keine Frau flickt so. Dem Blomberg fiel das anscheinend nicht auf, denn er sah nur mich an.

»Gehörte die Ihrem Großvater?«, fragte er.

»Ich habe keinen Großvater«, sagte ich.

»Sie hat keinen Großvater«, wiederholte Schorsch auf Hochdeutsch. Ich bedachte ihn mit einem sehr bösen Blick.

»Haben Sie die Kiste gestern Nacht in das Häuschen gestellt?«

»Nein«, antwortete ich wahrheitsgemäß. Ich sah Schorsch nicht mehr an, der Lehrgang hatte ihm gar nicht gut getan. Ich wollte gar nicht wissen, was für Rückschlüsse er sich gerade in seinem Gehirn zusammenschusterte. Und alle waren sie falsch. Da war ich mir ganz sicher.

Vielleicht waren sie aber auch nicht falsch. Vielleicht war ich eine Schlafwandlerin. Als kleines Mädchen war ich regelmäßig im Schlaf aufgestanden und hatte seltsame Dinge getan. Hatte jedenfalls meine Mutter damals erzählt. Großmutter hatte so etwas nicht erzählt. Nicht in letzter Zeit jedenfalls. Wieso fand sich aber alles bei uns wieder? Der Orgelschlüssel. Die Kiste.

In meinem Kopf dröhnte nur noch Kiste, Kiste, Kiste.

Der Mann in dem weißen Schutzanzug breitete die Jacke aus, dass man sehen konnte, wie groß sie war. Es war eine Männerjacke für einen mittelgroßen Mann. Sie sah alt aus, als hätte sie schon länger zusammengeknüllt irgendwo gelegen. Aber das war uninteressant.

Denn sie hatte ein Loch am Rücken, mit seltsam braunroten Rändern.

Ich sah nicht mehr auf die Jacke. Die Jacke ging mich nichts an. Wieso bemerkte das keiner? Wie kam es, dass die Handlung eines sehr seltsamen Filmes genau in unserem Garten stattfand? Die Sonne schien durch den Gartenzaun und malte dunkle Streifen auf den Schnee. Vom Apfelbaum war Schneenässe getropft, die ein Muster in den Schnee gebrannt hatte. Dazwischen lagen zwei verfaulte Äpfel. Großmutter hatte vor langer, langer Zeit alte faulige Holzstücke verwendet, um den wilden Wein abzustützen. Bei näherer Betrachtung würde er einstürzen, vielleicht auf diese Schar von misstrauischen Polizisten, dachte ich gehässig. Zur Strafe tropfte mir ein Wassertropfen aus der undichten Regenrinne ins Genick. Es war, als wäre alles nicht mehr echt. Als würde die Zeit immer langsamer ticken und sich unsere Sachen verwandeln. In lauter unbekannte Dinge. Unbekannte, gruselige Dinge. Verfaulte, unbekannte, gruselige Dinge. Ich starrte weiter auf das Muster der Wassertropfen im Schnee und fragte mich, wer vor unserem Gartenhäuschen gekehrt hatte. Der Schorsch?

»Und wem gehört die Kiste dann?«, seufzte der Blomberg.

Hatte ich eine riesige Sprechblase über dem Kopf, in der stand: Ich-weiß-wem-das-gehört? Die Männer sahen mich alle sehr interessiert an.

»Dem Pudschek«, flüsterte ich schließlich. »Da hatte er seine Zigaretten drin.« Aus der Kriegsgefangenschaft, dachte ich mir und sah keinen an. Ich wollte nicht sehen, dass sie alle aussahen, als würde ich meinen Kopf abschrauben. »Die hat er gegen Brot getauscht.«

Der Blomberg sah mich an, als wäre ich verrückt. Vielleicht war ich das auch. Ich fühlte mich jedenfalls plötzlich so komisch, als könnte ich tatsächlich verrückt werden.

»Später hat er darin seine Orgelnoten aufgehoben. Die sind neben der Orgel gestanden. Nach seinem Tod nicht mehr. Da waren die ganzen Noten auf einem Holzstuhl gelegen, und wenn man nicht aufpasste, dann rutschten sie alle hinunter.«

Die Männer sahen mich noch immer interessiert an. Mir versagte die Stimme. Und wenn die Noten ins Rutschen kamen, lagen sie alle durcheinander auf dem Boden. Dann hatte ich, die Lisa Wild, sie wieder alle aufheben müssen. Das sagte ich nicht mehr. Irgendwie hatte ich das Gefühl, dass ich dringend ein Alibi für den Mordtag gebraucht hätte. Wieso musste der Wanninger auch an einem Samstag ermordet werden, an dem ich nicht gearbeitet hatte?

Hatte die Kiste hier schon immer gestanden? Damals hatte ich mich nie gefragt, wieso die Kiste plötzlich weg war. Wieso auch. Dinge verschwanden manchmal, das wusste ich aus eigener Erfahrung. Mutter zum Beispiel. Mutter war von heute auf morgen verschwunden. Da war so eine Munitionskiste eigentlich … Mutter. Die Munitionskiste. Großmutter. Der Pudschek. Der Janker.

Das hing nicht zusammen.

Wir sahen alle die Kiste an, als wäre sie des Rätsels Lösung.

Wer sich die Kiste wohl nach seinem Tod unter die Nägel gerissen hatte? »Aber die Leut, die können alles brauchen«, hörte ich meine Großmutter sagen. Da brauchst ned meinen.

Max lehnte an seinem Auto und beobachtete den Himmel. Die kalte Dezembersonne verschwamm in den eisgrauen Wolkenbänken zu einem hellen malerischen Klecks. Es sah so kalt aus, wie es war.

Immerhin war ich noch nicht so stark verdächtig, dass ich mit niemandem mehr sprechen durfte. Oder sie trauten mir nicht zu, dass ich Max dazu zwingen könnte, mir sein Auto als Fluchtgefährt zur Verfügung zu stellen. Blomberg hatte anscheinend vor, noch ein Weilchen unseren Schuppen zu zerlegen. Nicht, dass ihm ein paar blutige Kleidungsstücke entgingen.

»Ich war das nicht«, sagte ich zu Max. »Ich bin doch nicht blöd. Horch mal. Ich verstecke in unserem Schuppen doch keine Munitionskistln.«

Etwas beleidigt horchte ich auf das Schweigen von Max. Wollte er meinen Geisteszustand nicht kommentieren? Wieso sagte er nicht, ja, Lisa, du bist nicht blöd. Du würdest das niemals machen. Wenn, dann würdest du es der inkontinenten Reisingerin in die Mülltonne stopfen.

»Jeder kann in unseren Schuppen gehen. Du hast doch gesehen, es war nicht abgesperrt«, fauchte ich ihn an. »Und einen rostigen Nagel kann jeder umbiegen.« Vielleicht nicht der schlaue Herr Blomberg und seine kondomverschweißte Crew. Aber in unserem Dorf konnte das jeder.

»Ich bin endgültig von dem Fall abgezogen«, seufzte er, seine Stimme klang erleichtert.

»Gut«, seufzte ich zurück. »Heißt das, dass wir dann ohne schlechtes Gewissen Sex haben können?«

Er grinste. »Wenn das dein einziges Problem ist.«

»Vielleicht sollten wir gleich miteinander ins Bett gehen«, schlug ich leise vor. »Man weiß nie. Vielleicht sitze ich morgen in Untersuchungshaft. Und anschließend unverschuldet 30 Jahre im Gefängnis.«

Max rollte wieder nur mit den Augen.

»Wer hat mich denn gesehen?«, fragte ich.

»Ich habe mit dem Fall nichts mehr zu tun«, antwortete er nebulös.

»Man kann hier gar nicht hinsehen«, beharrte ich. »Wie soll mich jemand gesehen haben?« Das ist doch bestimmt ein Komplott, hätte Großmutter gesagt.

Max' Blick schweifte von meinem Gesicht zu einem Punkt hinter mir. Das war bestimmt der greißliche Blomberg, der greißliche, dachte ich mir. Wieso hatte Großmutter nur den greißlichen Wanninger, den greißlichen gefunden? Ansonsten würde ich jetzt vor meinem Laptop sitzen und meinen Artikel über den Männergesangsverein zu Ende schreiben. Das war zwar auch nicht prickelnd, aber immerhin überschaubar.

»Am Orgelschlüssel sind keine Fingerabdrücke von Großmutter«, sagte er schließlich leise. »Nur die von dir. Und Teile eines Fingerabdrucks einer dritten Person, die wir aber nicht kennen.«

Ich sah ihn auffordernd an.

»Wir können nicht das ganze Dorf antreten lassen«, sagte er widerwillig, ohne dass ich etwas sagen musste. »Es muss ein begründeter Tatverdacht vorliegen.«

Was war das wieder für ein blödes Wort. Begründeter Tatverdacht. Wenn sie eh annahmen, dass ein verrückter Fremder gekommen war, dann brauchten sie auch in unserem Gartenhäusl nichts zu suchen. Wenigstens die Fingerabdrücke vom Metzger und vom Troidl könnten sie doch nehmen, das wäre schon einmal ein Anfang. Hatten sie alle schon wieder die blutige Metzgerschürze vergessen? Und dass der Troidl ein bisschen cholerisch war, das wussten alle. Außer dem Max und dem Blomberg.

»Die Metzgerschürze. Habt ihr über die schon eine Weile nachgedacht?«, forschte ich nach, um ihm einen geistigen Rempler zu geben.

Max seufzte als Erstes nur, dann antwortete er doch. »Auf der Schürze war Schweineblut.«

Hm. Na und? Das war vielleicht nur ein Trick, ein fieser.

»Er war in der Kirche und hat etwas herausgeholt«, erinnerte ich ihn. »Habt ihr herausgefunden, was das war? Vielleicht irgendwelche Indizien?«

Welche Indizien groß, schwer und sperrig sein konnten, war mir zwar nicht klar, aber das herauszubekommen war schließlich Aufgabe der Polizei.

»Außerdem hatte er seinen Hass auf den Pudschek«, half ich ihm auf die Sprünge. Ich wusste zwar noch nicht, wieso, aber so schwer konnte es doch nicht sein, das herauszufinden.

Jetzt seufzte Max nur noch.

Eigentlich verstand ich dieses Polizeiaufgebot wegen des Pudschek-Kistls gar nicht. Schließlich ging es um den Wanninger und nicht um den Janker vom Pudschek. Der Wanninger hatte die Pudschek-Kiste zwar auch eine ganze Weile benutzt, bis sie irgendwann verschwunden gewesen war. Aber bis die Polizei diese ganzen Zusammenhänge verstanden hatte, war ich wahrscheinlich schon in der Untersuchungshaft vergammelt.

Ich starrte an Max vorbei auf das Autodach. Der Wanninger. Vielleicht hatte der Wanninger den Pudschek ermordet, und daraufhin hatte … Hm.

Hätte ich doch bloß den blöden Orgelschlüssel in den Gully gekehrt. Aber immerhin waren Großmutters Fingerabdrücke nicht darauf, was ja wohl nur bedeuten konnte, dass sie nicht mehr verdächtig war. Aber der Schlüssel vor unserer Haustür und der Janker in unserem Gartenhäusl … Und dann hatte noch die Bet diese blödsinnige Aussage gemacht, dass keiner aus der Kirche gekommen war, außer Großmutter.

Und dass die Lehmerin in den polizeilichen Überlegungen überhaupt nicht auftauchte, fand ich eine Zumutung. Mir war es als Kind schon höchst verdächtig vorgekommen, dass die Lehmerin ihren Sohn immer in die Schule brachte und wieder abholte. Diese ständige Überwachung. Das war doch ein Indiz dafür, dass sie eine total gestörte Einstellung zu ihrem Muttersein hatte. Und mit jedem Mittel für ihren Sohn kämpfen würde. Andererseits war es auch fies, wenn ich sie so bloßstellte. Vielleicht hatte sie mit dem Mord ja gar nichts zu tun.

Mein Hauptverdächtiger war noch immer der Metzger. Tierblut auf der Schürze hin, Tierblut auf der Schürze her.

»Habt ihr denn schon mal überprüft, wer damals durch der Reisingerin ihr Tulpenbeet getrampelt ist? Vielleicht war das der Gleiche, der uns das Munitionskistl ins Gartenhäusl gestellt hat.«

Max seufzte, diesmal bedeutungsschwanger.

»Kann ich Sie kurz sprechen, Kommissar Sander?«, fragte der Blomberg hinter mir.

Ausgerechnet die Spurensicherung in unserem Haus. Wo ich schon jahrelang nicht geputzt oder abgestaubt hatte. Das war furchtbar. Ich hätte vorher aufgeräumt, wenn ich das gewusst hätte. Großmutter würde sagen, was sollen die Leute von uns denken.

Was wohl. Dass wir in unserem Gartenhäusl all unser Hab und Gut an rostigen Nägeln aufhängten. Dass wir alles aufhoben, was man zu nichts mehr brauchen konnte. Zu was war zum Beispiel die Zahnbürste mit den schwarz verschmierten Borsten gut? Jetzt war sie bestimmt auf dem Weg in irgendein Speziallabor und wurde auf DNS untersucht. Der Gedanke daran machte mich irgendwie wütend. Was für eine Verschwendung von Steuergeldern! Als würde irgendjemand auf so einem ekelhaften Teil freiwillig DNS-Spuren hinterlassen.

Und wieso hoben wir verschimmelte Zwiebeln in abgewetzten Stoffbeuteln auf? Während ich ins Haus ging, beschloss ich, sofort Schmutzwäsche in die Waschmaschine zu stopfen, unsere Badezimmertür zu versperren und den Schlüssel irgendwo zu verstecken, wo keiner ihn suchen würde. Notfalls das Klo hinunterspülen.

Es war ja nicht so, dass ich nie das Bad putzte. Aber in letzter Zeit hatte ich andere Dinge zu tun gehabt. Und Badputzen war nicht unbedingt auf der Prioritätenliste ganz oben gestanden.

Brauchte man nicht eigentlich einen Durchsuchungsbefehl für eine Hausdurchsuchung? Ich versuchte, mich an Krimis zu erinnern, aber dank meiner Großmutter war mein

Fernsehwissen minimal. Da sah man wieder, wie sich das rächte.

Jetzt, wo ich daran dachte, dass andere Leute unsere Wohnung durchsuchen könnten, sah ich alles mit ganz anderen Augen. Wie kam es nur, dass so viele Sachen herumstanden? Wieso hatte nicht schon längst jemand den Stapel Zeitschriften neben der Eckbank weggeworfen? Die waren total veraltet. Und der Wasserbecher, der auf dem Fensterbrett stand, war da schon ewig. Was tat der hier eigentlich? Man könnte ihn auch abspülen. War es ein Zeichen einer psychischen Störung, dass man Dinge, die eine Weile herumstanden, gar nicht mehr wahrnahm? Ich sah Blomberg schon durch unsere Wohnung gehen und dabei wortlos alles in sich aufnehmen. Die schäbigen Möbel, die gemäßigte Unordnung, die blitzblanke Edelstahlspüle, tausendmal gewienert von meiner Großmutter. Täglich. Der Strahlenapparat. Ich packte den Becher und stellte ihn in unsere Spüle. Wahrscheinlich würden die Ermittlungen dazu führen, dass ich in kürzester Zeit ein Kamerateam mit einer properen Blondine im Haus hatte, die sich freiwillig anbot, mein Haus neu einzurichten, wenn ich mich nur filmen lassen würde.

Direkt neben dem Wasserglas stand ein alter Plastikbecher mit Ersatzknöpfen. Als wenn wir kein Nähkästchen hätten, dachte ich empört. Und überhaupt, wer nähte bei uns Knöpfe an? Kein Mensch.

Ich starrte eine Weile in den Becher.

Die Knöpfe.

Ich versuchte, das Erkennen der Knöpfe zu ignorieren, und starrte nur hinein.

Das muss eine Frau geflickt haben, fielen mir Großmutters Worte wieder ein. Ein Mann kann das doch nicht.

Hinter mir ging die Tür auf. Ich öffnete die Schublade vor

mir und schüttete die Knöpfe hinein. Schweißgebadet lehnte ich mich dagegen, hörte noch immer das Prasseln der Knöpfe in unserer Schublade.

»Letzte Nacht. Wo waren Sie da«, sagte Blomberg hinter mir, aber der Satz war nicht als Frage formuliert.

Letzte Nacht? Ich dachte nur an Knöpfe. Knöpfe, die aussahen, als wären sie an den Janker vom Pudschek genäht worden. Aber das konnte nicht sein. Oder stand das Glas mit den Knöpfen schon seit zwölf Jahren bei uns in der Küche? Ich konnte mich einfach nicht mehr erinnern, ob ich das Glas schon jemals gesehen hatte. Ob es zum Inventar geworden war, hier vielleicht schon 24 Jahre stand. Oder doch erst seit gestern? Seit Großmutter etwas genäht hatte. Den Pudschek-Janker? Vielleicht war sie der Meinung gewesen, der Pudschek wäre der verkappte Papst Luiciano?

Blomberg sah mich ziemlich komisch an, als ich nicht antwortete. Nicht an Knöpfe denken, dachte ich, das hat alles nichts mit uns zu tun. Das sind ganz normale Knöpfe, die jeder kaufen kann.

»Daheim«, antwortete ich schließlich. Blomberg und ich terrorisierten uns gegenseitig mit fiesem Schweigen.

Mich selbst terrorisierte ich mit fiesen Gedanken. In Momenten, in denen das Leben einem wirklich übel mitspielt, dauert es oft eine ganze Weile, bis man das merkt. Ich hatte mir reichlich wenig gedacht, als ich die Munitionskiste gesehen hatte. Als hätte ich einen schweren Unfall gehabt und dann nicht daran gedacht, dass ich vielleicht sterben oder für immer an einen Rollstuhl gefesselt sein könnte. Als hätte ich mir in der Situation stattdessen gedacht, aber ich wollte doch noch zur Drogerie und Klopapier kaufen. Und als hätte dieser Gedanke alle wirklich wichtigen Gedanken komplett verdrängt. Und erst nachdem man im Krankenwagen liegt, fällt einem auf, dass das Klopapier vollkommen egal ist, weil man eh den Rest der Zeit mit seinem Urinbeutelchen herumlaufen wird.

Genauso hatte ich die ganze Zeit daran gedacht, dass ich Wäsche waschen, die Wohnung aufräumen und abspülen sollte. Und erst jetzt fiel mir auf, was es bedeutete. Die Munitionskiste. Allein schon, dass diese Munitionskiste noch existierte. Und dass darin der Janker vom Pudschek lagerte. Unser Gartenhäusl. Natürlich hätte jeder die Kiste in unser Gartenhäusl stellen können. Aber wer sollte so etwas tun? Wer sollte Pudscheks Janker zwölf Jahre lang aufheben? Ich versuchte mich zu erinnern, ob ich die Kiste schon vorher in unserem Häusl gesehen hatte. Ganz hinten, unter das Regal geschoben, wo Großmutter den Krimskrams aufhob. Und den Dünger, der so stank, als würden in der Ecke mehrere tote Ratten verfaulen.

Der Blomberg hatte noch immer diesen seltsamen Blick. Ich konnte mich nicht erinnern. Die Kiste konnte natürlich dort gestanden haben.

»Das ist nicht unsere Kiste«, sagte ich leise.

»Wie lange stand sie schon da?«, fragte er.

Ich zuckte mit den Schultern. Das würde er mir eh nicht glauben. Sah es in unserem Geräteschuppen so aus, als wäre ich da besonders häufig? Ich bin noch nie gerne in den schmalen Geräteschuppen gegangen. Mir war als Kind einmal ein Ohrwurm auf den Kopf gefallen, und ich hatte panische Angst gehabt, dass mir der tatsächlich ins Ohr lief. Anneliese hatte nämlich behauptet, dass diese blöden Viecher in einer irrsinnigen Geschwindigkeit ins Ohr schlüpfen und sich dann so lange weiterbohren, bis sie im Gehirn angekommen sind. Und ich stelle mir nichts schlimmer vor, als wenn man ständig das Gekrabbel im Hirn spürt, das Kratzen und Wutzeln eines Ohrenhüllers. Ich hatte so lange geschrien, bis mir Großmutter den Ohrenhüller vom Kopf genommen hatte. Beinahe hätte sie mir noch eine Ohrfeige gegeben, wegen sinnlosen Brüllens.

Ich war jedenfalls nur in den hintersten Winkel des Schuppens unter das niedrige Brett gekrochen, wenn mich Großmutter gezwungen hatte, und das hat sie schon ewig nicht mehr getan.

Die Kiste konnte dort also schon ewig stehen. Ich versuchte nicht daran zu denken, was das bedeutete. Dass Großmutter die Pudschek-Kiste aus der Kirche geholt hatte, damals vor zwölf Jahren. Dass sie den Janker, in dem der Pudschek gestorben war, hineingelegt hatte, sorgsam gefaltet. Aufgehoben. Wie etwas, das wert war, aufgehoben zu werden.

Wie eine Reliquie.

Eine Pudschek-Reliquie. Der Janker, in dem er gestorben war. Mich überlief es kalt.

»Ich war da schon ewig nicht mehr«, sagte ich, obwohl ich wusste, dass mir der Blomberg das nie und nimmer glauben würde. »Großmutter war da auch schon ewig nicht mehr.«

Aber stimmte das? War Großmutter wirklich schon ewig nicht mehr dort gewesen? Und die Knöpfe? Die Knöpfe hinter mir in der Schublade? Ich spürte, wie mein Hintern, der an der Schublade lehnte, heiß wurde.

Es musste jemand anderer gewesen sein. Es war einfach absurd anzunehmen, Pudschek wäre Großmutter etwas wert.

Ausgenommen natürlich es stimmte, was in letzter Zeit im Dorf die Runde machte. Dass meine Mutter auf Musiker stand. Und dass es ein Organist gewesen war, der ihr ein Kind angehängt hatte. Mir wurde ganz schlecht bei dem Gedanken. Kein Wunder, dass meine Mutter gegangen war.

Aber auch wenn es stimmte, dass Pudschek oder Wanninger-Pudschek mein Vater war, wieso sollte dann Großmutter den blöden Janker aufheben? So wie ich sie kannte, hätte sie ihn in dem Fall lieber verbrannt.

Nein. Die Kiste musste jemand genommen haben, der dafür die angestammte Verwendung hatte. Noten aufheben nämlich. Jahrelang waren in dieser Kiste die Orgelnoten gelagert worden. Die Lehmerin wollte wahrscheinlich die Noten vom Sebastian in der Kiste aufheben. Und hätte lieber gehabt, dass der Pudschek Sebastians Vater gewesen wäre und nicht der alte Lehmer, der 25 Jahre älter war als sie und vor dem Fernseher mit einem Hinterwand-Herzinfarkt gestorben war. Der niemals irgendein Musikinstrument gespielt und nicht einmal im Kirchenchor gesungen hatte. Es wäre also kein Wunder, wenn sie den Pudschek als geistigen Ziehvater ihres Wunderkindes gesehen und alles von ihm aufgehoben hätte, was sie zwischen die Finger bekommen konnte. Deswegen hatte sie bestimmt auch den Janker aufgehoben.

Das klang alles sehr unlogisch. Viel logischer war doch, dass Großmutter aus einem mir nicht ersichtlichen Grund Janker aufhob. Flickte. Ja, so eine Art Schrein. Ein Organisten-Munitionskisten-Schrein. Natürlich alles heimlich, weil sie im Grunde alle Männer hasste. Weil wir schon immer von allen Männern sitzen gelassen worden waren. Bei uns kam kein Mann ins Haus.

Nur tot.

Nur tot?

Aus Liebe hatte sie ihn bestimmt nicht ins Haus geholt. Wenn, dann so aus … Hm. Beweis, dass sie ihn vernichtet hatte?

Mir wurde schlecht.

Der Blomberg sah mich noch seltsamer an. Vielleicht sah ich mittlerweile auch ziemlich seltsam aus.

»Und wann haben Sie das letzte Mal vor dem Schuppen gekehrt?«

»Wir kehren im Winter nicht im Garten«, sagte ich bockig, auch wenn er mir nicht glauben würde. Natürlich hatte ich gesehen, dass gekehrt worden war. Aber ich war das nicht gewesen. Sah ich so aus, als würde ich im Winter den Zugang zum Gartenhäuschen kehren? Das war ja fast so, als würde ich mir einen Moospflanzlspeer anschaffen. Oder einen Laubsauger.

»Aber es wurde gekehrt«, sagte er und hüllte sich dann in Schweigen.

Na klar. Wieder der fiese Trick mit dem Schweigen. Aber mir würde zu der Sache einfach nichts mehr einfallen. Er könnte die Reisingerin fragen, beispielsweise, weil die nämlich immer jeden Weg kehrte, egal, ob ihn jemand benutzte oder nicht. Vielleicht hatte sie in einem Anfall von Ordnungswahn auch bei uns gekehrt. Das ist ja nicht mit zum Anschauen, hatte sie sich bestimmt gedacht.

Ich hüllte mich ebenfalls in fieses Schweigen. Unschuldige Tatverdächtige mit Schweigen zu terrorisieren war das Letzte.

Der Blomberg wieder. Was interessierte ihn das blöde Pudschek-Kistl! Der Pudschek war doch schon seit zwölf Jahren tot! Oder waren sie etwa darauf gekommen, dass der Pudschek- und der Wanninger-Mord zusammenhingen?

9

Ich ließ mein Auto langsam durch den Ort rollen. Es war schon dunkel, und ich hatte keine Ahnung, was ich als Nächstes tun sollte. Ich hatte mir fest vorgenommen, etwas herauszufinden, das den Fall entscheidend voranbringen würde. Oder zumindest etwas, das mich aus dem Visier des CIA brachte. Aber wie es aussah, würde ich heute, außer der Vernichtung sämtlicher Weihnachtsplätzchen, die neben mir in einer Zellophantüte ihres Schicksals harrten, nichts zustande bringen.

Immerhin war unser Haus nicht durchsucht worden. Aber was noch nicht war, konnte ja noch werden. Festgenommen war ich auch noch nicht, und selbst Großmutter hatten sie in Ruhe gelassen. Obwohl ihre zahlreichen biblischen Ideen uns eigentlich nur verdächtiger statt unverdächtiger machten.

Zumindest hatte Blomberg sehr seltsam geguckt, als sie auf die Frage, wer den Schnee vor dem Gartenhäusl gekehrt hatte, antwortete: »Preise, Jerusalem, den Herrn, lobe Zion, deinen Gott! Er gibt Schnee wie Wolle, er streut Reif wie Asche. Er wirft seine Schossen herab wie Brocken; er spricht, so zerschmilzt es; er lässt seinen Wind wehen, da taut es.«

Aha.

Wollte sie damit sagen, dass wir nie kehrten, sondern auf das göttliche Tauwetter warteten? Ich verstand es selbst nicht, also erwartete ich das auch nicht vom Blomberg. Ich hatte mir jedenfalls ganz fest vorgenommen, dass ich sie nicht fragen würde, ob sie den Janker geflickt hatte.

Vielleicht sollte ich es trotzdem machen, dann hätte sie die Chance, die erlösenden Worte zu sagen. »Geh, Mädl. Meinst, ich hab Zeit, dem greißlichen Pudschek seine alte Jacken zu flicken?«

»Hiob«, hatte sie schließlich vorwurfsvoll zu mir gesagt, da ich wieder einmal keine Ahnung hatte.

»Hiob«, sagte ich zum Blomberg, als wäre mir das immer klar gewesen. »Soll ich Ihnen unsere Bibel leihen?«, schlug ich dann noch liebenswürdig vor, da sein Blick undeutbar geworden war.

»Geh, Mädl. Die vom CIA haben doch ihre eigenen Schriften«, hatte Großmutter gesagt und ihre Hand auf die Bibel gelegt, für den Fall, dass ich sie ihr wegreißen wollte.

War nur ein Spaß, hätte ich am liebsten gesagt. Aber mit der Bibel spaßte man nicht.

Nicht einmal die Weihnachtsbeleuchtung konnte mich dieses Jahr richtig aufmuntern, obwohl ich ein richtiges Faible dafür entwickelt hatte. Was für ein Spaß, in jeden Garten hineinzuspitzen, um zu sehen, ob es Neuerungen gab oder nicht. Und Zeit hatte man dazu immer mehr, denn die Weihnachtszeit fing bei uns jedes Jahr einen Tag früher an. Das war eine Sitte, die der Metzger eingeführt hatte. Vielleicht, weil er der Erste sein wollte, der seine Lichterorgie einschaltete. Vermutlich würde der Metzger seine Pergola nächstes Jahr schon Ende September schmücken. Ich hatte inzwischen eine komplizierte Punkteskala für Lichterorgien entwickelt. Der Metzger bekam immer volle Punktzahl, hinsichtlich aller Kategorien. Und fette Sonderpunkte gab es nur, wenn man nicht nur Lauflichter und Blinklichter, sondern auch bunte Lichter und – was immer mehr zum Standard wurde – lebensgroße Nikoläuse und Rentiere samt Schlitten hatte. Punktabzug gab es für erdrosselte Nikoläuse. Das sind diese Nikoläuse, die an der Hausfassade hochklettern, sich aber regelmäßig so in ihren Stricken verheddern, dass sie aussehen, als würden sie Suizid begehen.

Der Metzger. Ich musste unbedingt herausfinden, was der Metzger mit dem Pudschek zu tun hatte, fiel mir wieder einmal ein, während ich eine besonders langsame Ehrenrunde um die Kirche drehte. Und die ewige Sache mit der Lehmerin. Ob sie nun ein Alibi hatte oder nicht. Außerdem könnte ich den Tag nutzen, um endlich die Troidl'schen Abdeckplanen zu lüften. Damit sollte ich vermutlich anfangen, denn es war die einfachste von den drei Unternehmungen.

Ich gab wieder Gas und nahm Kurs auf das Troidl'sche Anwesen. Die ganzen Rosenkranztanten waren total unterbelichtet. Sie hatten nur Pyramiden mit sieben Kerzen, für die sie die Rolläden gerade so weit hochzogen, dass man die Pyramide sah. Und Punkt neun Uhr gingen die Pyramiden aus, und die Rolläden rasselten herunter. Nur die Bet setzte sich etwas ab, sie hatte zwei Fenster dekoriert. In einem hing der Umriss eines aus dem Leim gegangenen Nikolauses. Im anderen Fenster war etwas zu sehen, das schwierig mit einem Wort zu beschreiben war. Die Beleuchtung sah aus wie das Innere eines Hurrikans, nachdem er über die Beleuchtungskette eines Einkaufszentrums gezogen ist. Vielleicht sollte es auch die Milchstraße darstellen. So viel Innovation hätte ich der Bet eigentlich gar nicht zugetraut. Leider hatte sie sich nie gegen Großmutter durchsetzen können. Sonst wäre nämlich auch das Kreuz am Dach unserer Kirche beleuchtet gewesen.

Während ich die Weihnachtsbeleuchtung von der Bet bewunderte, fiel mir ein, dass die Rosenkranztanten damals vor zwölf Jahren einmal einen heftigen Streit gehabt hatten.

Die Bet hatte gesagt: »Lass nicht zweierlei Art unter deinem Vieh paaren und besäe dein Feld nicht mit zweierlei Samen und lege kein Kleid an, das aus zweierlei Faden gewebt ist.«

Und Großmutter hatte gesagt – ich starrte auf das wilde Geblinke der Weihnachtsbeleuchtung: »Sei ned so g'schnappert.«

Wie üblich hatte ich nicht verstanden, worum es ging. Jetzt im Nachhinein gab es natürlich jede Menge Interpretationen. Vielleicht hatten sie über den Hund von der Resi gesprochen, der besprang ja wirklich alles, was ihm in den Weg kam. Das war nicht mehr schön und fiel eindeutig unter die Paarung von zweierlei Art unter dem Vieh. Besonders, wenn man mein Bein als Vieh zählte.

Oder sie hatte meine Mutter gemeint. Die achtete bestimmt nicht darauf, dass ihr Kleid aus zweierlei Faden gewebt war. Irgendwie hatte ich das Gefühl, dass es tatsächlich um meine Mutter gegangen war. Und dass ich dem Gedanken nachgehen sollte, vielleicht sogar die Bet fragen. Überhaupt schien es mir plötzlich immer wahrscheinlicher, dass mir die Bet weiterhelfen konnte.

Schon wieder fuhr ich beim Garten vom Metzger vorbei. Wie von selbst wurde mein Auto langsamer, denn ich fand jedes Mal ein neues nettes Detail.

Nachdem ich schließlich das dritte Mal langsam die Hauptstraße entlanggetuckert war, bog ich in Richtung Anneliese ab, bevor ich Angst haben musste, dass die Metzgerin aus dem Laden kam und fragte, ob ich mich verfahren hatte.

Es hatte keinen Zweck. Ich hatte einfach zu viel Angst, beim Troidl unter die Planen zu schauen.

Ich musste mich auf die Sache mit dem Biss konzentrieren. Und nicht auf uns, denn mit uns konnte das alles nichts zu tun haben. Weder der Wanninger-Mord noch der Pudschek-Tod. Egal, was mein Pudschek-Gefühl mir sagte, solange es nicht richtig zu mir sprach und derart diffus war, hatte ich noch Hoffnung. Vielleicht hatte ich auch nur einen kindlichen Streich begangen. Zum Beispiel ... Hm. Vielleicht hatte ich ihm einen Kaugummi an die Orgel geklebt. Oder so.

Aber das mit dem Biss ... Wenn jemand so verrückt war, mit dem Kreiter'schen Gebiss den Wanninger zu beißen ... dann kam da fast nur der Hans Kreiter infrage. Der war nun mal nicht ganz normal. Und seit meinem Leichenfund im letzten Sommer wusste ich einiges mehr über den Kreiter Hans als die Polizei. Allerdings wusste das ganze Dorf einiges mehr als die Polizei. Und da wunderte man sich schon, dass die Bet wegen Großmutter zum Schorsch rannte, dagegen aber keiner an den Hans dachte.

Ob es keiner dachte, wusste ich genau genommen nicht. Aber keiner sagte, was er sich dachte. Ich hörte direkt den Kreiter. Von einem Biss ist noch keiner gestorben, würde er sagen. Und wenn der Hans jemanden biss, dann hatte er schon bestimmt seinen Grund.

Aber Hans würde nie jemanden umbringen. Dazu war er viel zu gutmütig. So richtig zornig wurde er nur in Extremfällen.

Hm.

Das mit der Munitionskiste war eher so ein Hans-Fall. Dass er sich die genommen hatte, davon ausgehend, dass die eh keiner mehr brauchte, klang logisch. Allerdings würde ich dann eher vermuten, dass er die Kiste nutzte, um Gebisse daran zu schweißen und sie in den Kreiter'schen Vorgarten neben den Klostuhl seiner Oma zu stellen. Oder sie zumindest mit alten Blechdosen zu verzieren. Das war vielleicht ein Mordmotiv: Er nimmt die Kiste, verwertet sie als Kunstobjekt, der Wanninger bemerkt das, findet das blasphemisch. Weist Hans zurecht, sagt ihm, dass das sowieso mit Kunst nichts zu tun hat.

Und der Hans wird zornig.

Extrem zornig.

Ich kam mir ganz schlecht vor. Der Hans war so ein herzensgutes Mensch, egal wie viele Gebisse er an Stühle klebte. Ihm einen Mord unterschieben zu wollen, nur damit man selbst nicht mehr verdächtigt wird, war gemein. Außerdem war die Kiste schon ewig weg.

Ich parkte vor Annelieses Haus. Um mich von meinem Leiden abzulenken, vergab ich zunächst ein paar Weihnachtsbeleuchtungspunkte. Auch wenn sie meine Freundin war, bekam sie nicht die volle Punktzahl. Schließlich hatte sie nur eine farblose Leuchtkette um ein Fenster drapiert und eine Fichte im Garten beleuchtet.

Ich musste vorsichtig sein. Denn Anneliese sagte nie alles, was sie wusste. Sie wusste extrem viel über unser Dorfleben. Und sie war ein wirklich guter Mensch.

Anneliese stach gerade ganz präzise Sterne aus, und ich durfte Schaummasse darauf streichen.

»Das ist für den Sonntag. Da trifft sich die Gemeinde nach der Kirche. Kommst auch?«

»Weißt du, von wem das Gebiss ist?«, fragte ich ablenkend.

»Von der Mare«, sagte sie freimütig, »von wem denn sonst?«

»Und der Hans ...?«

Sie stach wortlos ihre Sterne aus und legte sie behutsam auf das Backpapier.

»Der hat ihn nicht ermordet. Der Hans ermordet gar niemanden.«

Ja, aber gebissen. Vielleicht hatte er ihn ja gebissen. Hatte daran schon jemand gedacht? Dass der Beißer und der Mörder nicht unbedingt dieselbe Person gewesen sein mussten? Vielleicht hatte erst der Metzger gemordet, danach hatte Großmutter unsere Limoflasche abgestellt, dann hatte der Hans den Wanninger entdeckt, woraufhin er nach Hause gefahren war und das Gebiss geholt hatte ... hm. Das klang etwas aufwändig.

»Hatte er denn was gegen den Wanninger?«

Das hatte ich Großmutter auch gefragt. Die hatte aber wieder einmal total unpassend geantwortet.

»A geh weiter«, sagte Anneliese lediglich. Als sie aufsah, blitzte etwas in ihren Augen, das ich nicht deuten konnte. »Wer sollte denn was gegen den Wanninger haben.« Sie sah schnell weg. Ha. Da fielen mir doch jede Menge Leute ein. Der Metzger. Die Lehmerin. Der Troidl. Alle Rosenkranztanten. Meine Großmutter.

»Vielleicht war's ja der Troidl«, sagte sie zu ihren Zimtsternen. »Schließlich war's sein Weiher, wo du das Gebiss gefunden hast.«

Das glaubte ich wiederum nicht. Ich konnte mir nicht vorstellen, dass er das Corpus Delicti in seinen eigenen Weiher warf und danach den Weiher abließ. Das war doch extrem blöd, so was. Andererseits, bei der Unordnung, die er in seinem Haus hatte, konnte es durchaus sein, dass er einfach keine Ahnung mehr hatte, wo er was hingeworfen hatte.

Großmutter hätte jedenfalls niemals das Gebiss von der Kreiter Mare genommen, um damit den Wanninger zu beißen, das war ihr viel zu kompliziert. Wenn, dann hätte sie ihn selbst gebissen. Mich überlief so eine Art Grusel.

Es musste jemand gewesen sein, der ihn gerne gebissen hätte, sich aber wahnsinnig davor ekelte. Wie beispielsweise die Lehmerin, die ekelte sich bestimmt davor. Ich konnte mir zwar nicht vorstellen, dass sie überhaupt auf die Idee kam, vom Kreiter'schen Kunstklostuhl Gebisse zu stehlen, um damit Organisten zu beißen. Aber vielleicht hatte sie ja die Orgelnoten-Munitionskiste gestohlen, damals vor zwölf Jahren. Und der Sebastian hatte im Gegenzug die Sache mit dem Gebiss erledigen müssen.

Ich kam mir bei den Ideen, die ich hatte, ein bisschen blöd vor. Und ich musste selbst mir gegenüber zugeben, dass die schlüssigste Lösung war, dass meine eigene Großmutter in einem unbändigen Hass auf moderne Orgelmusik zum Wanninger hinaufgestiegen war und dem Ganzen ein Ende bereitet hatte. Nur das Gebiss passte nicht ganz hinein.

Anneliese sah mich komisch an.

Mir wurde schlecht von dem Geruch von Gemeinde-Zimtsternen. Ich nahm mir vor, gleich morgen früh das Metzger-Alibi zu überprüfen.

Vor der Metzgerei stand ein Gehwagerl. Ich überlegte, ob ich weitergehen sollte oder nicht. Das war die Langsdorferin, ihr blaues Gehwagerl war leicht zu erkennen, weil irgendeines ihrer Enkelkinder einige Aufkleber aus der Zeitschrift *Bild der Frau* auf das Gestänge geklebt hatte. *Alles Gute zum Muttertag* konnte man zum Beispiel unterhalb des rechten

Griffes lesen. In geschwungener Schrift inmitten eines Herzens aus roten Rosen. Puuh. Anneliese und ich hatten damals wenigstens nur Prilblumen, die wir an die Fliesen in der Küche geklebt hatten. Das waren noch Zeiten. Daran konnte man gut sehen, wie alt man inzwischen war: Es gab keine Prilblumen mehr.

Aber auch wenn es anstrengend war, ausgerechnet jetzt in die Metzgerei zu gehen, war der Informationsgehalt bestimmt nicht zu überbieten. Die Langsdorferin und die Rosl. Und wenn ich durch die angelaufene Scheibe richtig sah, auch die Bet.

Ich machte mutig die Tür auf, und das Gespräch verstummte.

Das verhieß nichts Gutes. Alle starrten hochkonzentriert auf die Wurst. Als wenn es da was zu starren gäbe, so viel Auswahl gab es bei uns beim Metzger nämlich nicht. Über allen Anwesenden schien eine kollektive Sprechblase zu schweben, in der stand: Die Wild. Und die traut sich noch her. Wo sie doch dem Pudschek seine Jacke bei ihr g'funden ham!

Ich stellte mich hinter die Langsdorferin und wartete darauf, meine Bestellung aufgeben zu können. Dabei betrachtete ich die Wurst. Zum Beispiel hätte ich gerne den Bierschinken bestellt. Aber wenn vor mir keiner Bierschinken wollte, dann kaufte ich bestimmt die Scheibe mit, die sich etwas dunkel am Rande aufwellte.

Die Langsdorferin bestellte dankenswerterweise Bierschinken. Aber die Metzgerin, die blöde Kuh, nahm die gewellte Scheibe einfach ab, nahm die guten Scheiben darunter hervor und legte die alte Scheibe wieder oben auf. Ob sie das für mich auch machen würde, war fraglich. Ich wollte es nicht ausprobieren, zum Wurstradl-Verweigern war ich zu feige.

»Hätten s' mir nicht meine Badewanne rausg'haut«, fing schließlich die Rosl an, über ihren Schwiegersohn zu schimpfen. »Eine Dusche braucht man heutzutage, hat er mir g'sagt. So ein Krampf. Und wenn ich mal eine Bluse durchdrücken muss, wo soll ich die dann aufhängen?«

Ich versuchte mir vorzustellen, wie ich Max den Begriff »durchdrücken« erklären könnte. Durchdrücken war nicht nur Waschen. Das war kurzes Waschen eines nicht sehr schmutzigen Wäscheteils. Oder so ähnlich. Wenn die Bluse zum Beispiel ein wenig roch, aber nicht richtig schmutzig war, dann drückte man sie durch. Und zum Aufhängen brauchte man danach eine riesige Badewanne. Das machte Großmutter auch so. Allein der Gedanke, wir könnten eine Dusche haben, löste bei mir einen wohligen Schauer aus. Rosl schimpfte noch eine Weile weiter, dass er sogar vorgehabt hatte, das Bad bis zur Decke zu fliesen, »dass' ausschaut wie in einem Schlachthaus!«.

Ich stellte mir Rosls Bad ungefähr so vor wie bei Anneliеses Großmutter, Gott hab sie selig. Die hatte seinerzeit einen Teppichboden im Bad gehabt und keine Fliesen. Der Teppich war in den Farben Grün und Gelb gehalten, und jetzt im Nachhinein will ich lieber nicht darüber spekulieren, ob die Farben original waren oder Patina.

Die Frauen versanken wieder in ihrem stummen Betrachten der Auslage.

Schließlich entschloss sich die Metzgerin, das beredte Schweigen zu unterbrechen.

»Du hast des Gebiss g'funden?«, fragte sie, als wüsste sie das nicht schon längst.

»Ja«, antwortete ich wortkarg und starrte auf die aufgewellte Bierschinkenscheibe. Was für eine blöde Idee, in die Metzgerei zu gehen, um Alibis zu überprüfen. Die Einzige, die hier gelöchert wurde, war ich, da ich mich bestimmt nicht trauen würde, die Metzgerin über ihren Mann auszufragen. Aber jetzt rausgehen wäre ungefähr so, als würde ich den Mord am Wanninger gestehen.

»Ich hab ihr immer g'sagt, Kreiterin, denk an deine Seele. Des kannst ned machen, 's Gebiss von der alten Mare an den Klostuhl. Des is ja …«

»Des hat kein Taug ned«, vervollständigte die Bet zufrieden den Satz von der Metzgerin und sah plötzlich sehr, sehr glücklich aus.

Immerhin hatte ich der Bet den Tag gerettet, vielleicht sogar der Metzgerin.

»Wie man auf so eine Idee überhaupt kommt«, erklärte die Bet mit einem inneren Strahlen. »Das Gebiss von der Mare klauen und damit den Organisten in die Hand beißen. Das muss ja jemand gemacht haben, der stocknarrisch ist.«

Alle sahen dabei mich neugierig an, vielleicht weil sie sehen wollten, ob ich über Nacht stocknarrisch geworden war. Ich senkte erschrocken den Blick auf den Bierschinken. Das Gebiss? Jemand, der vollkommen verrückt war? Jemand, der seine Tabletten nicht mehr nahm? Meine Großmutter? Der Hans?

Es war wie ein Geistesblitz. Er war geplant gewesen. Der Mord. Das war nicht im Affekt passiert, mal eben den Wanninger gebissen. Großmutter hätte das im Affekt gemacht. Sie wäre zur Orgel hinaufgegangen und hätte ihn mit der Limoflasche erschlagen. Aber erst ein Messer holen, dann das Kreiter'sche Klostuhlgebiss und danach den Wanninger niederstechen? So eine komplizierte Mordplanung war Großmutter auf jeden Fall nicht zuzutrauen.

»Des is doch bestimmt ein Ritualmord«, sagte die Bet und sah mich mit stechendem Blick an, als wäre ich die typische

Ritualmörderin. Das erinnerte mich ein bisschen an den Loisl, der mich genauso angesehen hatte. »Solange der Mörder unter uns ist, können wir uns nicht sicher fühlen«, erklärte sie mit erhobenem Zeigefinger und sehr hochdeutsch. »Und wenn ich mir vorstelle, einer von uns … ein Mörder. Ich trau' mich in der Nacht gar nicht mehr auf die Straß.«

»Na ja«, schränkte die Langsdorferin mit gerunzelter Stirn ein. »Nachts gehst du doch eh nicht auf die Straß.«

Und welcher Ritualmörder Interesse an der Bet haben sollte, war mir auch nicht klar.

»Und, wissen s' schon, ob's des richtige Gebiss war?«, bohrte die Metzgerin nach.

»Welches Gebiss sollte es denn sonst sein?«, bestimmte die Langsdorferin. »Als wenn bei uns im Dorf noch mehr Gebisse draußen rumliegen würden.«

Ich hatte Max bei allen Heiligen, Erzengeln und Jungfrauen der christlichen Geschichte geschworen, nichts durchsickern zu lassen. Mir war zwar nicht ganz klar, wieso keiner wissen durfte, dass es der Kreiterin ihr Gebiss war, mit dem der Wanninger gebissen worden war. Es wusste sowieso schon jeder. Genauso wie jeder wusste, wie unsere Weihwasserflasche aussah oder die Metzgerschürzen. Außerdem fand ich es schlimmer, dass ich durch die Langsdorferin mehr Details über den Pathologiebericht erfahren hatte als von Max. Aber versprochen war versprochen.

Ich zuckte also mit den Schultern. »So was dauert«, erklärte ich vage.

Die Frauen nickten zustimmend. »Die Beamten halt«, sagte die Metzgerin mit Genugtuung.

Noch immer schwebten und surrten unausgesprochene Fragen im Raum. Vielleicht wartete aber auch jede nur darauf, dass ich endlich meine Bestellung aufgab. Die eigentlich interessanten Fragen stellten die drei natürlich nicht. Wer unter uns so verrückt war, einen toten Mann mit einem Gebiss einer toten Frau zu beißen. Wieso sagte jetzt nicht jemand, der Hans, der ist doch nicht ganz normal. Beispielsweise. Oder, wer könnte noch so narrisch sein wie der Hans.

»Seit wann ist denn das Gebiss weg?«, fragte ich schließlich doch noch.

»Da schaut doch keiner mehr hin«, antwortete die Bet zufrieden. »Ob da noch des Gebiss dran ist, oder ned. Des is jedem wurscht.«

Leider. Die Befürchtung hatte ich auch, dass das keinen so richtig interessierte.

»Und der Janker«, sagte die Rosl mit der gleichen Zufriedenheit, »den Janker vom Pudschek? Den ham s' doch auch bei euch g'funden.«

Es trat wieder diese surrende Stille ein. Als würde gleich ein Schwarm Hornissen über mich herfallen. Woher wusste die das schon wieder? Das wusste doch nicht einmal die Polizei.

»Keine Ahnung«, sagte ich, und Schweiß trat mir auf die Stirn. »Keine Ahnung. Von wem der wieder ist.«

»Und akk'rat im Kistl vom Pudschek«, fügte die Bet hinzu.

»Blutbesudelt«, nickte die Metzgerin, als hätte sie es gesehen.

»Mei«, sagte die Rosl und vergaß sogar ein »Heilige Maria Mutter Gottes« anzuhängen. In den drei Buchstaben lag so viel Zufriedenheit, dass ich endlich wusste, was wahres Glück war.

Als ich wieder auf die Straße trat, hatte ich keinen Bierschinken gekauft, sondern einen Schnittlauchkäse. Den gab es seit Neuestem auch beim Metzger. Nach der Sache mit der Mare hatten sich nämlich die Langsdorferin und die Bet noch über den Gammelfleischskandal unterhalten. Und die Langsdorferin hatte gesagt: »Also wirklich, da vergeht's einem doch. Die haben sogar eine Kuh mit einem riesigen G'schwür geschlachtet. Wenn man sich des mal vorstellt. So ein G'schwürl kann ja auslaufen. Dann hat man den ganzen Sabber auf dem Fleisch. Und der alte Doktor, der sieht doch nimmer g'scheit. Ob der überhaupt schaut, welche Kuh ein G'schwürl hat oder nicht.«

Unser Tierarzt war nämlich ungefähr 150 Jahre alt und hatte keine Lust mehr, sich Geschwüre anzuschauen, beziehungsweise konnte sie überhaupt nicht mehr sehen. Und seine Vertretung, eine junge Frau Doktor, wie die Langsdorferin spöttisch sagte, wollte sich ihre neuen Gummistiefel nicht schmutzig machen und stellte mehr so eine Art Ferndiagnose. Vielleicht weil sie das Würgen bekam, wenn sie die G'schwürln sah. Und weil sie lieber ein paar gemästete Dackel gestreichelt und behandelt hätte, als kranke Kühe gesund zu stempeln.

»Und wir Deppen essen den Krampf«, hatte die Langsdorferin gesagt.

Die Metzgerin hatte ausgeschaut, als würde ihr gleich ein Geschwür platzen, und zwar eines im Magen, und gezischt, dass es bei ihnen nur beste Ware gab. Aber ich war trotzdem zur Überzeugung gelangt, dass Schnittlauchkäse in dieser Jahreszeit meinen Vitaminbedarf bestimmt besser abdeckte als Bierschinken.

Jedenfalls war es eine blöde Idee gewesen, die Vergangenheit des Metzgers in der Metzgerei durchleuchten zu wollen. Schließlich konnte ich schlecht seine Frau nach dem Alibi fragen. Vielleicht sollte ich eher mit der Langsdorferin ein Stückchen mitgehen und ein paar unauffällige Fragen stellen. Die konnte sich bestimmt erinnern, wieso sich der Pudschek und der Metzger früher nicht hatten leiden können. Und was der Metzger gegen den Wanninger haben konnte.

Während ich noch unschlüssig vor der Metzgerei stand, kam die Bet heraus, sah an mir vorbei und ging Richtung Kirche. Wahrscheinlich war sie wieder mit Putzen dran. Zumindest hatte sie eine kleine Stofftasche dabei, aus der ein Stück einer geblümten Kittelschürze herausragte, die Arbeitskleidung einer kirchlichen Putzfrau. Die Bet würde mir bestimmt nichts verraten. Außerdem mochte ich mit ihr überhaupt nicht mehr reden, seit sie Großmutter angeschwärzt hatte. Die dumme Kuh, die dumme.

Eine Weile sah ich ihr nach, beobachtete, wie sie leicht schief und zielstrebig auf dem Bürgersteig entlanghastete. Immer ausgefüllt von dem inneren Drang, andere Leute auf den rechten Weg zu bringen. Seltsam, dass manche Leute, sobald sie die Vierzig überschritten hatten, so abrupt alterten. Von heute auf morgen trugen sie hellbraune Mäntelchen, hatten dünne Beinchen oder dicke Beinchen, je nachdem. Jedenfalls sahen sie plötzlich zeitlos alt aus. Bei manchen fing das schon mit dreißig an. Beispielsweise bei der Bet. Bet hatte schon immer alt ausgesehen, vielleicht schon als Kind. Und jetzt zog sie sich auch noch an, als wäre sie alt. Dabei war sie vielleicht … hm. Wie alt war Bet eigentlich? Irgendetwas zwischen dreißig und hundert Jahren.

Du sollst deinen Bruder nicht hassen in deinem Herzen, fiel mir ein, obwohl ich nicht wusste, wieso. Du sollst dich nicht rächen noch Zorn bewahren gegen die Kinder deines

Volkes. Ich versuchte den Gedanken abzuschütteln. Denn an irgendetwas erinnerte mich dieser Gang. Du sollst deinen Nächsten lieben wie dich selbst, schwappte das nächste Bibelzitat hoch, und ich hob noch einmal den Blick.

Der hellbraune Mantel flatterte im kalten Wind. Zielstrebig verschwand die Bet um die Ecke, und ich konnte einen letzten Blick auf ihre Stofftasche erhaschen.

Jetzt wusste ich auch, woran sie mich erinnerte. Der Bet ihre Mutter. Die war auch immer zum Kirchenputzen gegangen und hatte genau so ausgesehen. Diese dicken wollenen Strümpfe an den stämmigen Beinen, dazu die halbhohen flachen Stiefel, die irgendwie klumpenähnlich an den Füßen steckten. Ich hatte keine Ahnung, wo es so etwas noch zu kaufen gab. Vielleicht war es ja der Mantel ihrer Mutter, den sie trug. Das gute Stück, hatte sie bestimmt gesagt. Das kann man doch nicht den Asylanten geben. Und die Stiefel. Die waren auch pfenniggut. Dass man mit vierzig Jahren unmöglich solche Stiefel anziehen konnte, hatte sich bis zu ihr anscheinend noch nicht herumgesprochen.

Ich war plötzlich frustriert. Nicht, weil Bet so sparsam war und die unvorteilhaften Kleidungsstücke ihrer uralten Mutter trug. Oder sich solche Kleidungsstücke kaufte, weil sie so praktisch waren. Es war ein blödes Gefühl, wenn man sah, wie sich die Generationen anglichen.

Vielleicht sollte ich, bevor ich mich weiter an Max band, seine Eltern näher kennenlernen. Man konnte da nicht zu viel Vorsicht walten lassen. Wer wusste, was sein Vater für ein grässlicher Macho war, der ständig seine Frau schlug oder sich ›den Zucker hinten reinblasen‹ ließ, wie es meine Großmutter immer umschrieb. Dieses Angleichen an seine Erzieher war anscheinend etwas Unvermeidliches, so wie mein Hund immer in die Knie ging, wenn er Fauliges roch.

Ich versuchte mir nicht auszumalen, was das in meinem Fall bedeutete.

Noch immer starrte ich auf die Stelle, an der Bet verschwunden war. Denn mein ungutes Gefühl tief in mir drin sagte mir noch etwas. Ich hatte eben eine wichtige Entdeckung gemacht. Etwas, das ich vor zwölf Jahren gewusst, aber leider wieder vergessen hatte. Schlimmstenfalls aktiv verdrängt. Es hatte damit zu tun, dass die Bet die ältlichen Kleidungsstücke ihrer Mutter trug. Ich wusste zwar noch nicht, was ich dadurch wusste, aber ich wusste, dass es nicht gut war.

Natürlich hatte ich die Langsdorferin nicht durchs Dorf begleitet. Nicht, wenn gleichzeitig die Rosl nebenher ging und Ohren wie Satellitenempfänger machte. Ärgerlich setzte ich mich neben Großmutter an den Küchentisch und sah ihr ein Weilchen einfach nur zu. Ich war zu feige für meinen Beruf. Ständig interviewte ich nur meine Großmutter. Das konnte doch zu nichts führen.

»Und den Pudschek damals. Den hast du gefunden?«, fragte ich.

»Denn wo ein Testament ist, da muss der Tod dessen geschehen sein, der das Testament gemacht hat. Denn ein Testament tritt erst in Kraft mit dem Tode; es ist noch nicht in Kraft, solange der noch lebt, der es gemacht hat«, antwortete Großmutter und schob ihre Brille nach oben.

»Und dann hast du die Polizei gerufen?«, wollte ich wissen. Obwohl ich mehr mit mir selbst sprach.

»Ah geh«, sagte Großmutter, »das war doch nicht nötig.«

Ich stand auf, genervt und ärgerlich. Manchmal war Großmutter wirklich unerträglich. Und jetzt würde ich Mut haben. Ich würde auf die Straße gehen und die nächstbeste Person befragen. Und wenn es die Reisingerin war. Mein Hund sah nicht so aus, als wollte er mitgehen und die Reisingerin treffen. Pech gehabt.

Der Wind riss an meinen Haaren, als ich aus der Tür trat. Herbstwetter, dachte ich schaudernd.

Ich sah mich hin und wieder nach meinem Hund um. Der leidenden Miene nach zu schließen, würde er die nächste halbe Stunde das Zeitliche segnen. Ich war auch schon ganz verfroren. Schon wieder hatte ich auf die wollene Unterwäsche verzichtet und würde zu Hause bestimmt rot-weiß marmorierte Beine haben.

»Servus«, sagte ich. Der Schorsch war der Unglückliche, der mir als Erstes über den Weg lief.

Er kehrte gerade den Bürgersteig und sah kaum auf.

»Servus, Lisa«, murmelte er undeutlich.

»Habt ihr jetzt schon den Pudschek überprüft?«

Er sah überrascht auf. »Den Pudschek?«

»Ja. Oder wollt ihr mich verhaften wegen dieser blöden Kiste, ohne dass ihr wisst, an was der Pudschek gestorben ist?«

»Wir wollen dich nicht verhaften«, brummte Schorsch und kehrte weiter wie ein Wilder.

»An was ist der Pudschek denn eigentlich gestorben?«, bohrte ich weiter.

»Welcher Pudschek?«, fragte er wieder griesgrämig.

»Na, der richtige Pudschek. Damals.«

»Des is zwölf Jahr her«, wich er meiner Frage aus. Richtig. Er war damals auch erst zwölf Jahre alt gewesen. Und ich konnte mich auch nicht mehr erinnern.

Dass ich mich nicht erinnern konnte, war eigentlich gelogen. Inzwischen war ich mir sehr sicher, dass ich an Pudscheks Tod schuld war. Auf die eine oder andere Art schuld. Nicht, dass ich ihn umgebracht hätte. Oder vielleicht doch? Es hatte mich jedenfalls auf eine Art und Weise beeindruckt, dass in meinem Gehirn ein schwarzes Loch entstanden war. Also ein extra Gehirnteil nur für den Pudschek. Das hatte so eine große Masse, dass es alle Erinnerungen schluckte, die nur im Entferntesten mit Organisten zu tun hatten.

»Es war Herbst«, fiel mir abrupt ein.

»Es war Herbst«, bestätigte Schorsch. »Du wirst ned wegen dem Pudschek verhaftet.«

Vergiss den Pudschek, wollte er wohl sagen. Meine Gedächtniszentrale spuckte wieder alles Mögliche aus, was überhaupt nicht mit dem Mord zusammenhing. Meine Mutter fiel mir wieder ein. Im letzten Sommer, als sie noch bei uns war. Da hatte sie beschlossen, dass sie einen unserer Stühle abschleifen muss.

»Das Braun ist doch scheußlich«, hatte sie erklärt.

Sie stellte den Stuhl vor das Haus und lieh sich vom alten Reisinger, der damals noch gelebt hatte, eine Handschleifmaschine aus. Es war ein irres Getöse, und alle Leute blieben stehen. Nicht wegen des Lärms oder des Stuhls. Sondern weil Mutter in dem Staub stand, in ihrer engsten Jeans, mit hochhackigen Pumps und einem knappen Westchen. Und je länger sie an dem Stuhl arbeitete, desto öfter kamen bestimmte Männer vorbei, vielleicht um zu sehen, wo sich der Staub überall ablagerte. Großmutter hatte geschimpft wie ein Rohrspatz. »Du machst dich ganz staubig, schau dich doch an, Mädl.«

Unter anderem kam der Pudschek sehr häufig vorbei, fiel mir wieder ein. Und die Bet war zu meiner Großmutter gegangen und hatte ihr gesagt, dass das so nicht weiterging.

»Sag deinem Mädl, sie soll des hinterm Haus machen. Jetzt kommt der Pudschek schon zum zweiten Mal vorbei.«

Ich fand das ganz lustig. Weil die Bet ja auch schon zum zweiten Mal vorbeigekommen war. Vielleicht hatte sie ja den Pudschek verfolgt?

Großmutter hatte dann gesagt, sie solle sich lieber mal drum kümmern, dass die Kirche anständig geputzt war, bevor sie sich drum kümmerte, was ihre Tochter mit einem Stuhl machte.

Darauf hatte Bet gegiftet: »Du sollst deine Tochter nicht zur Hurerei anhalten, dass nicht das Land Hurerei treibe und werde voller Schandtat.«

Und dann hatte Großmutter gesagt … mein schwarzes Loch im Gehirn schien Masse zu verlieren, denn ich hörte Großmutter klar und deutlich sagen … wer im Glashaus sitzt …

Wer im Glashaus sitzt?

»Im Herbst«, sagte ich noch einmal zum Schorsch. »Und? Was ist passiert?«

Schorsch sah irgendwo anders hin und murmelte etwas »vom Dach gefallen« und davon, dass er dringend in die Arbeit musste. Und dass es sich für einen Christen schickte, sich an die Gebote zu halten.

Ich verschränkte die Arme vor der Brust und sah dem energischen Kehren vom Schorsch genervt zu. Sogar in Zivil sah er aus wie ein Polizist, dachte ich gehässig. Vermutlich, weil er seit der letzten Leiche jeden Sonntag Tatort schaute. Und das bestimmt nicht, um Ermittlungsmethoden abzukupfern, dachte ich böse, sondern um sich modisch inspirieren zu lassen.

Schorsch war fertig mit dem Zusammenkehren und wollte zurück ins Haus. »Natürlich verdächtigt ihr mich wegen dem blöden Pudschek«, sagte ich hartnäckig. »Wieso interessiert euch denn sonst dieses blöde Munitionskistl?«

Der Schorsch schaute mich eine Weile schweigend an. Man sah ihm richtig an, dass er gerade gar nichts verstand.

»Ja, weil's das Kistl vom Pudschek ist«, sagte er und betrachtete dann mit gerunzelter Stirn den Besenstil.

»Ihr meint also, dass der Pudschek mit dem Wanninger zu tun hat«, fragte ich misstrauisch. Woher wusste der Schorsch von meinem Verdacht? Oder wie war die Polizei darauf gekommen, dass der Tod des Pudscheks mit dem Wanninger zu tun haben könnte?

Schorsch sagte wieder eine ganze Weile nichts. »Ja, wem hat denn jetzt das Kistl gehört?«, entfuhr es ihm schließlich. »Da waren doch die Noten vom Wanninger drin. Und der Janker vom Wanninger.«

Schadenfroh schüttelte ich den Kopf. »So ein Schmarrn. Das war der Janker vom Pudschek. Eigentlich ...« Ich war plötzlich wirklich erleichtert. »Eigentlich könnt ihr mir gar nichts vorwerfen. Weil, wieso sollte es nicht erlaubt sein, den Janker vom Pudschek aufzuheben?«

Der Schorsch sah nicht so aus, als würde er etwas verstehen. Er sah eher so aus, als müsste er dringend zum Blomberg, um sich alles vom ihm erklären zu lassen.

»Ja. Wenn des so ist. Dann kannst natürlich den Janker wieder haben«, schlug er vor.

Ich rollte mit den Augen. So ein Schmarrn. Als hätte ich Lust, das alte Zeug aufzuheben. Der Schorsch hatte es jedenfalls sehr eilig, ins Haus zu kommen.

Echt, der Schorsch wieder. Hatten die sich alle gedacht, der Janker und die Kiste wären vom Wanninger. Manchmal konnte man echt verzweifeln mit unserer Polizei. Und was hatte er vorhin zu mir gesagt? An die Gebote halten? Meinte er mich? Oder den Pudschek? Und welches Gebot hatte er gemeint? Das zehnte? Lass dich nicht gelüsten deines Nächsten Weibes, noch seines Knechtes noch seiner Magd, noch seines Ochsen noch seines Esels, noch allem, was dein Nächster hat.

Das sechste Gebot? Du sollst nicht ehebrechen.

Das Bild schwebte vor meinem Auge, ich versuchte mich zu erinnern, woran es mich erinnerte. Es war tief in mir drin. Ich wusste es. Aber das Einzige, was mir einfiel, war die Meier Bet und ihre Einbauküche.

Ihr Angebeteter hatte nämlich angeblich seine letzten Ersparnisse für eine Einbauküche geopfert. Und dann hatte er wochenlang gebraucht, um dieses blöde Teil in der Küche aufzubauen. Und dann noch einmal mehrere Wochen, bis wirklich alle Teile so funktionierten, wie sie sollten. Nachdem diese schwierige Phase überwunden war, hatte die Meier Bet beschlossen, Einbauküche hin oder her, dass sie doch lieber einen anderen Mann hätte. Vielleicht hatte er einfach zu lange gebraucht. Das war Annelieses Theorie. Die Bet, die war ja nicht blöd. Die hatte sich gedacht, wenn der für alles so lange braucht, das kann ja heiter werden. Meine Theorie war, aber das hatte ich keinem erzählt, weil meine Theorien sowieso niemand verstand, dass sie beschlossen hatte, dass eine Einbauküche einfach nur spießig war. Alles schön zusammengeschraubt, verstaut, abgewischt. Da konnte man doch nur wahnsinnig werden, oder? Anneliese hätte darauf wahrscheinlich gesagt, meine Scheiße, Lisa, du erzählst Sachen. Was ist an einer sauteuren Einbauküche spießig? Jede Frau wäre froh, wenn sie eine Einbauküche hätte. Nagelneu.

Aber vielleicht dachte ich bei Einbauküche auch nur daran, dass Annelieses Mutter immer in ihrer billigen Einbauküche stand und brutzelte und buk, während ihr Gatte sich vor dem Fernseher wälzte und zappte. Und da war mir, ehrlich gesagt, ein Fernseher doch lieber als eine Einbauküche. Vielleicht sollte ich das Max einmal begreiflich machen, dass er mich mit Einbauküchen nicht ködern konnte. Eher mit einem Breitbildfernseher, vor dem ich mich wälzen könnte.

Die Bet. Was geht uns die Bet an, würde Großmutter sagen. Aber obwohl ich angestrengt darüber nachdenken wollte, was ich mit dem Pudschek zu tun haben könnte, verschwand das Bild von der Einbauküche einfach nicht.

Ich starrte in den kalten Himmel und dachte nach. Der Himmel war eisblau, ein paar graue Wolken kamen auf. Großmutter hätte gesagt, die sind voller Schnee. Ein bestimmter Grauton bedeutete immer Schnee und dieses spezielle Ziehen im Kreuz, das auch wiederum Schnee bedeutete. Die Elsternester hingen als unordentliche Haufen in den Spitzen der Linden, was noch schlimmer aussah als der Dreck vor unserem Haus. Vermutlich würde demnächst die freiwillige Feuerwehr kommen, um sie zu beseitigen.

Die Bet. Die Schürze vom Metzger. Der Mantel von Bets Mutter. Der Wind. Der Herbststurm. Meine Gedanken gingen durcheinander.

Ich warf noch einen letzten Blick auf die akkurat zugeschnittenen Büsche vom Schorsch, die jetzt alle mit Lichtern geschmückt waren. Eine leuchtende Klobürste hatte schon was für sich, dachte ich mir böse. Er hätte schon ein bisschen mehr über den Pudschek sagen können, anstatt sich in wilden Andeutungen zu verlieren.

Seltsam, dass ich das wusste, mit Bets Verlobtem. Und plötzlich erschien es mir sehr seltsam, dass sie ihren Verlobten nicht geheiratet hatte. Und dass sie die Wahl hatte, zwischen zwei Männern. Das war doch kaum zu glauben. Wer das wohl gewesen sein konnte? Es wollte mir partout nicht einfallen.

Statt auf dem direkten Weg nach Hause zu gehen, hatte ich einen langen Spaziergang gemacht. Mein Hund schleppte sich neben mir her, der Wind riss an unseren Haaren, kämmte die Hundehaare nach hinten, wirbelte mir die Haare ins Gesicht. Der Wind dröhnte so laut an meinen Ohren, dass ich nichts hörte, außer meinen eigenen Gedanken vielleicht. Sobald er ein wenig nachließ, hörte man ein dumpfes Rauschen und Brausen im Wald. Weit entfernt fuhren zornige Windstöße in die Kiefern und beugten sie nach Osten. Die kalte Wintersonne malte schräge Schatten in die ordentlichen Felder, der Wind schüttelte den blattlosen Ackersenf mal in die eine, dann in die andere Richtung, wie willenlose Gestalten ließen sich die gelben Kräuter verbiegen.

Es war ein stürmisches Stück in Moll, die Erinnerung an den Pudschek.

Ich hatte etwas falsch gemacht. So komplett falsch, dass jemand gestorben war. Und ich erinnerte mich jetzt daran, weil damals auch ein Ächzen und Stöhnen durch die Bäume gegangen war. Ich wusste genau, dass ich meine Augen nur zu schließen brauchte, dann wäre wieder alles da. Dann würde der Gedächtnisfilm weiterlaufen und alles gut Verdrängte nach oben kommen.

Ich schloss meine Augen nicht.

Ich hatte keinen Mut, mich zu erinnern.

Vielleicht war er ja mein Vater. Der Pudschek.

Ich wollte es aber nicht wissen.

Ich wollte mich auch nicht an meine Mutter erinnern.

Und vor allen Dingen wollte ich mich nicht an den Sturm vor zwölf Jahren erinnern.

10

Gerade in der Weihnachtszeit war ein Besuch in unserer Apotheke obligatorisch. Zu den sonstigen Papiertaschentüchern bekam man dann nämlich was wirklich Tolles geschenkt. Einer Kerze zum Beispiel. Das wollte ich mir natürlich nicht entgehen lassen, auch wenn Max an meiner Seite motterte, er würde zu Ikea fahren und für mich einen Sack Teelichter kaufen. Nur um sich dem Sozialstress in der Apotheke zu entziehen. Ja, aber ein Sack Teelichter war trotzdem keine geschenkte Kerze aus der Apotheke. Außerdem hatte Max die Pflicht, nett zu mir zu sein. Seit dieser Pudschek-Wanninger-Verwechslung war er wirklich ausgesprochen lieb zu mir. Hat doch keiner ahnen können, dass ich Pudschek sag und den Pudschek meine, hat er sich gerechtfertigt. So ein Schmarrn, hatte ich ihm geantwortet. So wie ihr ermittelt, habt ihr auch in 100 Jahren den Mörder noch nicht.

Meine Hoffnung war groß, dass ich nicht eines der sonstigen Geschenke unter Max' Blick würde entgegennehmen müssen. Denn nichts war peinlicher, als eine Probe für eine Pickelcreme überreicht zu bekommen. Oder einen Katalog zum Thema »Effektiv abnehmen«.

Außerdem fand ich es toll von unserer Gemeinde, dass sie stillschweigend akzeptierte, dass wir Pudschek-Janker in Pudschek-Munitionskisten aufhoben. Da ging man doch wieder richtig gern zu den sozialen Treffpunkten. »Mei. Die alte

Wild«, hatte wahrscheinlich der Kreiter gesagt. »Die ist halt nimmer dicht.«

»Scho lang nimmer«, hatte es ihm vermutlich der Schmalzl-Wirt bestätigt. »Die alten Leut. Die heben halt alles auf.«

Großmutter ging auch mit, weil sie ihre Tabletten kaufen musste und ich ansonsten keine Kerze geschenkt bekam. Außerdem war es ihr bestimmt vollkommen egal, ob irgendjemand von ihr dachte, dass sie nicht mehr dicht war oder komische Dinge aufhob. »Geh, Mädl«, würde sie vermutlich zu mir sagen. »Des is doch klar, dass keiner von uns die Kiste da reing'stellt hat. Des war doch der Mörder.«

Ein beruhigender Gedanke, dass in unserem Gartenhäusl die Mörder ein und aus gingen.

Die Kathl, die Langsdorferin, die Bet und die Rosl waren anscheinend auch scharf auf die geschenkten Kerzen, denn sie standen alle vor dem Regal mit den Aromalämpchen. Vielleicht hatten sie sich aber auch für ihren Ratsch ein windgeschütztes Eckchen gesucht.

Natürlich mussten wir uns erst einmal dazustellen und eine Weile wichtige Dinge austauschen. Greißliches Wetter heut, des schneit bestimmt ned, hast g'hört, da hat a Bauer seine Enkelin überfahr'n, und so Zeug. Max wirkte so in sich gekehrt, als würde er demnächst ins Koma fallen.

Dann sprachen wir noch kurz über den Wanninger.

»Der Wanninger war scho a netter Mensch«, sagte die Rosl. »Der hat immer grüßt.«

Als wenn das ein Zeichen von Nettigkeit war. Der Metzger beispielsweise, der grüßte auch immer. Aber nur, damit man seine faden Wiener kaufte.

»Der hat nie in Boden reing'schaut«, nickte Großmutter.

Das stimmte. Der Sebastian Lehmer grüßte ganz ungern, vor allen Dingen Rosenkranztanten, die einen dann stundenlang festnageln konnten. Eine bewährte Technik war, auf den Boden zu schauen und so zu tun, als würde man keinen sehen. Obwohl der Entgegenkommende natürlich wusste, dass man ihn gesehen hatte.

»Der Wanninger, des war a ganz neugieriger Zwickel«, trug die Kathl bei. »Alles hat er g'wusst. Was der oft für Sachen erzählt hat.«

»Des stimmt«, pflichtete die Rosl bei. »Heilige Maria Mutter Gottes. Der hat alles g'wusst.«

»Der Wanninger hat gar nix g'sehn«, platzte die Bet heraus. »Gar nix.«

Die Blicke der Rosenkranztanten schnellten zur Bet. Es war eine Weile still, und die Bet wurde bleich.

Oh. Oh, dachte ich mir unwillkürlich und spitzte neugierig die Ohren.

Die Kathl sah sie streng an. »Weißt was, Bet, des hat doch eh jeder g'wusst.«

Die Bet wurde noch weißer, aber sie antwortete nicht.

»Was?«, fragte ich, denn ich konnte meine Neugier nicht mehr bezwingen.

Die Bet schoss mir mörderische Blicke zu.

»Wegen dene Bratwürstln«, sagte die Rosl. »Geh, Bet. Ist doch ned so schlimm.«

»Bratwürstln?«, fragte ich scheinheilig, obwohl ich es natürlich gleich verstanden hatte. Wenn's bei den Rosenkranztanten um Bratwürstln ging, dann war nur eins wichtig: der Zeitpunkt des Bratens und des Essens. Mensch, die Bet wieder. Da tat sie so oberkatholisch, und dann machte sie am Freitag Bratwürstln. Unmöglich. Ja, ja, jeder Mensch konnte schwach werden. Die Schadenfreude in mir grinste mächtig, und ich bekam so richtig weihnachtliche Gefühle. Ich schämte mich nicht einmal deswegen. Es war gut und richtig, dass auch bösartig gute Menschen eine zweite Seite hatten. Und bei der Bet lagen die Sünden eben im kulinarischen Bereich.

Die Bet sagte immer noch nichts.

»Wir wissen alle, dass du dem Mesner damals die Bratwürstln braten hast«, erklärte die Rosl. »Ist doch wurscht. Hast halt ned dran dacht.«

Als wenn ausgerechnet die Bet vergessen könnte, dass Freitag war und dass man keine Bratwürstln briet. Und ausgerechnet dem Mesner vor seinem Tod die Würstln … das war geradezu komisch, fand ich, und ich hatte es plötzlich gar nicht mehr eilig weiterzugehen. Die ganze Zeit mir herreden, was für ein sündiges Leben ich führe, und dann heimlich Bratwürstln an den Mesner verfüttern, wenn das nicht link war.

Die Bet war grün geworden.

Ha.

Das interessierte den Max bestimmt auch. Schließlich hatte das mit seinem letzten Fall zu tun gehabt. Aber er stand noch immer neben mir, als wäre er scheintot.

»Des hat er g'meint …«, sagte sie tonlos. »Die Bratwürstln?«

Ha. Wenn das nicht schlimm genug war, dachte ich schadenfroh und hoffte gleichzeitig, dass es keiner merkte. Schließlich war Advent. Da war man nicht schadenfroh, auch nicht der Bet gegenüber.

Der Ausflug in die Apotheke hatte sich wirklich gelohnt.

Die Langsdorferin drehte sich von ihr weg und begann von ihrer Schwiegertochter zu erzählen. »Hat s' ned den guten alten Topf wegg'schmissen! Ich hab mir den damals vom Mund abgespart. Und dann, wie s' g'heirat' ham, hab ich ihn herg'schenkt. Ich in dem Alter wär froh g'wesen, wenn mir jemand so einen Topf g'schenkt hätt.«

»Die jungen Leut wieder«, schimpfte die Rosl mit. »Die ham halt noch keine Not kenneng'lernt ...«

Ich versuchte auszurechnen, wie alt wohl die Schwiegertochter war, und kam auf etwa zarte 50 Jährchen. Sie hatte den Topf also schon seit 25 Jahren in Benutzung. Der Wahnsinn, so einen nagelneuen Topf wegzugeben. Ich warf einen belustigten Blick zu Max hinüber, der mittlerweile vollkommen danach aussah, als wäre kein Leben mehr in ihm. Als würde er eigentlich weit entfernt von seinem Körper in besseren Gefilden leben und nur ein unwesentlicher Teil von ihm unter all den Rosenkranztanten stehen. Aber ich sollte nicht spotten. Es war für ihn bestimmt nicht einfach, sich das Geschnatter der ganzen Weiber anzuhören. Ich beschloss, aus Rücksicht auf seine Potenz demnächst weiterzugehen. Aber allein die Geschichte mit der Bet hatte mir den ganzen Tag, wenn nicht die ganze Weihnachtswoche gerettet. Wobei ich fand, dass sie viel zu wenig auf dem Thema herumgeritten waren, das wäre durchaus noch ausbaufähig gewesen. Aber ich hielt mich zurück, schließlich war Advent.

Als ich Max aber ins Gesicht sah, war er so verändert, dass ich nichts sagte. Er sah plötzlich wieder aus wie ein richtiger Polizist. Sein Blick war undurchdringlich und absolut sexy. Ich war alarmiert. Er konnte gerne so gucken, wenn er mit mir im Bett lag. Aber nicht, wenn ich zwischen allen Rosenkranztanten und meiner Großmutter stand. Sein Blick hatte sich auf eine Person geheftet. Ich wusste, was das bedeutete. Irgendetwas hatte ihn aus seinem komatösen Zustand gerissen. Und das musste mit dem Wanninger-Mord zu tun haben.

Ich überlegte mir, ob er wohl die Schwiegertochter von der Langsdorferin verdächtigte. Leuten, die uralte Töpfe wegwarfen, konnte man im Prinzip alles zutrauen. Mit der Meinung würde er zumindest bei der Langsdorferin offene Türen einrennen. Ich sah der Bet nach, die ihre Tasche wieder aufgehoben hatte und gerade die Tür der Apotheke öffnete. Sie war jedenfalls nicht wegen der Gratis-Kerzen gekommen. Der Saum ihres Rockes war etwas eingerissen und guckte unter ihrem braunen Mäntelchen hervor. Ich sah der vertrauten Gestalt mit dem leicht schiefen Gang nach, den klumpigen Schuhe und den wollenen Strümpfen. Wie ihre Mutter.

Ihre Mutter. Damals.

Und da war sie wieder, die Erinnerung.

Es war ihre Mutter gewesen, die ich vor zwölf Jahren beobachtet hatte.

»Der Bet ihre Mama«, sagte ich erschrocken, »die hat dem Pudschek damals Steine aufs Grab geworfen.« Jetzt wusste ich es. Richtig. So war das gewesen. Bets Mutter hatte böse Sprüche murmelnd vor Pudscheks Grab gestanden und dann schwarze Steinchen aus ihrer Handtasche geholt, um sie auf den Grabstein zu pfeffern.

»Dem greißlichen Pudschek, dem greißlichen«, sagte meine Großmutter als einzigen Kommentar.

»Des wundert mich ned«, sagte die Rosl, als fände sie das mit den Steinen durchaus normal. »Wo die Bet den Metzger ned heiraten wollt, wegen dem Pudschek.«

Dem greißlichen, dachte ich mir.

»Da hätt s' jetzt ausg'sorgt«, sagte die Rosl mit einem Seufzen.

»Die arme Bet. Der Metzger hat eine andere g'nommen. Und nun steht s' da.«

Ha. Die Bet. Der Metzger und seine Einbauküche. Und der Pudschek? Ich konnte mir so richtig vorstellen, was ihre Mutter dazu gesagt hatte. Würstln und Fleisch umsonst bis ans Lebensende. Und die dumme Bet wollte lieber den Pudschek, der nix konnte außer Orgel spielen. Kein Wunder, dass sie sich freitags von Bratwürstln ernährte. Das war wahrscheinlich eine Psychose, die ihr ihre Mutter eingeredet hatte.

»Den Troidl könnt s' heirat'n«, schlug die Langsdorferin vor. »Des is der Einzige, der mir einfallat.«

Na prima. Das werden die Leute über mich auch mal sagen, wenn ich nicht mehr mit dem Max zusammen bin. Jetzt bleibt nur noch der Troidl. Der Troidl, den man gleich im Kombipaket mit seinem greißlichen Zwerg und seinem alten Schuhkastl heiraten musste. Igitt.

»Dabei hätten s' so schön zampasst«, sagte die Großmutter.

Damit war die Unterhaltung über die Bet auch schon wieder beendet. Schade. Und die Rosl schimpfte darüber, dass in der Kirche nicht mehr richtig geheizt wurde, weil dem Pfarrer Daschner immer so warm war. Kein Wunder, dass keiner in die Kirche ging. Wenn man nach jedem Gottesdienst eine Blasenentzündung hatte.

Mit den Tabletten, einer goldenen Kerze und zwei Päckchen Taschentüchern in einem Plastikbeutelchen ging ich zwischen Großmutter und Max die Straße entlang. Ich wollte vor Großmutter nicht fragen, an was Max gerade dachte. Sein alarmierter Blick war wieder verschwunden.

»Die Bet sollte den Metzger heiraten?«, fragte er schließlich nach. Es klang komisch, wenn er Bet sagte und nicht Frau Meier.

»Ja.« Großmutter sah nicht vom Weg auf. »Es war schon alles ausg'macht. Sie hat sich auch gut g'macht, sogar im Schlachthaus. Für mich wär des ja nix, aber die Bet kann des. Der macht des Blut und des Gschrei nix aus.«

Dass Großmutter zimperlicher war als die Bet, war schlichtweg Unsinn. Großmutter konnte sich riesige Gockel unter den Arm klemmen, da gab's kein Geflatter und kein Gezappel. Und dann mit der linken Hand die zwei Hax'n gepackt, und zack zack mit der rechten … Und wenn das kein Blut und Geschrei war, dann weiß ich auch nicht.

Der Metzger. Glaubt man's. Will die Bet heiraten, und die rennt dem Organisten nach. Ich hatte es ja immer gewusst. Der Metzger hatte sich gerächt, darum war er auch in der Kirche. Er hatte dort … hm. Mir fiel nicht so richtig ein, was er dort getan haben könnte. Aber eigentlich hatte ich es schon immer gewusst. Im Metzger steckte wirklich Potential.

Seltsam, wie plötzlich die Erinnerungen wiederkamen. Der Metzger wollte die Bet heiraten. Und die Bet hatte ihn nicht geheiratet, weil sie den Pudschek haben wollte. Und sie hatten alle darüber geredet. Die Bet, die den Pudschek heiraten wollte. Und dann … Plötzlich war mir alles klar. Natürlich. Und der Metzger, sauer bis in alle Ewigkeit, hatte selbstverständlich beschlossen, irgendwann pack ich dich, du hundsmiserablicher Pudschek, du hundsmiserablicher. Und dann, eines schönen Tages, hat er seine Tat ausgeführt. Ich wedelte mir mit einer Hand Luft zu.

»Wie war das jetzt mit dem Pudschek?«, fragte Max weiter. »Wie ist der eigentlich gestorben?«

Großmutter ging einfach weiter und ignorierte uns.

»Er ist vom Dach gestürzt«, sagte ich schließlich. »Da war dieser Sturm. Und er war am Dach.«

»Auf unserem Dach.«

Ich war selbst überrascht über meine Antwort. Es war in etwa so, als würde man in einer fremden Sprache angesprochen werden und, ohne nachzudenken, in dieser Sprache antworten. Erstaunt darüber, dass man die Wörter wusste.

Auf unserem Dach. Ich hörte wieder die Blätter auf der Straße rennen, und in meinen Ohren dröhnten lauter kleine Mini-Bisons. So war das. Genau. Und Großmutter hatte gesagt: »Sag ihm, sie soll'n jetzt runterkommen. Wenn s' Dachziegel zertreten, regnet's uns rein.«

Mit den Erinnerungen war es wie mit Dominosteinen. Stieß man einen an, dann ging es ruckzuck. Zack, zack, zack, fiel einer gegen den nächsten.

»Und, wieso war er dort?«, unterbrach Max meine Erinnerungen. Der Metzger. Er war wahrscheinlich vor dem Metzger geflohen. Und der Metzger war ihm aufs Dach gefolgt und hatte ihn runtergeworfen.

»Ausgerechnet von unserem Dach«, schimpfte die Großmutter. »Des hängt uns doch ewig nach.«

Ich blieb mit offenem Mund stehen. Ja. Auf unserem Dach war das gewesen. Aber der letzte Kampf vom Pudschek und dem Metzger – ausgerechnet auf unserem Dach? Konnten sie sich da nicht einen besseren Platz aussuchen für ihr großes Finale? Und überhaupt, die Bet! Das war wohl unglaublich! Sie hatte schon immer so ausgesehen, als würde sie keiner heiraten. Und dann so etwas! Zwei Rivalen, die sich auf dem Dach der Wilds prügelten, bis einer schwer verletzt vom Dach stürzte.

Wow.

Das war ja wie im Film.

Ich sah den Metzger vor mir, wie er ein riesiges Schlachtermesser als Schwert einsetzte und mit gewaltigen Sprüngen über unser Dach hetzte.

»Von unserem Dach? Der Metzger und der Pudschek haben sich auf unserem Dach geschlagen?«, fragte ich fassungslos. »Aber wie kommen die auf die Idee, dass sie dazu auf unser Dach müssen?«

Großmutter blieb stehen und drehte sich zu mir um. »Geh, Mädl, was redst denn wieder für ein Zeug«, sagte sie tadelnd und schüttelte den Kopf. »Was sollt der Metzger bei uns am Dach?«

Ja. Das fragte ich mich auch. Da hätten sie sich doch jedes beliebige Dach aussuchen können. Der junge Jedl zum Beispiel hatte ein Flachdach, da fiel man nicht so leicht runter.

Wobei die Frage war, wieso überhaupt ein Dach? Sie hätten sich ja auch bei uns im Vorgarten schlagen können.

»Wegen der damischen Katz, der damischen. Die Katz von deiner Mutter. Die wollt ned mit mit ihr.« Sie sah mich böse an, als wäre ich daran schuld, dass die Katze bei ihr auf dem Dach geblieben war. Und Mutter das Weite gesucht hatte.

»Und der Metzger?«, fragte ich.

»Was hast denn immer mit dem Metzger«, schimpfte sie. »Der is jedenfalls ned so g'spinnert und klettert bei Sturm auf a Dach rauf.«

»Und der Pudschek wollte die Katze retten?«

Sie zuckte mit den Schultern. »Die wär schon wieder runterkommen. Ich hab's ihm glei g'sagt. Lass s' oben, die Mistmatz. Wer raufkommt, der kommt auch runter. Oder?«

Na ja.

»Und dann hat ihn der Wind runterblasen?«, hakte ich nach. Ich sah ihn plötzlich wieder ganz deutlich vor mir liegen, in seinem Janker. Ich hörte, wie er stöhnte. Und das Laub rannte, trappelte und raste. Und die Rosenkranztanten wisperten: »Der liegt auf Intensiv. Der wird nimmer.«

Sie zuckte mit den Schultern. »Meinst, ich hab Zeit g'habt, dem Pudschek beim Kraxeln zuzuschaun? Ich bin reingangen. Bei dem Wind hast ja Angst ham müssen, dass es dir die Dachziegel aufs Hirn bläst. So hat das g'wachelt ...«

»Und die Bet?«, fragte ich weiter. Ich hielt erstaunt inne.

Ja, die Bet. Nicht der Metzger war dabei gewesen, sondern die Bet. Sie war direkt neben mir gestanden und hat geschimpft und gescholten. Ich kniff kurz die Augen zusammen. Ich hatte am Dachboden gestanden, die Dachluke war offen, der Wind pfiff herein. Manchmal nahm mir das richtig den Atem. Und neben mir war die Bet.

Großmutter zuckte wieder nur mit den Schultern und ging weiter.

»Die Bet war auch dabei?«, fragte Max nach.

»Die Bet war auch dabei«, antwortete ich. Seltsam. Die Bet hatte neben mir gestanden. Geschrien hatte sie, er solle reinkommen und die Katze Katze sein lassen. Der Pudschek hatte jedenfalls gar nicht auf die Bet reagiert.

Ausgerechnet von meinem Dach, der ung'schickte Kerl, der ung'schickte, hörte ich die Stimme meiner Großmutter aus einer vergessenen Vergangenheit sprechen.

Ich sah plötzlich einen Janker bei uns im Vorgarten liegen, aufgerissen. Der Janker aus unserem Gartenhäusl. Das Blaulicht. Die Bet, die geschrien und gejammert hat. Und Großmutter, die mich zum Haus schob mit den Worten: »Geh rein, bei dem Wind. Es langt, wenn der Pudschek da liegt.«

Ich war dann hineingegangen und hatte durch das Küchenfenster den Notarzt beobachtet. Und dabei die Katze gestreichelt. Sie war durch die offene Dachluke gesprungen und ziemlich pikiert über die ganze Aufregung in die Küche gekommen.

Großmutter drehte sich zu mir und Max um. »Ich hab ihm g'sagt, lass s' oben am Dach. Die greißliche Katz. Ständig hat s' einen bissen, wenn ma s' streicheln wollt. Und bei der Reisingerin hat s' ins Kräuterbeet g'schissen. Nix als Ärger hat ma mit der g'habt.«

»Und die Bet?«, fragte Max nach einer kurzen Pause.

»Die war nie bei der Reisingerin drüben«, sagte die Großmutter, als würden wir annehmen, dass die Bet ihr Geschäft im Garten anderer Leute verrichtete. Dann ging sie weiter, motterte vor sich hin, dass die Bet lieber ordentlich putzen sollte, als ständig ihre Nase in fremder Leute Angelegenheiten zu stecken.

Max blieb hinter uns zurück und tippte eine Nummer in sein Handy. Ich ging mit Großmutter weiter. Ihr war das bestimmt nicht recht, wenn sie der ganzen schädlichen Elektronik ausgesetzt war.

»Wie der Dreiwegener Teifel«, sagte sie zusammenhanglos. Ob sie damit die Reisingerin, die Bet oder den Pudschek meinte, wusste ich nicht. Aber das war auch egal.

Als wir nach Hause kamen, stand Blomberg vor unserer Tür und wollte Großmutter mitnehmen, zwecks Zeugenaussage. Um noch einmal die Aussage von der Bet mit der von Großmutter abzuchecken.

Abzuchecken! Ich stand vor zwei undurchdringlichen Männern und spürte den hilflosen Hass in mir hochbrodeln. Wieso checkte hier denn keiner mal den Metzger durch! Oder den Troidl! Ausgerechnet Großmutter! Sie war sechsundachtzig Jahre alt, wahrscheinlich würde sie einen Schlaganfall während der Befragung bekommen. Oder einen Bandscheibenvorfall.

Ich hatte noch eine Weile versucht, mit aufs Revier zu dürfen, aber weder Max noch Blomberg ließen sich erweichen. Max hatte mir zugeraunt, dass es nur eine Befragung sei, nichts weiter, und dass ich mir keine Sorgen machen solle. Und ich hatte ihm gesagt, dass ich mir keine Sorgen machen würde, sondern einfach nur ziemlich wütend sei auf ihre Art von Zeugenbefragung. Ich verschwieg, dass ich inzwischen ziemlich aggressive Hintergedanken hatte, wenn ich an die Polizei und ihre unhaltbaren Verdächtigungen dachte. Und dass sie mich mal lieber mitnehmen sollten, bevor ich mich von meinen Emotionen leiten ließ.

Großmutter setzte sich widerspruchslos in den Polizeiwagen und sagte nur: »Geh, Mädl, reg dich ned so auf, i bin glei wieder da.« Ich empfahl ihr ebenfalls, sich nicht aufzuregen, dann ging ich ins Haus und regte mich eine Weile alleine in der Küche auf. Auf Max war einfach kein Verlass. Wenn sich das bei ihm einbürgerte, dass er für alle Verbrechen in unserem Ort mich oder Großmutter verdächtigte, dann würde ich mich von ihm trennen müssen. Egal, wie er im Bett war.

Nach dieser Einsicht ging ich wieder nach draußen und setzte mich ins Auto. Ich beschloss, sinnlos in der Gegend herumzufahren, um mich auf- oder abzuregen. Je nachdem, was ich gerade im Ort sah. Sollte ich den Schorsch sehen, würde ich mich furchtbar aufregen und sämtliche Schimpfwörter, die ich kannte, auf ihn loslassen. Erst einmal regte ich mich ganz grässlich auf, weil ich meinen Autoschlüssel nicht fand. Zornig rannte ich wieder ins Haus und riss eine Schublade nach der anderen auf. Ha. Da war ja unser Nicker. Wütend nahm ich ihn heraus und warf ihn auf den Küchentisch. Man findet immer das, was man nicht sucht, dachte ich mir düster. Im selben Moment fand ich meinen Autoschlüssel in meiner Jackentasche. Noch immer voller Zorn rannte ich nach draußen zum Auto.

Als ich bei der Kirche vorbeikam, sah ich die Bet in ihrem Garten stehen und einen einsamen Rosenkohlstrauch mit einem riesigen Messer umsäbeln. Mich durchfuhr ein geradezu heiliger Zorn. Die Bet, dieses dumme Trutscherl, dieses dumme. Was fiel ihr eigentlich ein, unsere Familie so in Verdacht zu bringen! Wieso war Großmutter jetzt beim Blomberg? Weil diese blöde Bet Unsinn verbreitete! Ich bremste scharf und stieg aus dem Auto.

Sie sah mich an, als wüsste sie, was auf sie zukam.

»Wieso hast du gelogen?«, fragte ich böse, während ich auf sie zuging. »Großmutter war gar nicht alleine in der Kirche. Die Langsdorferin war auch drin.«

Die Bet verzog spöttisch den Mund und drehte sich um. Mit dem Rosenkohlstrauch in der Hand ging sie auf einem kleinen ausgetretenen Weg hinters Haus. Ich folgte ihr zornig. Hinterm Haus gab es noch mehr Rosenkohl und noch jede Menge Grünkohl. Den aß in unserem Dorf nur die Bet, sonst niemand. Kein Wunder, dass sie so war! Wenn man den ganzen Winter nur Rosenkohl aß, musste man ja bösartig werden! Sie steckte den letzten Rosenkohl in ihre Kittelschürze und warf den Strunk auf den Kompost.

»Die Langsdorferin sieht eh nix mehr. Des wird euch nix helfen«, antwortete sie triumphierend.

Das wird uns nichts helfen?

»Des glaubt euch doch eh keiner, dass die Langsdorferin die Orgel hochkommt!« Sie drehte sich zu mir, hob etwas das Kinn. »Und den Orgelschlüssel habt s' auch g'habt.«

Wir? Wir hatten den Orgelschlüssel gehabt? Gefunden, wollte ich sagen, aber vor Zorn blieb mir die Luft weg.

Wir sahen uns wieder eine Weile an. Mir war so heiß vor Wut. Wahrscheinlich war sie jeden Nachmittag auf der Polizeidienststelle und gab gute Tipps zur Ergreifung der Wild'schen Mörderbande.

Sie kam einen Schritt auf mich zu und zischte: »Des Alibi von der Langsdorferin, des kannst vergessen!«

Ich holte tief Luft, um ihr meine Meinung in maximaler Lautstärke kundzutun, als dieser Geruch in meine Nase kam. Der Geruch ihres Wintermantels. Es war nur ein

Hauch, denn sie trat wieder einen Schritt zurück. Aber das reichte.

Ich kam mir vor wie in einem lebendigen Puzzle. Fast ganz zusammengesetzt, nur zwei Teile fehlten noch. Die lagen unter dem Tisch. Wenn man sie aufhob, ging alles plötzlich rasend schnell. Man musste nicht ausprobieren und drehen und wenden, sondern man steckte sie einfach hinein.

Der Geruch ihres Mantels. Genau so hatte er vor zwölf Jahren gerochen. Nach Mottenpulver. Als hätte sie ihn nicht richtig gelüftet, sondern aus einem alten muffigen Schrank genommen und angezogen. Sie hatte neben mir gestanden, an der offenen Dachluke. Der Wind hatte geheult. Und neben mir hatte die Bet geschrien. Ich hörte richtig ihre keifende Stimme, anklagend, verzweifelt, bissig. Giftig. Aber weshalb? Was sie geschrien hatte, hatte ich schon längst vergessen. Sie wollte, dass der Pudschek vom Dach ging. Sie hatte auf meine Mutter geschimpft. Dass sie ihre Katze da gelassen hat. Und dass der Pudschek ihre Katze retten wollte. Jedenfalls hatte sie etwas gesagt, das auch mich zornig werden ließ. Und dann war das Gefühl in meinem Bauch. Dieses ganz ungute Gefühl, als hätte ich etwas falsch gemacht. Aber ich war doch nur neben der Bet gestanden und hatte geguckt …

Der Pudschek hatte sich ganz langsam über das Dach geschoben. Vorsichtig. Vorsichtig. Ich hatte hin und wieder die Augen zugemacht, damit ich nicht sah, wenn er runterfiel. Dann hatte ich aber nur umso mehr den muffigen Geruch von Bets Mantel in der Nase. Das war fast noch grauenhafter als der Gedanke, der Pudschek könnte abstürzen. Das war, als würde man in einem alten, muffigen Schrank sitzen und nie mehr herauskommen.

»Du hast die Orgel nicht gehört«, sagte ich.

Sie sah mich regungslos an.

»Die Orgel war so laut, die musste man hören.« Wieso hast du nicht nachgeschaut?, wollte ich fragen. Aber plötzlich wusste ich es. Ich wusste, wieso der Mörder alle Register gezogen hatte. Wieso die Bet nicht in die Kirche gegangen war. Und eigentlich auch das mit dem Gebiss der Kreiter Mare.

Das war schon immer mein Problem gewesen. In manchen Dingen war ich unglaublich langsam. Ich verstand die Sache erst dann, wenn sie mich direkt ansprang. Wie jetzt zum Beispiel.

Da stand also die Bet mit einem großen Messer vor mir, und ich verstand, wieso der Max damals in der Apotheke so komisch geguckt hatte.

Die Rosl hatte gesagt: »Der Wanninger hat alles g'wusst.« Und die Bet hatte ganz aufgeregt gerufen, dass der Wanninger nichts gesehen hatte.

Ich war damals so auf die Bratwürste fixiert gewesen, dass ich nicht kapiert hatte, dass die Bet überhaupt nicht an die Bratwürste dachte. Sondern an die Sache damals auf unserem Dach.

Und dann hatte sie noch gesagt: »Das hat er g'meint.« Also hatte sie ursprünglich etwas falsch verstanden. Sie hatte den Wanninger falsch verstanden. »Ich habe dich gesehen«, hatte der Wanninger wahrscheinlich gesagt, und sie hatte dabei an etwas anderes gedacht. Nicht beim Bratwürstlbraten. Sondern … Bei was konnte man die Bet schon sehen? Wie sie dem Pudschek Steinchen aufs Grab warf?

Während ich das Messer ansah, wusste ich alles wieder. Die Bet, die gekeift hatte: »Nur wegen der greißlichen Wild, der ausg'schamten Bixn, gehst du aufs Dach! Hast ihr damals des Kind g'macht, oder wieso machst des?« Damals hatte ich das nicht richtig verstanden.

Des Kind g'macht? Das gemachte Kind stand dabei neben ihr und machte sich fast in die Hose, weil Bet so zornig war. Und dann war sie auch aufs Dach geklettert. Damals dachte ich, um die Katze eher zu erwischen. Oder weil sie den Pudschek zur Aufgabe seines Vorhabens zwingen wollte. Oder weil sie sich beweisen wollte, dass auch sie in der Lage war, bei Windstärke zehn auf Wilds Dach herumzuspazieren. Was hatte sie da wirklich getrieben?

Wenn ich damals nicht so feige gewesen wäre und die Augen zugekniffen hätte, dann wüsste ich es. Aber ich war schon immer ein Kind, das sich vor allem gruselte. Und so hörte ich nur die Mini-Bisonherde trampeln, den Orkan Atem holen und ein gewaltiges Konzert in Moll blasen. Und die Bet. Die hörte ich auch. Vom Pudschek hörte ich nichts mehr, nur die Bet, die am Dach weiter keifte und schrie. Es hörte sich an, als hätte sie die Worte schon tausendmal zu Hause geübt. Als wäre das ein Theaterstück, die Premiere, nach wochenlanger harter Arbeit im stillen Kämmerlein.

»Hätt ich nur den damischen Metzger g'heirat'!«, hatte sie abschließend gebrüllt.

Und dann war es still geworden. Selbst der Orkan hatte erschrocken auf das Scheppern der Dachziegeln gelauscht, die bei uns auf den gepflasterten Weg gefallen waren. Ich hatte meine Augen so fest zusammengepresst, dass ich lauter bunt schillernde Ringe sah, in einem schwarzen unendlichen All. Diese Ringe sah ich auch noch, als ich endlich die Augen öffnete. Aber da war der Pudschek schon nicht mehr auf dem Dach, und die Bet stand starr, als würde sie auf etwas warten.

Mein Erinnerungsfilm lief mit überhöhter Geschwindigkeit weiter, als hätte meine Angst ein Video auf Schnellvorlauf gestellt. Die Bet war die Treppe nach unten gerannt. Und ich hatte mich so auf unserem Dachboden gegruselt, dass ich auch hinuntergelaufen war, immer ihr nach, obwohl ich nur von ihr weg wollte. Sie war polternd durch den Hausflur zur Tür gelaufen. Dann hatte der Sturm ihr die Haustür aus der Hand gerissen, die Tür war gegen die Wand gerummst und das Marienbildchen neben dem Weihwasserkessel war auf die Erde gefallen.

Ich hatte damals nur noch zu Großmutter gewollt. Sie stand auf unserem Gartenweg, hatte mich erst überhaupt nicht beachtet. Der Sturm riss an uns, an meinen Haaren, an Rosls Kopftuch, an Großmutters Rock. Die Rosl hatte sich die Hand vor den Mund geschlagen, der Wanninger schaute uns erschrocken an. Schaute mich an, oder auch hinter mich. Dort, wo die Bet stand. Und dann hatte Großmutter gesagt: »Geh, Mädl, geh rein und mach die Haustür zu.«

Das hatte ich dann gemacht. Ich hatte das Marienbildchen aufgehoben, mit dem zerbrochenen Rahmen, und war in die Küche gegangen.

Die Bet blickte mich an, als hätte sie begriffen, dass mir alles wieder eingefallen war. Ihre Augen wurden etwas dunkler. Großmutter würde sagen, das ist der Blick auf die schwarze Seele.

Wie konnte jemand, der so gut war, so eine schwarze Seele haben, kam mir unnützerweise in den Sinn. Bets Blick huschte kurz zu dem riesigen Küchenmesser, das sie in der Hand trug.

Ich hatte plötzlich das Bedürfnis, meine Augen fest zusammenzupressen, um farbige Ringe zu sehen.

Jetzt verstand ich Großmutter. Sie hatte schon damals heimlich zur Kathl gesagt, dass die Bet wie der Teifel vom

Dreiwegener Kreuz ausgesehen hätte, als sie von unserem Dach heruntergekommen war. Die Kathl hatte gemeint, dass habe bestimmt daran gelegen, dass es kein Zuckerlecken sei, dem Pudschek beim Abstürzen zuzusehen. Aber ich wusste genau, dass der Satan nicht aussah, als wäre das kein Zuckerlecken. Der sah aus, als wäre er wahrhaft böse. Nur der Engel darüber. Der sah aus, als sei er gut, obwohl er böse war.

Und dann ging die Mär, der Pudschek sei noch einmal aufgestanden, habe die Bet gesehen und sei dann tot umgefallen. Vor Schreck sozusagen. Wenn ich mir die Bet so mit Messer ansah, dann war das Totumfallen vermutlich der einfachere Tod.

»Der Pudschek ist nicht mein Vater«, sagte ich zu ihr, um meine Lage weniger dramatisch zu machen.

Sie sah mich nur böse an.

»Der Wanninger ist auch nicht mein Vater«, erklärte ich ihr weiter, während ich mir überlegte, wer schneller war. Ich in meinen Winterstiefeln, mit wackeligen Knien. Oder die Bet, mit dem Mut der Verzweifelten.

»Den Metzger hätt ich heiraten sollen«, zischte sie mich an. »Alle ham g'sagt, des is a Partie! So einen kriegst ned noch amal.«

Ich sagte gar nichts, beobachtete das Messer in ihrer rechten Hand. Ich konnte eigentlich an nichts anderes mehr denken als an dieses Messer. Und daran, dass Bet schon einmal zugestochen hatte. Mit so einer Wucht, dass ein einziger Stich gereicht hatte.

»Nie geht er in die Kirch'!«, stieß sie hervor. »Ich hab ihn g'fragt, ja glaubst denn ned an Gott? Wennst an Gott glaubst, musst in Kirch gehen. Und da hat er nur g'lacht. Willst ned auferstehen, hab ich g'fragt?« Sie stieß die Wörter so böse hervor, dass der Speichel spritzte. »Auferstehn, hat er g'sagt, freilich, des glaub ich. Als Gänseblümerl würd er auferstehn. Des wachst dann raus, aus dem Moder, der von ihm übrig bleibt!«

Ich schluckte. Stellte mir vor, dass von mir bald auch nur noch Moder übrig war, wenn ich nicht sehr schnell aus diesem Garten lief.

»Und g'lacht hat er dabei.«

Wir sahen uns wieder an. Meine Beine waren wie gelähmt, mein Verstand sagte mir, ich sollte gehen. Oder wenigstens etwas sagen und mich nicht widerstandslos abschlachten lassen. Oder schreien. Vielleicht würde mich die Kathl hören. Die Kathl war noch fit. Vielleicht konnte sie die Bet entwaffnen. Gut, sie war schon weit über 80, aber energisch.

»Er wollt dich vom Kirchgehn abhalten«, sagte ich schließlich, nur um irgendetwas zu sagen.

»A geh, Mädl, wo denkst denn hin«, sagte sie böse. »Des mit dem Kirchgehn war ihm ja grad recht. Dort gibst ned mei Geld aus, hat er g'sagt.«

Der Metzger wieder. Den hätte ich auch nicht geheiratet. Aber wieso sie dann den Pudschek vom Dach schubsen musste ... Ich traute mich nicht zu fragen. Der Pudschek war doch bestimmt gläubig. Oder er sagte immerhin nichts dagegen. Schließlich konnte er schlecht seinen Arbeitsplatz madig machen. Vielleicht hatte er in einem schwachen Moment zugegeben, dass er es nur wegen des Geldes machte und sich über jeden Todesfall freute. Weil ein Requiem, das gab extra Kohle.

Vielleicht hätte ich jetzt sagen sollen, recht hast g'habt, Bet. Man darf sich nicht alles gefallen lassen als Frau. Mit ein bisschen Glück hätte das gereicht, Bet auf andere Gedanken zu bringen. Vielleicht hätte ich sie auch um das Rezept für einen Rosenkohlauflauf bitten können. Und wenn sie dann drin im Haus nach einem Stift gesucht hätte, eilig nach Hause fahren. Aber ich hatte plötzlich so einen trockenen Hals, dass ich keinen Ton herausbrachte.

In ihrem Gesicht veränderte sich etwas. Anscheinend hatte sie mir angesehen, was ich mir dachte. Oder es war ihr aufgefallen, was es bedeutete, wenn ich wusste, dass sie mit dem Pudschek auf unserem Dach gewesen war. Vielleicht hatte sie aber auch gesehen, dass mein Blick immer wieder zu ihrem Messer gewandert war. Was bist du blöd, dachte ich bei mir. Das hat sie jetzt auf den richtigen Gedanken gebracht.

Während ich rannte, hörte ich hinter mir nur noch verschwommen Geräusche. Warf sie ihr Küchenmesser nach mir? Holte sie mich ein? Als ich den Weg über das Rosenkohlbeet abkürzte, stolperte ich über einen Rosenkohlstrunk und knallte auf die gefrorene Erde. Dabei riss ich einen veralgten Frühbeetkasten ein, in dem eine Menge Endiviensalat lagerte.

Ich versuchte mich aufzurappeln, zerrte an meinem rechten Bein, das ganz ungünstig zwischen zwei zersplitterten Plastikscheiben steckte. Als das nicht gelang, versuchte ich den Stiefel vom Fuß zu bekommen und barfuß weiterzurennen. Währenddessen durchlebte ich eine Phase, in der ich höchst gläubig wurde und in der ich Gott versprach, die nächsten Rosenkranztermine wahrzunehmen, wenn er mich vor der Bet errettete.

Aber es war schon zu spät. Bet hatte mich eingeholt und stand wie ein düsterer Schatten über mir. Was für ein blödsinniger Tod! Gefangen im Endiviensalat der Bet!

Ich presste die Augen zusammen und kreischte wie am Spieß. Das bringt in solchen Situationen zwar nichts, ist aber besser als gar nichts.

Ich hörte ein Keuchen und ein hysterisches »Nein«, das eindeutig von der Bet kam. Dann eine Weile gar nichts.

Da ich noch immer nicht umgebracht worden war, öffnete ich vorsichtig die Augen. Vor mir schienen die Bet und der Troidl einen sehr seltsamen Tanz zu üben. Ich fragte mich, ob ich wohl schon halb tot war und nun die letzten Halluzinationen vor dem endgültigen Hirntod erlebte. Für einen kurzen Moment war ich ratlos, was das bedeutete. War der Troidl der Massenmörder, der jetzt gleich die Bet und mich umbringen würde, um uns dann gemeinsam unter seinen Planen zu verstecken?

Erst als in meinem Knöchel der Schmerz wild pochte, verstand ich, dass ich tatsächlich den Troidl dabei beobachtete, wie er die Bet entwaffnete.

Wir saßen dicht gedrängt in unserer Kirche. Sogar die ganzen Ketzer kamen am 24. Dezember in die Kirche.

»Die greißlichen Krippln, die greißlichen«, hatte Großmutter so laut gesagt, dass ich versuchte, mich unsichtbar zu machen. Des ganze Jahr ned in die Kirch gehn, aber wenn hinterher Bescherung is, dann kriegst kein Sitzplatz ned.

Das war jetzt etwas übertrieben, weil wir schon stundenlang in der Kirche ausharrten – so kam es mir jedenfalls vor – und natürlich einen Sitzplatz hatten, im Gegensatz zu den ganzen Ungläubigen, die erst kurz vor Beginn des Gottesdienstes hereinrumpelten.

»Und auf unserem Friedhof wollen s' auch alle beerdigt werden«, hatte sie noch hinterhergelegt. Ich wurde nur ein klein bisschen rot und schob mich tiefer in meinen dicken Schal.

Der Christbaum sah aus wie immer. Geschmückt mit den Strohsternen von der Bet, der Rosl und der Kathl. »Das dauert«, hatte mir mal die Bet anvertraut. »Ich sitze nächtelang, um ähnliche Strohhalme zu finden. Die müssen gleich dick und gleich lang sein. Und dann muss man's natürlich in den Fingern haben.«

Jedes Jahr stellte ich mir vor, ein Wirbelsturm würde in die Fichte fahren und alle Strohsterne ins Universum blasen.

»Den Baum ham s' wieder vom Metzger«, sagte Großmutter wieder viel zu laut. »Dem greißlichen Ketzer, dem greißlichen. Nur weil s' ihn umsonst haben können. Dabei will er nur, dass man ihm die faden Wiener abkauft.«

Mein Gesichtston wurde noch etwas röter. Immerhin wusste ich jetzt, was der Metzger damals in der Kirche verloren hatte. Er hatte wie jedes Jahr den Christbaumständer geholt, um den Baumstamm dann genau so zuzuschneiden, dass er nicht während des Gottesdienstes umkippte. Auch wenn er nur an Weihnachten in die Kirche ging und vermutlich auch nur auf Druck seiner Ehegattin, war er da sehr verantwortungsbewusst. Ich streckte vorsichtig meinen bandagierten Fuß über die Fußbank und versuchte nirgends anzustoßen.

Max hatte gesagt, dass ich mir die Sache mit der Bet wirklich hätte sparen können. Sie hatten Großmutter nur noch einmal befragt, um den Verdacht gegen die Bet zu erhärten. Und noch einmal die Aussage von der Langsdorferin »durchzuchecken«. Denn kaum hatte ich derangiert zwischen den Kohlgewächsen gelegen, war auch schon der Schorsch mit vollem Karacho im Dienstwagen angerauscht gekommen. Dicht gefolgt von Max und Blomberg im daytonagrauen Audi. Und ich hatte mich wieder mal großartig blamiert. Denn während der Blomberg die Bet verhaftete, hatte Max mich unrühmlich heulend zwischen den Rosenkohlstrünken hervorgezogen, wo ich g'strecktalängs lag. Ich wollte lieber nicht wissen, was sich der Blomberg über Max' Freundin nach diesen Ermittlungen dachte.

Auf Max allerdings war ich nach dem ersten Freudentaumel ziemlich sauer. Denn wenn ich nicht unglaublich blöd vor Bets Gartentür geparkt hätte, weswegen der Troidl mit seinem Traktor nicht an meinem Auto vorbeifahren konnte, hätte mich weder der Troidl im Garten gesucht und gerettet, noch hätte das Max rechtzeitig geschafft. Und wenn mir Max vorher gesagt hätte, dass sie nur die Aussage von der Bet überprüfen wollten, dann wäre der ganze Schlamassel sowieso nicht passiert. Denn ich wäre niemals im Dorf herumgefahren, sondern hätte entspannt ferngesehen, solange Großmutter anderweitig beschäftigt war. Das hatte ich ihm auch ziemlich lautstark ins Gesicht geschrien, nachdem ich mich nicht mehr in akuter Lebensgefahr befand. Bloß weil er so bescheuert und geheimniskrämerisch sein musste, wäre ich fast abgestochen worden. Das sollte ihm doch jetzt endgültig eine Lehre sein. Fand ich jedenfalls.

Er hatte mir nicht widersprochen. Aber ich hatte die Befürchtung, dass es ihm keine wirkliche Lehre war. Ich musste wirklich demnächst einmal seine Eltern kennenlernen. Um zu sehen, ob sein Vater mit seiner Mutter auch so mies umging wie er mit mir.

»Eigentlich is des nicht richtig«, sagte Großmutter, »die Sterne von der Bet, die müssen weg.«

»Wie schaut denn des aus …«, zischte die Kathl ihr über die Schulter zu. »Dann is der halbe Baum nackert.«

»Weilst auch keine Strohsterne mehr basteln wolltst«, giftete Großmutter zurück. »Dann hätt ma ned die Blamage.«

Die Blamage mit den mörderischen Strohsternen, wollte sie wohl sagen. Ich fand es ja schon allein deswegen gerechtfertigt, Bets Strohsterne zu vernichten, weil sie allesamt potthässlich waren. Sie bestanden aus lauter breitgebügelten Strohhalmen, die so aufgerollt waren, dass sie aussahen, als hätten die Strohhalme eine Dauerwelle verpasst bekommen. Bei manchen sah es sogar aus, als hätten sie einen elektrischen Schlag abgekriegt. Das konnte doch niemand schön finden.

»Mach du des halt!«, zischte die Kathl zurück. »Des is a Sauarbeit, die Strohsterne.« Die greißlichen Strohsterne, die greißlichen. Wieso kaufte eigentlich keiner welche im Geschäft? Ob es ähnlich hässliche gab, wagte ich zu bezweifeln. Andererseits stammten sie dann vermutlich aus Kinderarbeit. Das war auch ein hässlicher Gedanke, dann doch lieber Sterne einer Mörderin.

Dann diskutierten sie eine Weile darüber, was Großmutter mit den Knöpfen von der Bet machen sollte. Die hatte sie ihr nämlich vorbeigebracht, weil sie gesehen hatte, dass an Großmutters Jacke ein Knopf fehlte. Echt. Mörderknöpfe bei uns lagern … Ich sagte lieber nicht, dass ich sie alle in unseren Krimskramsschub gekippt hatte, sondern nahm mir vor, sie gleich am ersten Weihnachtsfeiertag in den Müll zu werfen. Großmutter hatte nämlich beschlossen, dass sie die Knöpfe aufheben würde, bis die Bet wieder aus dem Karzer heraußen wäre. Die Rosl meinte zwar, dass die niemals mehr aus dem Gefängnis käme und wahrscheinlich für den Rest ihres Lebens in Sicherheitsverwahrung müsste.

Weil das Organistenumbringen doch bestimmt eine unheilbare Psychose sei. Und man wär sich ja seines Lebens nicht mehr sicher, wenn die Bet wieder hier wäre.

Großmutter nahm die Bet noch ein bisschen in Schutz und sagte, dass das mit dem Pudschek bestimmt ein Versehen gewesen sein musste. Immerhin hatte sie ihn geliebt. »Liebe und Hass liegen nah beieinander«, sagte die Kathl daraufhin. Und ich dachte mir, dass ich auch beinahe versehentlich erstochen worden wäre und dass das wieder keinen interessierte. Nicht einmal nach meinem Fuß erkundigte sich irgendjemand.

Die Lehmerin meinte noch, dass sie es nicht verstehen konnte, dass der Pudschek die Bet abgewiesen hatte. »Dann hätten wir nämlich das Problem nicht. Die wär doch so eine fleißige Hausfrau gewesen.« Die Kathl konnte das dagegen sehr gut verstehen, weil ihrer Meinung nach der Pudschek doch stockschwul gewesen sei. Und dass man von so einem nicht erwarten konnte, dass er sich eine fleißige Hausfrau als Ehegespons nahm.

Ich sank so tief in das Kirchengestühl, dass ich mit den Knien schon fast auf dem Bankl angekommen war. Der Schmerz im Knöchel pochte wieder besonders wild.

»Ein schwuler Organist!«, zischte Großmutter viel zu laut. »Kein Wunder, dass sich seine Finger zamg'wutzelt ham.«

Kathl, Rosl und die Langsdorferin drehten sich um, sahen Großmutter empört an und schüttelten den Kopf. Sie sahen alle drei so aus, als hätte Großmutter die SPD gewählt und zudem Sex mit einem Tier gehabt.

Ist das ein Thema für die Kirche?, wollte ich schon fragen, ließ es aber bleiben. Wie ich Großmutter kannte, brachte sie das nur noch mehr in Rage und vor allen Dingen dazu, dass sie alles noch ein bisschen lauter erzählte. Dann konnten das auch alle Männer auf der rechten Seite hören. Und es reichte schon, wenn die ganzen Frauen uns nicht mehr ansahen.

Immerhin waren sich die Frauen alle einig, dass die Bet nicht ganz normal sein konnte. Den Janker vom Pudschek aufheben, das konnte keiner verstehen. Und wenn, so fand jedenfalls die Rosl, dann hätt s' die Jacke wenigstens gescheit flicken können. Großmutter hatte darauf nichts erwidert. Aber mir hatte sie schon vorher gesagt, dass sie bis in die Steinzeit beleidigt zu sein gedachte, weil die Bet den Janker bei uns im Gartenhäusl versteckt hatte. Und dann auch noch bei der Polizei anrufen, dass sie bis ans Ende ihrer Tage so dasteht, als wäre sie total g'spinnert. »Macht ma des?«, hatte sie mich gefragt, als wäre ich auf die Idee gekommen, Janker-Reliquien aufzuheben.

Aber da konnten noch mehr Leute bis in die Steinzeit beleidigt sein. Schließlich hatte sie auch das Gebiss der Kreiter Mare entwendet, um den armen Hans verdächtig zu machen. Als würde der auf die Idee kommen und tote Organisten mit großmütterlichen Gebissen zu beißen. Wenn das mal nicht link war. Und wen sie mit dem Orgelschlüssel belasten wollte, war auch nicht klar. Entweder mich oder Großmutter. Aber ich war eigentlich gar nicht beleidigt. Man musste sich schließlich was einfallen lassen, so als Mörder, dass man nicht gefasst wurde.

Und alles nur, weil der Wanninger einmal geweihtes Wasser gezapft hatte. Anscheinend hatte sie ihn einmal ertappt, wie er, durstig wie er war, einen Schluck Weihwasser zu sich genommen hatte. Er hatte gekontert, dass er auch schon einiges von ihr gesehen hatte. Die leidige Bratwürstl-Sache wahrscheinlich, die eh jeder gewusst hatte, außer mir natürlich. Mir sagt nämlich keiner etwas. Vielleicht sollte ich doch mehr Rosenkranz beten und Bibelkreise gestalten und Kuchen bei Pfarrfesten abgeben. Anneliese hätte jetzt bestimmt weise genickt und gesagt, man muss sich halt in das Gemeindeleben einbringen, wenn man so dies und das erfahren will.

Vielleicht sollte ich das wirklich tun. Nicht, dass ich einmal versehentlich ermordet wurde, nur weil ich von nichts wusste.

Bevor der Pfarrer aus der Sakristei kam, schimpfte Großmutter noch vor sich hin, dass es kein netter Zug von der Bet gewesen war, der Polizei zu erzählen, Großmutter sei alleine in der Kirche gewesen.

»Dabei hat s' extra die Register 'zogen, damit sie keiner hört, wenn sie die Treppe runtergeht.«

»Da hast ja noch Glück g'habt, dass'd ned früher kommen bist«, sagte die Rosl. »Dann hätt's dich auch dastochen.«

Dabei hatte hauptsächlich ich Glück gehabt, dass ich nicht erstochen worden war. Dass ausgerechnet der Troidl mein Retter sein sollte – wer hätte das gedacht. Vielleicht lagen unter seinen Planen ja doch keine Leichen. Und so schlimm war das Schuhkastl auch wieder nicht.

»Wenn's ned so laut g'wesen wär, hätt' ich sie bestimmt g'hört«, schimpfte Großmutter. »Und dann hätt ich ihr was erzählt.«

»Die hätte dich doch umgebracht«, bremste ich ihren Mut.

»A geh«, schimpfte Großmutter weiter. »Des Messer ist doch g'steckt. Wie hätt s' mich denn da umbringen solln?«

Mir wurde spontan schlecht.

»Und wieso hat sie dann nicht auch die Langsdorferin als Mörderin hingestellt?«, motterte sie. »Die ist kurz vor mir rausgegangen. Und dann noch so tun, als würd' man die Orgel ned hören.«

Sie schimpfte noch eine Weile leise weiter, dass es eine Unverschämtheit sei, dass sie verdächtigt worden sei und die Langsdorferin nicht.

Ich fragte sie nicht, wieso sie das mit der Langsdorferin

nicht alles der Polizei erzählt hatte. Dann hätten wir uns vielleicht eine ganze Menge Aufregung gespart.

Vor der Kirche wartete Max auf mich. Er hatte seinen undurchdringlichen Polizistenblick aufgesetzt, als würde er eine Festnahme vornehmen, wüsste aber noch nicht, wen. Ich hoffte stark darauf, dass er mich festnehmen und in seinem Bett eine Befragung durchführen würde. Oder auf dem Küchentisch. War mir alles recht. Andererseits war Weihnachten, und man sollte es nicht übertreiben mit seinen Sünden.

»Und?«, fragte er, noch immer mit undurchdringlicher Miene.

Ich hatte den starken Verdacht, dass er inzwischen herausgefunden hatte, dass ich auf diesen Blick total stand.

»Der Baum war voller Mördersterne«, sagte ich.

»Hm«, machte er nur.

»Einer der Hirten ist über die Kirchenstufen gefallen«, erzählte ich weiter.

»Kann passieren.«

Ich verdrehte die Augen. Keine Ahnung der Mann. »Nein«, sagte ich streng, »das kann nicht passieren. Es ist nur deswegen passiert, weil einer der Engel sein Engelsgewand gelupft hat …«

Eine Augenbraue meines Angebeteten rutschte erstaunt nach oben.

»Nicht, was du denkst«, erklärte ich schnell. »Der Engel musste sein Gewand lupfen, weil er einem der Hirten einen Arschtritt gegeben hat. Und da fällt man nämlich hin, wenn man nicht das Gewand lupft.«

»Geh, Mädl. Sagt ma des?«, sagte Großmutter hinter mir und hakte sich bei mir ein. Sie war heute ganz normal.

»Und der Pudschek war stockschwul«, fiel mir als krönender Abschluss noch ein.

»Geh, Mädl!« Großmutter sah mich wirklich böse an. »Des is ein blödes Getratsch von dene Weiber, die nix zu tun haben.«

Ich sah schuldbewusst aus und Max sehr amüsiert.

»Und, was hat die Bet gesagt?«, fragte ich scheinheilig.

Max hüllte sich in Schweigen. Ganz profimäßig.

Aber er brauchte mir auch nichts zu sagen. Die Geschichte hatte schon längst die Runde gemacht. Und es war natürlich klar, dass wir wie üblich viel mehr wussten als alle Polizisten zusammen.

»Ich wollt ihm doch nur helfen, die Katz zu fangen«, hatte die Bet angeblich gesagt. »Dann bin ich halt rauf aufs Dach.«

Natürlich stimmte das so nicht, das wusste sogar ich. Denn mir war ja alles wieder eingefallen. Der Pudschek, wie er auf dem Dach herumkletterte. Auf unserem Dach. Und ich stand an der Dachluke und dachte, was für ein Blödsinn. Die Katz springt doch einfach zur Dachluke rein, wenn die Bet nur einmal ihren breiten Hintern wegnimmt.

Aber gesagt hatte ich nichts. Ich hatte nur zugesehen, wie die Bet den Pudschek am Arm gepackt und gerissen und geschrien hatte. Dass er für die greißliche Wild sogar die stinkerte Katz vom Dach holt. Und mit der greißlichen Wild hatte sie nicht mich gemeint oder meine Großmutter, sondern meine Mutter, die schon einige Zeit weg gewesen war. Ich konnte mich sogar plötzlich erinnern, dass ich das sehr seltsam fand. Denn Mutter würde niemals erfahren, was der Pudschek für ihre stinkerte Katze getan hatte. Und dafür dann bei einem Orkan auf einem Dach herumzuklettern war schon etwas Besonderes.

Ich hatte hinterher ein richtig schlechtes Gewissen gehabt. Weil ich doch hätte sagen sollen, dass die Katze immer durch die Dachluke springt. Dass ich sie schon ganz oft hereingelockt hatte. Dass man sie sogar gar nicht mehr locken musste, sondern dass es schon reichte, wenn man die Dachluke aufmachte und einfach wegging. Bei dem Sturm hätte ich das wahrscheinlich nicht gedurft, damit's die Luke nicht wegreißt. Aber den Pudschek hätte es auch nicht wegreißen müssen.

Ich hatte meiner Großmutter kurz vor dem Gottesdienst gebeichtet, dass ich mich jahrelang schuldig gefühlt hatte. Dass ich trotz Verdrängung dieses ungute Gefühl bis zum heutigen Tag gehabt hatte, ließ ich weg.

Aber Großmutter hatte nur gesagt: »So ein Schmarrn. Was kragelt er auch am Dach umeinander, wenn er Marcumar nimmt. Da wirst jetzt du dran schuld sein, wenn zwei so g'spinnerte Leut uns aufs Dach steigen. Des hätt a G'sunder ned überlebt. Aber wennst Blutverdünner nimmst, dann musst dich halt zamreißen.«

Und nicht auf jedes Dach steigen, das einem gerade in den Sinn kam. Und irgendwie war das auch wieder wahr.

Es war so richtig Weihnachten geworden und wie jedes Jahr viel wärmer als all die schönen alten Weihnachten vor meiner Geburt. Es gab wie üblich keinen Schnee.

Gleich würden wir der Kathl über den Weg laufen. Die würde sagen, fröhliche Weihnachten. Was gibt's bei euch zu essen?

Und Großmutter würde sagen: Wiener und Kartoffelsalat. Der zieht schon seit heute morgen. Wenn ich heimkomm, dann würz' ich noch mal nach. Dann fall'n die Würstln ned so ins G'wicht.

Dann würde die Langsdorferin stehen bleiben und seufzen, ja, ja. Jedes Jahr des Gleiche.

Und die Kathl würde sagen. Ja. Und jedes Jahr werden die Wiener fader.

Der Loisl ging an uns vorbei, mit einem breiten, fröhlichen Grinsen im Gesicht. Er gab Großmutter die Hand und schüttelte sie heftig. »Fröhliche Weihnachten«, sagte er, ohne ein Lallen in der Stimme. Großmutter hielt jedoch deutlich die Luft an, als sie der alkoholgeschwängerte Atem traf. Er hatte anscheinend gefeiert, weil endlich die Mörderin hinter Schloss und Riegel saß und er keine Angst mehr haben musste. Mir schüttelte er auch noch die Hand. Mir wurde wie üblich schlecht, als er mich ansah. Seine Pupillen zitterten von hier nach dort und konnten nicht still stehen. Vor allen Dingen hatten seine Pupillen eine Fähigkeit, die ich noch bei keinem anderen Menschen gesehen hatte: Sie bewegten sich unabhängig voneinander. Kein Wunder, dass einem davon schlecht wurde.

»Tststs«, sagte Großmutter, als der Loisl zielstrebig davonging. »So ein bsoffenes Waagscheidl. Und das am heiligen Weihnachtstag. Der schämt sich auch nicht.«

Immerhin wusste ich jetzt, dass er mich nie für eine Mörderin gehalten hatte. Er hatte Angst vor der Bet gehabt. Wieso der Depp dann nicht zur Polizei gegangen war, fragte ich mich erst gar nicht. Mit den Pupillen würde ihn ja ohnehin keiner ernst nehmen. Aber man konnte dem Loisl einfach nicht böse sein. Schließlich hatte er extra, damit die Polizei auf die richtige Spur kam, der Bet die blutige Schürze in die Mülltonne gesteckt. Wenn das mal nicht ein toller Hinweis war. Schade, dass das keiner verstanden hatte.

»Fröhliche Weihnachten«, sagte ich zum Troidl und schenkte ihm ein richtiges Lächeln. Das hatte ich ihm wahrscheinlich noch nie gewünscht, und angelächelt hatte ich ihn auch noch nie.

»Is scho recht«, grummelte der Troidl, ohne mich anzusehen, und sah zu, dass er zu seinem Traktor kam. Er hatte eher so ausgesehen, als würde er sich denken, das nächste Mal parkst lieber g'scheit.

Das ordentlich Parken würde ich mir abgewöhnen. Genauso wie das Leichenfinden, beschloss ich gut gelaunt.

Die Kathl blieb vor uns stehen. »Fröhliche Weihnachten«, sagte sie.

»Fröhliche Weihnachten«, sagte Großmutter. »Und, was gibt's bei euch zum Essen?«

Die Kathl runzelte die Stirn. »Was Chinesisches.«

Großmutter runzelte die Stirn. »Des mach ma 's nächste Jahr auch. Dann kann er seine faden Wiener selber essen.«

Mir blieb der Mund offen stehen. Großmutter und was Chinesisches machen. Vermutlich würde sie heute noch vorschlagen, doch noch eine Lichterblinkfarborgie am Küchenfenster anzubringen.

»Die Tschakliiin ist da. Sie hat ihren Maler verlassen. Jetzt hat sie einen Chinesen als Freund«, erklärte die Kathl. »Und der kocht für uns.«

»Die Tschakliiin«, sagte die Rosl missbilligend. Aber weil Weihnachten war, fügte sie nicht hinzu, die ledige Bixn, die ledige. Dann warf sie mir einen undeutbaren Blick zu. Vielleicht sollte er heißen, wenigstens ist die Lisa noch nicht schwanger.

»Frohe Weihnachten«, sagte ich schnell, bevor irgendjemand auf die Idee kam, meine Beziehung hinsichtlich moralischer Werte zu diskutieren, und zog Großmutter und Max weiter.

Hinter mir hörte ich noch, wie die Rosl ganz nebenbei

erzählte, dass der Chines' an sich bekanntlich Hunde essen würde. Und sie der Kathl raten würde, ganz genau aufzupassen, was der Chines' in des Essen reintut.

Und ich dachte mir ganz leise, wenn schon gebratenen Hund, dann den von der Resi. Das wäre eine Wohltat für unsere ganze Gemeinde. Die Kathl sagte aber etwas, das wie g'spinnerte Bixn klang, was weißt du schon über den Chinesen an sich, und dann lauter fröhliche Weihnachten.

Alles wie immer.

Wir würden nach Hause gehen. Und dann würden wir die Kerzen am Baum anzünden, Großmutter würde das kleine Glöckchen läuten lassen und erstaunt rufen: »Hast du DAS gehört? War das das Christkind?«

Und dann würden wir *Stille Nacht, Heilige Nacht* singen. Mir würde das ein bisschen peinlich sein, weil Max zuhören würde. Aber da musste man drüberstehen. Man durfte nicht all seine Traditionen über Bord werfen, nur weil man einen Freund hatte. Dann würden wir Geschenke auspacken. Großmutter würde mir die allweihnachtlichen Socken schenken, »weilst scho wieder die anderen durchg'wetzt hast«. Und Unterwäsche, die ungefähr zwei Nummern zu groß war. Und ich würde ihr Socken schenken. Und Unterwäsche, die ihr passte. Und sie würde sagen, geh, Mädl, des hätt's doch ned braucht.

Und viel, viel später würde mir vielleicht Max noch Unterwäsche schenken, die mir wahrscheinlich eine Nummer zu klein war. Und sowieso zum Ausziehen gedacht war.

»Der Josef hat ned passt«, sagte Großmutter, und wir gingen die Straße entlang nach Hause. »Der sollt sich mal die Polypen operieren lassen. Da hast ja nix verstanden, so ein Genäsel war des.«

Max nahm mich an der anderen Hand, und so gingen wir zu dritt nach Hause.

Ich hoffte stark, dass Großmutter vergessen hatte, Max ein Geschenk zu kaufen. Oder wenigstens keine Unterhose.

»Sag mal«, sagte ich zu Großmutter, während ich unser Gartentürchen öffnete. »Stimmt das, dass der Pudschek noch einmal aufgestanden ist, als er vom Dach gefallen ist?« Da war wieder ein göttlicher Strafblitz fällig. Das machte man nicht, dass man aus reiner Neugierde so etwas fragte.

Großmutter ließ mich vorangehen und motterte still etwas vor sich hin. Ich sah Max an, der ein bisschen vor sich hin grinste.

»Und dass er erst gestorben ist, als er die Bet gesehen hat?« Mit ihrem Satansgesicht, fügte ich in Gedanken hinzu, von einem wohligen Grusel erfüllt. Weil sie geschaut hat wie der Teufel vom Dreiwegener Kreuz. Da wäre der härteste Mann tot umgefallen. Bestimmt.

»Aufg'standen ist er schon«, bestätigte die Großmutter. Sie blieb stehen und sah anscheinend auf die Stelle, wo er hingefallen war. Ich gruselte mich noch mehr und dachte an die vielen Gockel, die auch tot zu allerhand körperlicher Leistung fähig waren. Und wie der halbtote Pudschek noch einmal aufgestanden war und seinen letzten Satz gestöhnt hatte. Dummes Weibsstück. Beispielsweise.

»Aber er ist, lange bevor die Bet gekommen ist, wieder umg'fallen.«

Schade. Das wäre jetzt ein stimmungsvoller Schluss gewesen, dachte ich seufzend und betrachtete ebenfalls andächtig die Pudschek-Stelle. Er hätte zum Beispiel sagen können: Bet, das war ein Missverständnis. Du warst natürlich immer die Rose meines Lebens. Und die Bet hätte dann über seinem

Leichnam zusammenbrechen können, schluchzen und sich auch das Leben nehmen.

Großmutter runzelte die Stirn, weil sie anscheinend meine unchristlichen Gedanken spürte. Dann ging sie weiter, um die Haustür aufzusperren.

»Er ist umgefallen, als er mich gesehen hat«, erklärte sie leichthin und drückte die Tür auf.

DANKSAGUNG

Danken möchte ich allen, die mich unterstützt haben: meiner unermüdlichen Mama, die Kinder beaufsichtigt und grässliche Hemden gebügelt hat, meiner Schwester für seelische Unterstützung und Lesen von Rohfassungen, meiner treuesten »Erstleserin« Ute, die unermüdlich Grammatik- und Tippfehler gesucht und ausufernde Geschichten eingedämmt hat, sowie allen anderen, die nicht mit Kritik gegeizt haben: Fritzi, Florian, Barbara, Winfried und Birgit. Meinem Vater danke ich für die Tipps zu Komma- und Grammatikregeln, Hermann kann man in Notfällen zu jeder Tages- und Nachtzeit anrufen, Katharina, Sophie, Christine und Daniel danke ich dafür, dass sie mich hin und wieder schreiben ließen, und Helge für seine Software-Einsätze und dafür, dass er sich mit mir einen Computer teilt.

Meike hat sich einen riesigen Sack mit Clementinen verdient, und ich mag sie noch immer, obwohl sie so gerne meine Lieblingsstellen kürzt, und ohne Susan und Gudrun wäre dieses Buch vermutlich noch immer in einer Schublade!

Danke!

Susanne Hanika

Susanne Hanika

Und bitte für uns Sünder

Kriminalroman. 304 Seiten.
Piper Taschenbuch

Ausgerechnet beim Kirchputz stößt die Journalistin Lisa Wild auf eine Kiste mit menschlichen Knochen. Gleich wird gemunkelt, es müssten die Gebeine des heiligen Ignaz sein, und schon bald planen der Gastwirt und der Metzger die Vermarktung der Reliquien. Bevor die Dorfbevölkerung auf dumme Gedanken kommt, nimmt Lisa den Fall lieber selbst in die Hand – zumal der Hauptkommissar, der dummerweise zugleich ihr Freund ist, die Sache nicht sonderlich ernst nimmt. Doch dann verschwindet auf einmal der alte Ernsdorfer, der ehemalige Bürgermeister, der eigentlich viel zu gebrechlich ist, um zu verschwinden, und wenig später erhält Lisa einen Drohbrief …

05/2694/01/L

Ferdinand von Schirach

Verbrechen

Stories. 208 Seiten.
Piper Taschenbuch

»Ein erfolgreicher Berliner Strafverteidiger erweist sich als bestürzend scharfsichtiger Erzähler, der in schlaglichtartigen Geschichten zeigt, wie sich die Parallelwelt des Verbrechens in der bürgerlichen Welt einnistet.«
Literarische Welt

»Schirach schreibt so souverän, klar und einfach, als hätte er nie etwas anderes gemacht. Er ist ein großartiger Erzähler, weil er sich auf die Menschen verlässt, auf deren Schicksale … Geschriebenes Kino im Kurzformat«
Der Spiegel

»Im atemberaubenden Erzähldebüt ›Verbrechen‹ des Rechtsanwalts Ferdinand von Schirach geht es um die Wahrheit – nichts als die Wahrheit.«
Frankfurter Allgemeine Zeitung

05/2574/01/R

Thomas Raab

Der Metzger sieht rot

Kriminalroman. 320 Seiten. Piper Taschenbuch

Was tut man nicht alles aus Liebe? Willibald Adrian Metzger zum Beispiel, der feinsinnige Restaurator, überwindet seine Abneigung gegen Massenveranstaltungen und begleitet seine heiß verehrte Danjela zu einem Heimspiel ihrer Lieblingsmannschaft – mit tragischem Ende. Denn auch der Tod löst diesmal seine Eintrittskarte und zeigt auf dem Spielfeld die finale Rote Karte. Als tags darauf überdies Danjela ihrer Neugierde zum Opfer fällt, ist es vorbei mit der Gelassenheit des Willibald Adrian Metzger. Mit einer ordentlichen Portion Wut im Bauch macht er sich auf die Suche nach der Wahrheit und findet dabei etwas erschreckend anderes.

»Thomas Raab ist ein großartiger Erzähler, sein Krimi ein milieustarkes Stück, atmosphärisch dicht und bevölkert mit glänzend charakterisierten Figuren – Wiener Schmäh inklusive. Ein Krimi, der mächtig Spaß macht – auch ohne atemlose Action.«

Münchner Merkur

05/2644/01/L

Alexander Rieckhoff / Stefan Ummenhofer

Giftpilz

Ein Fall für Hubertus Hummel. 256 Seiten. Piper Taschenbuch

Herzprobleme! Auch das noch! Ein Kuraufenthalt in einer Schwarzwälder Klinik soll Hubertus Hummel wieder auf die Beine bringen – die Besuche von Familie und Freundin tragen jedenfalls zu seinem Wohlbefinden bei. Doch als ein Mitpatient an einer Pilzvergiftung stirbt, ist es mit Ruhe und Erholung vorbei, denn der Studienrat vermutet dahinter keineswegs nur einen Unglücksfall. Gemeinsam mit dem Journalisten Klaus Riesle begibt er sich im Kurmilieu auf Verbrecherjagd, was nicht nur ihm bald auf den Magen schlägt …

05/2582/01/R

Michael Kibler

Schattenwasser

Kriminalroman. 336 Seiten.
Piper Taschenbuch

Zwei Frauen werden nur wenige Tage nacheinander in Darmstadt ertränkt aufgefunden. Treibt ein Serienmörder in der beschaulich kleinen Großstadt sein Unwesen? Margot Hesgart und Steffen Horndeich von der Mordkommission versuchen fieberhaft, die Fälle zu lösen. Bekennerschreiben, die die vernichtende Kraft des Wassers beschwören, eine alte Leiche unter dem Fundament des Jugendstilbades – das Puzzle scheint kaum entwirrbar. Margot Hesgart tut alles, was in ihrer Macht steht. Trotzdem kann sie nicht verhindern, dass auch Menschen aus ihrem privaten Umfeld in höchste Gefahr geraten.

Susanne Mischke

Der Tote vom Maschsee

Kriminalroman. 304 Seiten.
Piper Taschenbuch

Im grünlichen Wasser des Maschsees treibt eine Leiche. Die Zunge des Toten liegt abgetrennt auf dem Stöckener Friedhof in Hannover, auf dem Grabmahl der Opfer des Massenmörders Fritz Haarmann. Schnell findet die Kripo Hannover heraus, dass es sich bei dem Ermordeten um einen namhaften Psychiater handelt, einen Experten für Sexualstraftäter, dessen kühle, rationale Thesen sogar im Fernsehen für Aufregung gesorgt haben. Aber wer wollte den Mann so symbolträchtig zum Schweigen bringen?

»Ein spannender, gut und schlüssig konstruierter Krimi, der die dunklen Seiten der Psyche und ihre Abgründe auslotet.«
Saarbrücker Zeitung

05/2486/01/L

05/2536/01/R

2.50